獻給我的故鄉台灣

零地點

GROUNDZERO

伊格言

目次

【推薦序】夏至。伊格言。魔幻廣場　／小野　7
零地點GroundZero　11
【附錄】我將介入此事——伊格言對談駱以軍　299

推薦序

夏至。伊格言。魔幻廣場

小野（作家）

我已經想不起來上次遇到伊格言，是在第幾集的五六運動的現場了。到目前為止，這個反核的運動已經連續舉行二十一集了，連蘇力颱風登陸的那個夜晚，我們都還在那個廣場狂歡高歌。那些已經過去的每個星期五的黃昏和夜晚，從變幻無窮的萬丈橘色霞光，到不同層次的紫色，然後整個天空被塗抹了濃濃的深藍和墨黑，星辰倒是不多見。特別是下過雨後的廣場積滿了水，燈火輝煌的兩廳院建築的倒影常常吸引了許多攝影者的守候。鴿群不見蹤影，偶爾從自由廣場的牌樓上滴下一滴鴿糞，洩漏了牠們的高處不勝寒的祕密巢穴。整個廣場都帶著魔幻般的瑰麗神祕色彩。

我就像是一個得到失憶症的人，先是想從臉書上找到伊格言，然後直接問他，我們見面是在哪一次的星期五？我從臉書上的五千個「朋友」中找到了伊格言，他雙手支著那張戴著寬邊眼鏡的斯文的臉，我按了一下他的臉，忽然他就從我的「朋友」中蒸發了。我重新進到朋友裡面去尋找時，還剩四個姓伊的，我也都不認識。當初我在不知道臉書是怎麼一回事的情況下，用本名建立了臉書，然後在來者不拒的情況下，五千個朋友就滿了。然後我陷入了一場生活中原本不必要忍受的災難中，和一點點的驚奇和欣喜。我不習慣有計畫的完成我的每天生活，和這一輩子。

我忽然想起另一種尋找我們是在何時見面的方法了。那天，伊格言送了我一本書，我有請他簽名，上面也許有日期。我從身旁不停堆高的新書堆裡很快找到了《拜訪糖果阿姨》，我急急翻開了扉頁，他寫著：「我希望我可以比這本書更溫柔。」簽名處沒有寫下日期。當初他隨手寫下這樣的句子後我就在想，伊格言想在作品中反覆探索的，或許就是關於人類在許多習以為常的暴虐殘忍的行為之外，偶爾靈光乍現的那種良知、良善、同情心、同理心和慈悲這些屬於溫和柔軟的高貴特質吧。他在過往的作品中，慣常使用理性冷冽的文字，隱隱散發著一種不濫情的溫柔微光。是的，溫柔，那是他最在乎的人類特質。但，就是沒有寫上日期。

我剩下一個線索。我的日記。我開始翻找我的日記，我印象中遇到他時，已經是夏天了。我從五月底六月初的星期五開始找起，我發現我的日記經常記載的是一些奇怪的夢境，或是前一天夜裡失眠時想到的一些事情，關於每個星期五晚上的五六運動，我寫得很少。我最近做了一個噩夢，夢中的我東奔西跑，不要核四．五六運動，苗栗大埔聲援北拆屋事件，上街頭參加替洪仲丘討真相的大遊行，我疲倦的坐在地上放聲大哭。在痛苦中嚇醒，內心充滿了恐懼。

我想知道我和伊格言碰面到底是哪一天，因為我答應要替他的一本關於核災的預言小說《零地點 GroundZero》寫一篇推薦序，我覺得從五六運動我們的相遇寫起，會是不壞的切入點。我想將這篇推薦序寫成和他的小說的結構和形式有點像，包括失憶、夢境、時間、真相等元素，因為我不是小說評論家，我本身也是寫小說和電影劇本的人。我不會寫小說評論，但是我可以確定，這部關於北台灣發生核災的預言小說很好看。一些真實的人物都被寫進了他的預言小說裡。他在這部小說裡預言二〇一七年的總統大選中，當時核安署的署長賀陳端方因為搶救核災被捧為英雄，在國民黨的初選中打敗了副總統吳敦義，成為國民黨的總統候選人，而民進黨推出的總統候選人是蘇貞昌。為什麼是二〇一七？這可是這部預言小說最有趣的地方了。因為在馬英九執政期間的二〇一五年十月十九日北台灣發生了核災，台灣的北部已成廢墟，執政黨說是為了全力救災，宣布遷都到台南，總統大選也順延一年半。因此，馬英九只好再多做一年半的總統，因為是九嘛，一切都是天意。古代的皇帝都是這樣說的。

別生氣，這只是伊格言的預言小說。當然，這些政治人物都不是小說中的主角，最多只是個配角，甚至於是個丑角（馬總統曾經說，核能是主角，再生能源連配角都不是，只是個丑角）。既然是核災的預言小說，主角當然應該是核能有關的人了。沒錯，他叫做林群浩，一個核四廠的工程師，他在核四災變後失去了記憶。只能透過一種最先進的技術「夢境顯像」（Dream Image Reconstruction）來找出他所看到的真相。操作這種先進技術的人便是小說中的女主角女醫師李莉晴。為了保留閱讀小說的樂趣，故事情節只能透露到這裡為止。當然整篇小說都是暗藏玄機，讓讀者很想知道核災發生時的真相和最後的結局。包括總統大選結果。

我終於確定我和伊格言碰面正是夏至，二〇一三年六月二十一日星期五，第十五集的五六運動，那天正好輪到我當現場的救援教練。如果是在龍潭的渴望村，光蠟樹上會出現今年夏天的第一隻獨角仙，這是我連續幾年記錄到的結果。這一天，政府宣布和對岸簽下了服務貿易協定，一大早我匆匆趕到台北賓館前參加抗議的記者會。這一天，美國職籃總冠軍第七場，年輕的熱火終於打敗了馬刺，連續第二年拿下總冠軍。

這一天，距離這本預言小說發生核災的日子還有八百五十天。別害怕，這只是預言小說，我們要呼籲千萬人民站出來，拚這次的鳥籠公投。讓預言小說中的故事不會成為真實。

零地點 GroundZero

（啪啪。啪。啪啪——）

（畫面亮起。）

「各位觀眾，現在為您插播最新消息。」畫面顯然並不穩定。主播台上，女主播的人形輪廓拖曳著色澤怪異的重影。幽魂一般。「今日稍早，**總統府核能事故處理委員會**發布新聞稿表示，經花蓮門諾醫院通報傷患一名，查證身分後，確認應為少數來自禁制區，至今尚未疏散的民眾之一。委員會表示，由於該名傷患此刻並無家屬協助，且意識不清，健康狀況並不明朗，是否身受輻射汙染亦待查證，是以沿循往例，根據總統發布之緊急命令第八條，即刻對該名民眾進行管制收容，並給予醫療協助。

「據統計，此為**北台灣核災禁制區強制疏散令**發布以來所確認之第九十七起民眾未疏散案例，同時也是第十一起**管制收容**案例。警方調閱現場監視器畫面發現，該傷患疑似由一家屬陪同到院，然而該家屬於幫助辦理掛號手續後即自行離去，並未留下任何相關線索。

「據了解，該名傷患身分特殊，於核災期間於核四廠相關單位工作，災後卻下落不明，為政府正式提列之災變失蹤人口之一。而針對此事，馬總統以核能事故處理委員會主委身分再次強烈呼籲，核災禁制區民眾應配合政策，即刻撤離北台灣核災禁制區，切勿於禁制區域內滯留，以保障自身之生命安全——」

「接下來讓我們繼續關心目前國內糧食安全問題。」女主播換了個方向。雪花大片襲來，畫面斷續閃爍。「由於無法遏止禁制區內之農畜產品持續流入市面，亦無法有效管制各項食品、用品之產地、運輸路線等是否途經核災禁制區或遭受輻射汙染，核能事故處理委員會已於今日中午做成決議，建議民眾自行購買輻射偵測器。發言人殷偉並於回答媒體提問時表示，關於食品安全之長期對策，委員會亦已決議，責成相關單位開始研究，若有進一步結果，將即刻對外說明。……」

（啪。啪啪。啪啪啪啪——）

（畫面連續跳閃。）

（黯滅。）

0 GroundZero

那是一座無人之城。

空城。天光明亮。白晝時分，當林群浩經過彼處，城市顯然已被廢棄許久。所有的建築（那些高樓大廈，商辦，臨河的大型豪宅社區；那些理應在夜裡燈火通明如繁星的摩天輪和高空旋轉餐廳，那些構成大型雕塑或通訊塔的球體或角柱；那些照明，各種格式的光之旋律及其變奏；市區周邊低矮的舊公寓，小公園，畸零地，無人看管卻亮著燈的簡陋書報攤，貧民區裡鐵皮黑瓦的小屋；那些堤外行水區違建，郊區無人工廠，橋下空蕩蕩的候車亭，浸沒在青白色冷光中的故障販賣機……）全都陷入了停止運轉的奇異狀態。像一個延伸的立體街道布景，所有細節栩栩如生。

然而，沒有任何一個人在那裡。

空無一人。

但林群浩知道，小蓉就在其中。

她在其中一間屋子裡。

林群浩加緊趕路。他眼神淒楚，飽經風霜，他的亂髮在風中飛揚，鬍渣與皺紋如爬藤般蔓生於臉。風蕭瑟地吹過被灰塵與紙屑占領的街道（它們貼著地面焦躁地旋繞颳捲）。他繞過傾倒的垃圾桶、交通標誌和電線桿，繞過露天咖啡館破損的座椅和歪斜的棚架，在一座小公園的轉角（小公園的周邊停滿了車；所有車輛外殼均已被鏽斑蝕毀占領，如苔蘚，金屬的螺貝或藤壺）找到了那間公寓。

林群浩推開大門（大門發出機械故障般的嘎吱聲響），穿過小小的中庭（冰冷滯重，灰塵懸浮的空氣），步上旋轉梯，來到那間位於三樓的房門前。

他敲門。（叩叩。叩叩叩扣。）（叩叩。叩叩叩扣。）

她打開了房門。

那是個滿頭白髮的老婦人。然而林群浩知道，那就是小蓉沒錯。那是她的氣質，她的眉眼。

小蓉將他拉進門內。兩人相擁。她灰白的亂髮散落在他肩上。然而小蓉立刻緊張地告訴他，說外面有人，那些人是跟著他來找他們的。

千萬不要被他們發現了。小蓉說。

林群浩大惑不解。這分明是座無人城市不是嗎？他走近窗邊（這是個旅館般的暗房，髒舊的深色地毯；檯燈、桌椅、床鋪，一切都是旅社房間的陳設樣式），掀開窗簾，驚訝地發現時序已然入夜。窗外的廢城正浸泡在無比濃稠的黑暗之中。

別看了，快把窗戶關上。小蓉說。

林群浩確實聽見了人聲。

人聲雜沓。至少四、五人以上的規模。他清楚聽見他們走過窗外廢棄的街道，推開無人居住的公寓大門，小跑步登上旋轉梯，來到他們的房門前，開始敲門。

（叩叩。叩叩。）

小蓉輕聲啜泣起來。

（叩叩叩。叩叩叩叩叩叩叩叩叩叩叩──）

來不及了。小蓉說。她淚流滿面。她的肩膀劇烈顫抖。兩人緊緊相擁。

來不及了，他們就要進來了。

他們開始撞門。（砰──）（砰──）

門很快被撞開了。一群人走進房裡。林群浩和小蓉瑟縮在房間的角落裡（整個房間陷落在黃昏般無稜角無鋒芒的微光中），一句話也不敢說。

然而林群浩很快地發現，那些人，全都沒有眼睛。

他們沒有眼睛。在這持續向黑暗無限趨近墜落的房間中（原先暫存的天光也像是被外界靜止的城市永恆地廢棄了），他們似乎完全沒有視力。他們的臉上是兩個深不見底的空洞。他們四處張望，然而顯然只是徒勞。

他們什麼也沒有察覺。視若無睹。

林群浩抱緊小蓉，閉上眼睛，感覺自己臉上的淚痕。

他用指尖摸了摸自己的臉。

他恐怖地發現，自己同樣沒有眼睛。他的眼淚來自兩個同樣深不見底，彷彿不存在於現世的空洞——

林群浩醒了過來。感覺自己如在瓶中，軀體拗折，被浸泡在膠質液體般巨大的恐懼裡。他的心臟撲突撲突鼓跳著，呼吸困難，冷汗溼透了身上的短衫。

神祕的氣流正輕輕掀動著窗簾。像某種介乎存在與不存在之間的亡魂。

他艱難地轉過頭，凝視著床頭的冷光鐘面。

「先生……先生！」女孩遙遠的聲音。「先生，您醒了嗎？」

林群浩坐起身來。感覺周身四處散離散的線條迅速聚攏。如水中逐漸靜止的虛像。

「先生，您還好嗎？」

「呃，還好。」

他揉揉額頭，看見自己坐在一張雪白的床鋪上。紮著馬尾的女孩遞給他一杯水。「您可以先休息一下。」女孩說：「等一下我再過來幫您把連接線拔掉。」

林群浩喝了一口水，抹抹臉，摸了摸後頸處延伸的連接線。連結處的皮膚有著繩結般粗礪的觸感。繭的組織。巨大的，膺印般的疤痕。

他撥開連接線，用手指捏了捏肩頭緊繃的肌肉，而後將自己的後腦安置在床頭。

他感覺疲倦極了。他閉上眼睛，再度沉落入自己明滅不定的意識當中——

1
Under GroundZero

西元二〇一七年四月二十七日。下午四時十七分。台灣台南。總統府北台灣核能事故處理委員會附設醫學中心。

北台灣核能災變後第五百五十六日。二〇一七總統大選倒數一百五十六日。

「好，我們先來看看昨天的成果。林先生，你請坐。」李莉晴醫師叫出一個畫面，而後將電腦螢幕推轉了方向。「這是被擷取的圖景之一。你感覺如何？」

矗立於荒野之上的廢墟建築。粗陋的水泥材質，工寮般的平頂。似乎僅僅是一幢孤立的矮房，並不與其他任何空間相連。兩個黑色的窗口洞開在牆上。獸一般空無的眼睛。

林群浩搖頭。「我沒有印象。」

「是嗎？沒關係。我們放大一點看。」醫師移動滑鼠。圖景擴張的局部在螢幕上格放滑動。

「這樣呢？」

畫面變得模糊。無數靜脈般的紋路切割著粗礪的混凝土表面。

「我不知道。」他搖頭。

「這個夢境的解析度不太理想。」李莉晴醫師微笑。「事實上，多數人的夢都禁不起這樣的局部放大，在視覺上幾乎必然都是模糊的。但無妨，這不是重點；重點是，你能想到什麼相關的事嗎？」醫師看了林群浩一眼。「任何事情？」

「這……」林群浩偏了偏頭。「這有點像我小時候在鄉下看到的那些農舍或工寮。」他感到不自在。「但這樣的建築到處都有——」

「嗯……還有呢？」

「我——」他稍停。「……我不確定。呃，我不知道。」

「好，沒關係。我們先看另外一個畫面好了。」李醫師調動圖景。「如果是……這張呢？」

看來與方才的孤立廢墟是同一座建築。同樣荒寒的曠野，無彩度的灰階圖照。然而在此一畫面中，建築的右半部已然坍塌。

「這是在剛剛那個畫面之後嗎？」

「不。之前。」醫師又看了林群浩一眼。「以你夢境的時間順序來說，在之前。如何？你想到了些什麼嗎？」

「呃——」他低下頭想了想，搖搖頭。「沒有。還是沒有。」

「ＯＫ，沒關係，那我們先討論一下夢境本身。你記得這個夢的情節嗎？」

「嗯，我不太確定情節。」林群浩沉吟。「似乎是很緊張的情緒。」

「是嗎？」醫師說：「那你現在閉上眼睛。深呼吸。再深呼吸。好。」

林群浩閉上雙眼，感覺穿透眼瞼的淡紅色光線。血跡一般。

「好，現在回想一下那種情緒，或者回想一下夢境的相關畫面。好，再深呼吸——OK嗎？」

「嗯，我有一點感覺——」

「是什麼？」

「有人在追我。」林群浩睜開雙眼。「嗯，應該說是追殺我。」

「是。請繼續——」

「我不知道是誰，也不清楚原因。他們追殺我，我很害怕，怕得要命……我很緊張，似乎是從一個房間裡逃了出來，逃了一段路，然後來到這廢墟前面——」

「嗯，了解。請繼續。」

「嗯……」林群浩說：「大概就是這樣。或許逃亡過程中有些其他事情，但我記不清楚了。」

「你的意思是說，約略還是有些其他內容？」醫師問：「你有這個印象？」

「是。有些其他事情。但那些內容我想不起來了。」

「好，我了解。」李莉晴醫師凝視著他，沉默半晌。「嗯……我想，我們的治療也持續一段時日了。我還是樂觀的，但近期以來，我們似乎沒有太多進展。」醫師稍停。「我想問一下你對現狀的看法。」

「你的意思是指？……」林群浩搖頭。「我想我沒什麼特別的看法。我就是不記得那些事了……」

「好。但你願意相信有那些事吧？你是核四廠的工程師……」

「是啊我完全相信。」林群浩歎氣。「我記得我的身分。這早就說過了。我還能怎樣？我當然相信。總不可能全世界的人都被洗腦了吧？但我真的不記得那些細節了。」

「好。」李莉晴醫師又笑了起來，露出整排雪白的貝齒。她的笑容十分甜美。銀色項鍊的心形墜飾如蝴蝶般在她胸口棲止。髮絲散落在她雪白的頸項。她看了看時鐘。「沒關係，我只是確認一下你的想法。現在我們有的是時間。怎麼，你看起來很不情願？」

林群浩苦笑。「我還真是一點頭緒都沒有。而且，我不知道我還要這樣被看管多久？」

李醫師笑了笑，迴避了他的問題。「我的下一個約診還在半小時後。」她說：「我們至少再看一張圖吧？」

林群浩沉默半晌。「我真的很厭煩——」

醫師也暫時沉默了下來。「那好，我們先不要看這些。」醫師說：「你最近睡眠狀況如何？有觀察到什麼變化嗎？」她改變話題。

林群浩沒有回答。

「醫師，說真的，」他突然說：「你認為他們這樣限制我的行動自由是合理的嗎？」

「嗯——」醫師收回視線，盯著螢幕。淡藍色的冷光照在她秀麗的臉上。「我想不合理。」

「你說得倒輕鬆。」他沮喪極了。「李醫師，說真的，你不覺得你這樣也算是共犯之一嗎？」

室內寂靜。清冷的日光燈，寂靜凝止於針尖之上。「我認為……算。」她回應。「但我也認為……我盡我的職責幫助你——」

林群浩低下頭，看著自己的手指。

「最近還感覺沮喪嗎？」

林群浩依舊沒有回應。是啊，他想，我好像連自己是不是感覺沮喪都不知道了。我好像，連我以前是個快樂的人這件事，都快沒印象了。

「你來看我，對你有幫助，不是嗎？」李莉晴醫柔聲說：「你也這麼覺得，我也這麼覺得。我們一起試試看能不能想起些什麼——」

「那是他們要的。」

「對。但無論能否想起什麼，至少另外，我們還可以一起努力，試著改善你的睡眠狀況或情緒狀況。」醫師強調。「那也是我想要的。我的職責。」

林群浩抬起頭。「醫師，你覺得我還要被這樣監管多久？」

「我不會知道。我想，原先在你身上的輻射汙染狀況還沒被確認時，監管還勉強算是有些道理。」李莉晴醫師盯著螢幕繼續自己的工作。多色澤的光點在她黑色的瞳眸中浮現。「但……我個人認為，在確定你沒有遭受輻射汙染以後，他們老早就該放你走了。」

「那他們怎麼敢這麼做？」

「你其實很清楚不是嗎？」李莉晴微笑。「你也知道他們用的是緊急命令和暫行憲法。理論上在今年九月底我們的新總統誕生之前，他們是有法源依據的。這方面我認為不合理，但愛莫能助。我只能在我的職責範圍內——」

「我是問你的意見。」林群浩打斷她。「醫師你認為呢？你認為他們怎麼敢這麼做？」

李莉晴將視線從螢幕上移開。「所以他們也只敢『監管』你，不是嗎？」她凝視著他的眼睛。「他們只能『監管』你，不是『監禁』。我想也有些人很想直接把你監禁起來的。但他們也不敢。」

「不過話說回來，你的身分不是很明確嗎？」李莉晴繼續說：「你也很清楚，你可是核四廠內的工程師。災變發生時你甚至該在廠內。但你現在還活著，而且居然什麼都記不起來。你不想弄清楚中間發生了什麼事嗎？」

「當然想。」林群浩回應：「還有誰比我更想？」他眼神灰敗。「好吧，我知道他們懷疑我。大家都懷疑我。或許連你也——」

「我不懷疑你。」李莉晴打斷他。「我相信你。我覺得他們不該監管你。我只是……也能理解他們的心態。」她繼續滾動著滑鼠。「我認為這些人這樣做當然是不對的——OK，找到了，就是這裡。」李莉晴轉頭。「我們再討論一下這張圖吧？可以嗎？」

「不了。」林群浩突然站起，微微弓身。「不好意思，醫師，但我真的累了。我等一下還有事，我得先走了。」

李莉晴醫師沉默半晌。「好吧。也好。累了就別勉強。」她說：「不過，今天這幾張圖我也都會列印給你。你拿回家放著。最好放在顯眼的地方。」李莉晴站起身來，打開門。「或許哪天看到了突然會想起什麼，對吧？那也是好事……」

「當然。好得不得了。超乎想像，受寵若驚。」林群浩苦笑起來，穿上自己的薄風衣。「真想起些什麼來，他們就滿意了，我就得救了，對吧？」他回過頭。「或許我該編些故事騙騙他們？」

2 Above GroundZero

西元二〇一四年十月十一日。上午九時二十二分。台灣台北。陽明山上。

北台灣核能災變前第三百七十三日。

開始的時候，他先是感覺到她的指掌。

林群浩睜開眼，看見小蓉正坐在床沿用手指輕輕梳著他的頭髮。

小蓉對他微笑。她的下身穿著一件單薄的白襯裙，上身著粉色胸罩。而在她身後，熾亮的天光自大片敞開的窗戶口撞進這個溫暖的小房間。

那是一種帶著明確實體的，光的方塊。小蓉逆著光。她美麗的腰身線條在光與暗影的反差之間浮現。

「還頭痛嗎？你臉色不太好。」

「嗯。還在痛。」

小蓉笑了。「你剛剛做夢了吧？」

「你怎麼知道？」

「因為你在說夢話呀。」

「真的？我說了什麼？」

「聽不清楚。」小蓉微笑著：「咿咿嗚嗚亂叫的那種。你知道很多夢話本來就聽不清楚的。不過似乎不像是個好夢。你記得夢見什麼了嗎？」

林群浩搖搖頭。「我現在只知道頭痛這件事。噢。」他皺眉。

「我想也是。你昨晚喝太多了吧。」小蓉摸摸林群浩的額頭，而後又握住他的手。「可憐，從新工作開始，都一個月了呢，這才第一次休假。」

「沒辦法啊。工作太多了。」

「喂，你身上沒有帶輻射吧？」小蓉翻過手掌打了他一下。「你們離開核四廠的時候都有洗乾淨吧？可不要汙染我。」

「該汙染的昨天晚上都汙染了——」

「喂，你講那什麼話？」

「你躺下來？」林群浩拉住小蓉的手：「再陪我一下？」

小蓉在林群浩身邊躺下。越過小蓉溫暖柔軟的軀體，林群浩看見窗外的小庭院。水藍色的漆木小籃球架蹲踞在原處，幾株山櫻花疏朗的枝葉遮蔽著遠處的小路。

寧靜的城國，舒緩的心跳在萬物中傳遞著自己的韻律。林群浩傻笑起來。

「咦，你笑什麼？」小蓉問。

「沒有，我想，我剛剛說的是實話呀。」林群浩又笑出聲來。「我說該汙染的昨晚就都汙染了，你還被汙染得很開心的樣子。」他打了個呵欠。「而且是貨真價實的體內輻射暴露。重點是體內，體內是什麼意思你知道嗎？比體外被曝危險一千倍——」

「天哪，這種話你也敢說，你也真是不要臉到了令人髮指的程度……」

「你放心，我不只每天離廠時有洗乾淨，昨天做完以後我也有洗乾淨。」

「喂，你得了便宜還賣乖。」小蓉坐起身來。「不理你了，我去煮咖啡。」

「等等——」林群浩拉住小蓉。「拜託，再陪我一下。」

小蓉躺回林群浩身邊。天藍色床單上，白色曼陀羅舒展著花瓣與枝葉。

「我說的都是真的——」林群浩凝視著天花板。隔著玻璃窗，遠遠近近的枝葉在板壁上投下無數虛實不定的暗影。像一個鉛筆素描的夢。「有個叛逃的俄羅斯間諜就是這樣被幹掉的。體內被暴。他叛逃到英國，有天到壽司店點了壽司吃下肚，然後開始覺得身體不舒服。三個禮拜後就死了。」

「真的？」

「乾淨俐落。推測殺手是帶著放射性元素釙，包在壽司裡讓他吃下去的。問題在於，那殺手怎麼把釙這樣帶來帶去，帶到日本料理店做成壽司的——」

「提個鉛板盒子？」小蓉說。

「不用。」林群浩回應：「關鍵就在這裡。在體外，釙的有害輻射只要兩張紙就能擋住。所以那殺手只需要拿紙把釙的金屬粉末包住就可以了，完全不用擔心傷到他自己。但一旦被吃下肚，嚴重性就完全不一樣了。這就是體外被暴和體內被暴的差別。」

「有這種事啊……」

「說起來其實滿恐怖的。先是骨髓和腎臟敗壞，接著全身器官多重衰竭。造血機能壞死。所有器官黏膜都剝落得一乾二淨，甚至被吐出來。一個人就這麼在二十二天內掛了。網路上還找得到那個間諜臨死前的照片。說真的，人不像人鬼不像鬼。」

「這麼可怕！……那你不會有事吧？你知道，我那幾個做社運的大學同學都說核四完全不可信任；我看了他們推薦的在YouTube上的車諾比核災紀錄片，而且之前不是還有一本叫『零地點』的核災小說嗎？那個——」

「我不會有事。」林群浩輕柔地愛撫著小蓉白色的裸肩。「不會的，我們還在做全廠總體檢。公司請了很有經驗的美國顧問公司來指導。我可是專業人員。」

「可是之前你們公司不也請了那個核電專家林宗堯來做安檢，結果弄到最後人家都幹不下去辭職了？」

「那沒關係。」林群浩說：「林宗堯的專長只在試運轉。那和我們不是同一個team，我們主要配合的是美國V顧問公司。這家美商對建廠很有經驗，核一廠就是他們的統包。他們其實比林宗堯還更早進來啊。我想我們應該可以檢測得比他更安全更徹底。而且，台灣又不是第一次蓋核電廠——咦，你看！」

屋外傳來狗的吠叫。隔著玻璃窗，一團棉花糖般的白色濃霧滯留在這座位於草山半山腰的小庭院。

一朵突然造訪的，迷你的雲。

兩人都笑了起來。「小黑可緊張了，牠以為那是牠的敵人——」

「雲也是我們的敵人，」小蓉說：「下雨了我們就不能出去玩了。」

「沒關係呀。下雨的話——」林群浩雙手環抱住小蓉的腰：「我們就再做一次？嗯？」

「喂！」

3 Under GroundZero

西元二〇一七年四月二十七日。晚間八時十三分。台灣台南。

北台灣核能災變後第五百五十六日。二〇一七總統大選倒數一百五十六日。

天色已全然暗下。林群浩剛剛吃過晚餐，緩步穿過公園。樹影扶疏，空氣中浮動著沙塵般的細微煙硝。隨著步履，在公園中四處散布的路燈燈光投射下（像是要避免彼此之間的尷尬，燈光們的視線始終凝望著不同的方向），他看見自己的陰影變幻莫測的形狀。

像一場由無數齒輪器械所驅動的，構造複雜縝密的，地上的皮影戲。

他一人的皮影戲。

然而他當然知道，此刻他絕非孤身一人。

比如說石椅上那位戴著報童帽忙著低頭玩手機的年輕人吧（他的臉隱沒在暗影中，唯有螢幕上的微光照亮了他的鼻梁和眼窩）；比如說，那位一身白色運動裝，滿頭灰髮，忙著遛狗的中年男子吧（林群浩剛剛在公園旁的人行道上便遇過他，在公園出口前又遇到一次）；比如說，那位西裝革履，卻把黑色公事包丟在一旁，蹲在水池邊餵魚的上班族吧……

他還真是一點也不孤單。因為，那些人，或許都是他的「同伴」。

林群浩走出公園，漫步穿過對街。隔著一個街廓的距離，他看見幾朵小小的煙花在夜空中升起綻放。

三兩成群的人潮正往遠處的廣場聚集。

啊，是了。他知道是怎麼回事了。那是賀陳端方的競選辦公室。

所以賀陳端方贏得初選囉？

真是老梗啊。林群浩想。一點也不令人意外。畢竟賀陳端方是個英雄嘛。論政治現實，核災過後，向來擁核的執政黨除了他之外，還能有什麼籌碼？

還有什麼時刻，會比身處重大災害時，更令人民渴望一個真正的英雄？

林群浩繼續行走。他經過一座冷清的大型購物商場，穿過一條商店街，在老餅鋪與鞋店之間鑽入一條台南特有的磚石窄巷（窄巷旁，黑瓦木牆的老房子裡傳來一首日語老歌，縹緲細微的聲線。那留聲機的音質帶著沙礫般的觸感，像一雙長了繭的手撫摸著這寂靜而潮溼的夜），拐彎，重回另一條馬路，而後刷卡走進宿舍大門。

無數細密的雨線自天空墜落。林群浩回到房中，打開燈光，掀開窗簾，靜靜凝視著這細雨中古老的城市。

暗影之城。時間之城。記憶與遺忘之城。是啊這是個美麗的城市。這是個善感的城市。和台北比起來，這當然也是個步調舒緩而溫柔的城市。（一個媽媽桑的城市。他想。）在以前，這城市可愛極了。

但現在例外。

它已經變得不可愛了。原因也很簡單：因為它現在是首都。核災後中華民國中央政府所在地。

林群浩脫下外套，換上家居服，打開電腦，登入Facebook。

一如預期。賀陳端方洗板了。

林群浩隨手撥弄著滑鼠滾輪，看著那些不熟的朋友們一張張地貼上關於賀陳端方的照片或新聞（是啊，不熟的朋友們。他有一大群的熟朋友們現在下落不明。他們在現世的時間被瞬間終止，他們的臉書頁面永久停止在災變的前一天——無論那是一份食記、一張家庭合照、一條新聞或兩句刻薄的牢騷）。

他感覺恍惚了起來。瞬刻之間，竟以為那些永恆靜默的頁面是自己的頁面一般。有什麼差別？差別是，他還活著，他的頁面還可以更新（但他也很久沒更新了，像個鬼魂）；但是他和他們一樣，他的記憶也中止在災變的前一天。

他似乎還記得一種觸感。一種香味。一種溫度，指尖，掌心，輕輕熨貼上他的臉頰，他的額頭，他的髮際與眉眼。

他自己的手。

但其他的，他都忘記了。

4 Under GroundZero

西元二〇一七年四月二十七日。晚間八時二十一分。台灣台南。

北台灣核能災變後第五百五十六日。二〇一七總統大選倒數一百五十六日。

「嗯，好。真開心，謝謝你——嗯，那禮拜六下午見囉。」

李莉晴隨手將手機丟在客廳沙發上。她才剛洗完澡，一走出浴室便接到大學同學露西的電話。露西約她週末下午去吃甜點，晚上小酌一杯。

她圍上浴袍，給自己倒了杯果汁，坐到沙發上，另一手拿乾毛巾擦著自己溼漉漉的頭髮。

她伸出右腿，百無聊賴地用腳趾按下放在茶几上的電視遙控器。

「……沒有差別。沒有差別。」政論節目。《新聞最熱線》。螢幕上，穿著灰色針織上衣，容貌豔麗的反對黨女立委余莓莓正甩動著波浪捲的長髮，說得口沫橫飛。「我再說一次：執政黨要產生什麼樣的候選人，是賀陳端方還是吳敦義，是周杰倫還是蔡依林，是無尾熊還是河馬，我一點也不關心。統統沒有差別。我相信對廣大的台灣人民來說，也沒有差別。問題不在人，問題在黨——這已是一個不受信賴的政黨。今天是西元二〇一七年四月二十七日，我要請問電視機前的各位觀眾，這該是我們選總統的時間嗎？我們早該在去年，也就是二〇一六年一月，就已經選出我們的新總統了不是嗎？結果我們現在的總統是誰？馬總統。還是馬總統。做得那麼爛他還在當你的總統。我們今天還坐在這裡討論執政黨的總統候選人黨內初選。」女立委的聲音愈來愈尖銳。「我要問：這一切是誰造成的？是哪個政府讓我們明年才能選總統？是哪個政府，坐視核四災變發生，坐視核汙染四處擴散無能處理，讓國家一團混亂，經濟崩盤，讓國民健康受到嚴重損害，至今連一個妥善的最終處理方案都提不出來？是哪個政府讓我們別無選擇，只能讓總統選舉延期一年半？是——」

「對不起余委員，」主持人劉寶傑打斷立委：「各位觀眾，我們有最新消息進來了。是賀陳端方。我們立刻把現場交給記者。麗萱——」

「主播，各位觀眾，記者現在的位置是北門路上賀陳端方的競選辦公室前面。」女記者站在細雨中，雨幕將她身後的人群暈成了一個個模糊的暗影。「各位可以看到，儘管只是一個小小的初選辦公室，儘管下著小雨，仍有大約兩三百位支持者聚集在這裡，熱烈慶祝賀陳端方贏得執政黨總統候選人的初選。根據最新拆封的民調結果，賀陳端方在三家民調公司的數據中都呈現大幅領先，其中蓋洛普公司的數據甚至領先三成以上……」記者的聲音被淹沒在逐漸放大的雜訊聲中：「而黨員投票的得票率則是百分之六十三。我們可以看到現場群眾情緒相當亢奮，甚至有人——我們……稍待一會……」

「麗萱！麗萱——」主持人劉寶傑看向鏡頭。「呃，各位觀眾，非常抱歉，我們的衛星訊號似乎出了些問題。邱委員，」主持人轉向來賓。「邱委員，執政黨現在是賀陳端方確定出線了，你怎麼看這樣的結果？」

「我不意外。」穿著紅夾克的執政黨委員邱義新瞇起一對細長的眼睛。儘管年逾半百，然而他頂上茂密，怒髮衝冠。「之前的民調也都是這樣的結果。我想每一位台灣人也都知道，賀陳署長是個貨真價實的英雄。核災的發生是台灣的不幸，但當災難來臨，賀陳署長以他的智慧、果斷和執行力迅速控制了災情。當人民陷入恐慌，第一時間內，賀陳署長發揮他的專業能力，在馬總統與江院長的授權下，迅速進行跨部會協調，採取所有必要措施，讓社會在最短時間內恢復秩序。在總統宣布遷都台南之後，是賀陳署長親自組織了探勘敢死隊，冒著生命危險，重回台北，深入輻射重度汙染區域調查真實狀況，拯救了數百人的生命。是賀陳署長的探勘敢死隊帶回了**翡翠水庫已遭到嚴重汙染**的訊息，阻止了大台北地區民眾的進一步傷亡。也正是因為賀陳署長的親身犯險，我們才能掌握大台北地區的實際情形，從而建議畫定**北台灣核災禁制區**，並成功撤離所有居民。每一項任務都是千頭萬緒，每一項任務都是燙手山芋；但賀陳署長運籌帷幄，指揮若定，一項一項都辦到了——」

「余莓莓委員？」

「我的看法與邱委員不同。」余莓莓輕蔑地瞄了邱義新一眼，而後拿出一張反核貼紙。「非核家園一向是我們政黨的既定政策。在這裡，我也可以很坦率地向大家報告，在這條路上，我們也曾遭遇困難，跌跌撞撞。我們經歷了核四停建又復工的過程。但在二〇一一年日本福島核災產生後，廢核已逐漸成為社會大眾的共識；包括原本擁核的德國總理梅克爾都公開承認福島核災改變了她的立場。福島災變已向世界證明，所謂『絕對安全的核能』只是人類的妄想。是，人類當然有一定的技術能力利用核能，但當難以預測的巨大天災來襲，或甚至在沒有天災的狀況下，核電都可能是極其危險的。當全世界都在慎重評估核電的危險性時，只有我們的政府像一隻反應遲鈍的恐龍。你明知核一、核二廠設備老舊；而核四則是先天不良、後天失調的大拼裝貨。二〇一二年核二甚至就已經發生過反應爐錨定螺栓斷裂的離譜故障，二〇一三年又跳機。核一廠甚至還因為颱風來襲就跳機！三個廠，加起來六個反應爐，就在離大台北市人口密集區這麼近的地方！你明知道！那也就算了，核災發生後，中央部會首長有一半行蹤成謎，整整一半！而執政黨立法委員則高達三分之二行蹤不明！闖了禍又不負責任！當初公投不是你們提案的嗎？是誰利用鳥籠公投法的巧門讓核四成功續建運轉的？這種政黨！具體來說——」

「余委員！」執政黨邱委員插嘴。「彼此彼此！貴黨立委同樣也有半數左右就此人間蒸發了！」他反脣相稽。「這中間有多少人，前一天才信誓旦旦與台灣共存亡，隔天就不見人影！而且我必須要提醒你，核災已經過去了。過去了！鎮日怨天尤人對於解決當前狀況完全無濟於事！我們遷都，我們畫定了大台北禁制區；為求共赴國難，總統頒布緊急命令，經由朝野協商，我們都同意讓總統選舉延期一年半。我們頒布了暫行憲法。非常時期需要非常做法，這是我們朝野共同的承擔。我們都同意災後處理是當前最重要的工作——萬事莫如重建急。我們需要一個有領導力、有執行力、救災有實績的總統。我們不需要沒有前瞻性，永遠活在過去災難當中的政客！」

「問題正在這裡。」美女立委的筆尖指向了她的對手。「邱義新，邱大將軍，你說核災已經過去，但偏偏事實並非如此。這是公然顛倒是非。核災的問題在於，它不但至今有待善後，甚至連善後工作到底要做到什麼時候，我們都不知道！我們知道的是：早在賀陳端方的災區探勘隊帶回翡翠水庫嚴重汙染的訊息之前，已經有數十萬不知情的北台灣民眾喝下了輻射水！離核災發生已經過了整整十二天，他們喝了十二天的輻射水！我們知道的是：去年的經濟成長率是破紀錄的百分之負五十四！負五十四！我們知道的是：因為核災，我們幾乎廢棄了五分之一的國土，而這塊台灣過去人口最稠密的精華地帶，現在到底是什麼狀況，根本沒人曉得！這是人類歷史上所創造的最大廢墟！到目前為止，除了已經信用破產的經濟部和台電之外，我們唯一的資料來源，就是賀陳署長所公布的禁制區現況報告！你相信嗎？」余蓓蓓激動地拍桌。「各位同胞，你相信嗎？在災變發生時，這個人，賀陳端方，這個人就是核能安全署的署長，核能安全就是他的職責所在，但在他任內，核災摧毀了大台北地區，幾乎使台灣亡國。而現在你還要照著他的調查報告行事，還要再讓他當下一屆的總統！這是什麼道理！我完全無法——」

（啪。）

李莉晴按下遙控器，關掉電視，調暗燈光，拿著空玻璃杯走到廚房裡。（光線昏暗的室內，李莉晴的身影在電視螢幕上映現。玻璃的鬼魅。）

唉，一堆沒用的政客。

李莉晴將洗淨的水杯掛上吊鉤。她洗了手，回到客廳，撿起躺在沙發上的手機，順手用浴巾擦了擦螢幕。

未接來電三通。未讀簡訊一通。

讀完簡訊後，李莉晴撥了通電話。

三分鐘後，李莉晴穿戴整齊，推開家門，撐起一把黑傘，孤身一人走入府城台南潮溼的暗夜之中。

針尖般的細雨依舊不停地下著。

5 Above GroundZero

西元二〇一四年十月十四日。下午四時十四分。台灣宜蘭。頭城鎮大溪漁港。

北台灣核能災變前第三百七十日。

門鈴被按響了。

小蓉站在白色的矮牆前。她正在等待。在她身後，山坡面海，圍牆像戀人環抱著的雙臂，多彩的野薑花如繁星在地上盛開。冬日海潮的氣味夾雜於氣流之中。而在她面前，儘管白牆隔斷了視野，但屋宇最高處白色的十字架清晰可見。

「誰呀？」

黑色的木板門上，郵箱般開了一方小洞。一對深沉的眼睛。

「我找歐德蓮修女。」小蓉說：「我是小蓉啊，記得我嗎？」

「啊！是小蓉呀。好久不見，快進來吧。」

「最近過得還好嗎？」歐德蓮修女笑著。她藍色的眼瞳陷入水流般的肌膚曲線之中。「怎麼有空回來呀？」

「嗯！還不錯。」小蓉說：「每隔一段時間都要回來的呀。想念這裡。」

修女拄著手杖。她的臉包裹在白色的修女帽中。微風裡，她們行走在一畦一畦的菜園小路之上。那是尚未長成的油菜，一株株像是沉睡的小綠精靈。

「上次回來是春天的時候。我有記錯嗎？」

「修女的記憶力還是一樣好——」

「我記得的事情可多了。」修女說：「我還記得你小時候很害羞，大概一直到高中的時候都是這樣，對嗎？」

「嗯。」

「這幾年每次見到你，都感覺你變得更開朗了些。你是跟誰學的呀？」

小蓉臉紅了。「沒有呀，自然而然就變了。」她小聲地說：「要工作，太害羞是不行的呀。但說真的，小時候完全沒想過會做這種成天要和一大堆人說話溝通的工作呢。剛開始很擔心自己做不來的——」

時序已近傍晚，隔著修道院的圍牆與樹的枝葉，藍色的海面逐漸隱沒入一層淡白色的霧氣之中。像一個靜謐的，虛構的夢境。「你做得來的。我記得你小時候儘管害羞，但許多同學有心事還是都找你說，不是嗎？」

「修女連這個都記得呀。」

「還有幾次，你是看見別人做了壞事還幫他們隱瞞對吧？」修女笑起來。「你還幫同學作弊讓他們看答案呢。所以後來老師們也知道不能讓你當班長或風紀股長了不是嗎？」

「修女特別記得我的糗事。我要趕快轉移話題了。」小蓉說：「您最近身體還好嗎？」

「噢我視力又比以前更差了。不能看電腦了。拿這當藉口，文書事務都推給柯修女和玲芳了。」歐德蓮修女停下腳步，指向遠處的海。「你看，幾年前，要是天氣晴朗，我還看得見浪頭捲起來的時候細細的白花呢。現在只看得見藍糊糊或灰糊糊的一片。」修女稍作暫停。「小蓉，你一定也照顧過很多身體不好的老人家吧？」

「嗯，有。……不過不很多。多數稱不上太貼身的照顧。我做的比較多是陪老人家們聊天，跑腿辦些小事，送些便當麵包之類的。主要是因為有些人行動不便的關係。當然我們另有我們的庶務，寫報告，做統計之類的。但這就是社工該做的事啊。」小蓉指著一旁的椅子。

「修女這樣走會累嗎？」

「噢，不會，還不會。」修女說：「不過，哎，休息一下也好。」

她們在椅子上坐了下來。遠處是灰藍色的海。近處，落葉在不規則的風線中旋轉降落。

一位少女出現在門口。「嘿，融怡來了。」歐修女向少女招手：「融怡，快過來，你看是誰來了——」

「哈囉融怡。」小蓉擺擺手。

「小蓉姐姐。」短髮少女小聲地向她打招呼。她面容清麗，然而顯然十分害羞。

「融怡，跟小蓉姐姐說謝謝呀。」歐修女說：「小蓉姐姐那麼照顧你——」

「小蓉姐姐……」少女雙頰泛起紅暈，不自在地捏著裙角。「小蓉姐姐，謝謝你。」

「不客氣。看到你好開心呀。」小蓉說：「感謝你叫我姐姐，沒叫我阿姨，哈哈。你們是二十幾個一起出去玩嗎？」

「嗯。」

「你先回來了？」

「嗯。」少女點頭：「我還有功課沒寫完。所以我想早點回來。」

「噢，對不起我打擾到你了。」小蓉說：「你快去寫功課？」

「嗯。」少女點頭。「歐修女，我先回去了？」

「好。」

她們目送著融怡走遠的背影。

「她跟你小時候一樣害羞呢。」歐修女小聲說。

「長大了就不會了。」小蓉開玩笑：「像現在什麼都敢，哈哈哈。」

「真的嗎？」歐修女笑：「所以現在你敢穿比基尼上台唱歌囉？」

「報告修女，敝單位目前並沒有這樣的業務需求——」

「再等一下。」修女拍拍小蓉的手：「玲芳應該也快回來了。」

6 Under GroundZero

西元二〇一七年四月二十八日。晚間九時十二分。台灣台南。私立奇美醫院。

北台灣核能災變後第五百五十七日。二〇一七總統大選倒數一百五十五日。

醫院已經完全不像醫院了。先是一間病房裡擺了六張病床，然後連走道上也都是。林群浩一路走過來，甚至看到樓梯間也塞了一張。整個空間如菌落般散布著三兩成群的醫護人員和家屬。人在青白色的光度裡顯得扁平，而所有的扁平的人們都在竊竊私語。

林群浩先是看到父親。他白髮稀疏的後腦杓。父親坐在板凳上，背對著病床，面無表情地望向忙碌中的護理站。

「爸！」

父親回過神來，露出虛弱的笑容。

「爸爸吃過晚餐了吧？」林群浩拉開隔簾。母親正在熟睡。他伸出手輕輕握了握母親的手。那枯瘦的手上布滿了大大小小屍斑狀的紫色瘀痕。半破損的表皮。他知道那是血癌的症狀之一。由於組織修復機能低下，只要輕微的擦撞或加壓，即可能導致黏膜出血。

撫摸與疼痛。**撫摸等於疼痛**。

他又摸了摸母親的額頭和手。額頭是熱的，但手心卻是冷的。

母親醒了過來。「阿浩……」

「媽——」林群浩停了一下。「媽，你還好嗎？」他轉頭：「爸，媽媽退燒了沒有？」

父親搖頭。

「沒關係啦。」母親微笑。她的頭髮已掉光，剩下雛鳥般的細小絨毛。「就是盡量。盡量就好。我活也活夠了，我們三個還在一起就好了。」

「是啊。」父親說：「至少現在你還能在這裡。總比你之前失蹤的那段日子好多了。」

林群浩說不出話來。他握著母親的手，看見自己的小小人形被倒影在玻璃窗上。

「媽，現在精神還好嗎？想走一走嗎？」他問。

「嗯，也好。今天幾乎還沒下過床呢。」

林群浩和父親小心翼翼攙扶著母親，慢慢走過那道被病床縮減了寬度的青白色長廊。（他知道移動也必須特別小心，除了血癌本身的症狀之外，骨骼中累積的輻射傷害也可能導致骨質疏脆，許多病人因此飽受病理性骨折之苦。）長廊的盡頭，覆蓋著窗簾的落地窗面向窗外的停車場。那恰是醫院周邊背光的暗面，停車場外是一大片燈火稀薄，被浸泡在濃稠黑暗中的田野。或許是因為氣流的關係，不穩定的燈火像是微弱的脈搏般眨動著。黑暗中，一切事物都比黑暗更孤寂。

林群浩拉開窗簾，讓母親在輪椅上坐下。

「我也是在這樣的鄉下長大的呢。」母親突然說。

他點頭。

「核災那時完全找不到你啊。我和你爸爸想說也只能先往南走。之前跟你說過，就只能騎機車。我們也不清楚災害的狀況，政府完全是一團混亂啊，消息傳來傳去，不知道什麼可靠。也不知道翡翠水庫被汙染了。早知道那幾天先去買瓶裝水喝，走的路上想辦法做些防護，或許現在就不會得病了。」

他沒有回答。

「那時候，還沒出市區，我先想到的，就是小時候鄉下這樣的黑夜⋯⋯

「魚塭。夜裡只剩下路燈。水車劈劈啪啪地打水。」母親繼續說：「其他就什麼也沒有了。到庄內的街市還有十分鐘的機車車程。但騎機車是大人才能騎嘛。讀小學時放學後總是很努力地趕路，就怕天黑前回不了家。有一次下大雨，不小心滑了一跤摔進圳溝裡耽誤了時間，那是冬天，水冰得像刀，天立刻就黑了，四周除了黑影還是黑影。我怕得一路邊哭邊跑回家——」

林群浩再度看見自己在玻璃上的倒影。室內廊道的燈火像一座座沙漏，鐘擺般列隊懸吊在他們的頭頂。彷彿那透明容器裡裝的不是光線，而是無數帶有不規則多角形切邊的，細碎的玻璃粉末。

玻璃器官的粉末。碎片。像是一個個櫥窗內的玻璃假人，透明的體表內盛裝著無數精細的玻璃器官。肢體、骨骼、血管、神經、透明的血液與臟器囊袋。而後在原因不明的內爆中化為粉塵，所有殘骸皆被封印，幻化為沙漏之中的流體。

被封印進那個單一方向，朝向一永恆之死亡趨近，那無數沙漏所構成的鏡像幻覺之中。

「對了，從前小蓉跟你一起認養的那個孩子叫什麼？」母親突然問。

「欸——叫融怡。怎麼了？」

「你有那孩子的消息嗎？」

「……沒有。」林群浩說：「我不清楚她的狀況。從核災後就沒消息了……」

「這樣嗎？……」母親小聲說。

小蓉。融怡和小蓉。

他臉書上永恆靜止的頁面之一。

之前他從未想過，會有這麼一天，那頁面幾乎就是小蓉曾存在過的，僅存的物質性證據。她以一堆程式碼的形式（是啊那網頁不就是一堆程式碼嗎？）存在。在一個依賴純粹的邏輯與運算所構造的虛擬空間裡。

虛擬一如記憶本身。

7 Under GroundZero

「我懷疑有人在監視我。」

西元二〇一七年四月二十九日。下午五時十七分。台灣台南。北台灣核能災變後第五百五十八日。二〇一七總統大選倒數一百五十四日。

週末時分，咖啡店的大片玻璃正對著窗外的行人徒步廣場。那是個專賣手作品的巡迴市集，有個可愛的名字叫「手手市集」。而此刻，春日的餘暉緩慢消融，漸弱的光正被擴大中的黑夜吞噬。攤商們紛紛點亮了小燈。光一圈圈暈開，如夢境中的彩色水露。

「什麼？你說什麼？」露西瞪大了眼睛。

「我說，我懷疑有人在監視我。」李莉晴醫師壓低了聲音。在她的身後，窗外的人形和枝葉被路燈投影在咖啡店的白牆上。像皮影，像一群躁動的靈魂。

兩位圍著黑圍裙的服務生在小小的空間裡穿梭。店內微光稀薄，每個人的臉都像是被浸沒在濃重的油彩暗影之中。

「監視你？為什麼？」

「露西，」李莉晴神情嚴肅。「我告訴你為什麼。你不要說出去，回家後先把我說的事記下來。存成檔案也好，寫紙本也可以。知道嗎？然後你可以告訴你男友，但不要再傳出去。就你們兩個知道就好。」

露西愣愣地點頭。她說不出話來，只能點頭。

「前天晚上，就是你約我那天，」李莉晴說：「我後來接到我助理的電話，請我回辦公室去看最新擷取的夢境影像。就是我之前跟你提過的那個林群浩。」

「那個失憶的核四工程師？」

「對。就是那個幾乎被軟禁的工程師。我那天下午剛跟他面談過，討論過幾個他的夢境影像。你知道，這夢境影像技術是新的，大約六七年前才發展出來*；現在的臨床應用還非常少，而且影像的品質、畫面擷取的速度和完整度等各方面技術水準都還不很穩定。但就結果而

---

* 關於「夢境顯像」（Dream Image Reconstruction），其基本技術在二〇〇八年即已由位於日本京都的「國際電子通訊基礎技術研究所（ATR, Advanced Telecommunications Research Institute International）腦資訊通訊小組（Brain Information Communication Research Laboratory Group）」提出並實驗成功。其基礎概念為，令受測者觀看數百幅由不同明暗色階所構成之相異圖像，並測定其觀看時之腦部整體血流量分布，記錄為一資料庫。此資料庫一經建立，則經過計算，即可藉由觀察受測者之腦部血液分布及電位變化，進而反推出受測者之心像，並將之顯影。於此一技術基礎之上，經研發改進，近期已可成功將夢境影像化。

言，已確認可信度極高。總之，我們醫學中心執行長對林群浩這case非常重視，所以指派我當他的醫師，還特准我動用這最新的技術。你記得我跟你說過這種機器現在全台灣只有兩台吧？」

露西點頭。

「嗯，特別調了其中一台給我用。顯然這事不只是我們醫學中心的層級，至少到了核事故處理委員會的層級。好，總之，這機器其實不很好用，但總是能擷取到一些片段的靜態夢境影像，而且不失真。就是在前天晚上，助理通知我請我回醫護中心看那林群浩最新的夢境影像——」

「新的？」

「新的。因為擷取速度不穩定的關係，每張靜態影像被成功顯影的快慢都不一樣。」李莉晴解釋：「平均是二十二小時。也就是說，快的話可能不到半天，慢的可能拖到兩三天。我助理叫我回去看的那張就是比較慢的。」

「結果呢？」

李莉晴從皮包中取出一張風景明信片般的物事。「我偷偷複製了一個小size的，你看看。」李莉晴稍作暫停，看了露西一眼。「我也需要一個證人。」

「這是？」露西將明信片接過去。

「你拿低一點。」

「噢好，知道了。」露西下意識地環視四周，稍稍側身，將明信片放低至自己的大腿和桌面之間。「不太清楚……怎麼看起來有點像靈異照片？」

「你說的也對。」李莉晴微笑起來。「這是林群浩的同一個夢境擷取出來的第三張畫面。前兩張都是十小時左右就顯影了，所以當天下午才和他討論過，但他沒能想起什麼。那兩張都是無人照，但這張有人。」

「對。可是看不清楚——」

「不會。你再看看。那張臉。」

「咦——啊！」露西低呼。

「沒錯吧？很像對不對？」李莉晴取回照片，收進皮包，喝了口紅茶。「我覺得我被監視就是因為這個。我懷疑我的助理有問題；不然就是機器本身是被連線監控的——」

「你怎麼知道？」

「因為這個圖檔現在不見了。」

「什麼？真的？」露西問。

「不好意思，」服務生突然現身。李莉晴和露西都嚇了一跳。「給您加個水。」她稍稍欠身，有意無意地瞥了露西一眼，拿起水壺加滿了兩人的玻璃杯。露西緊張地將照片翻面向下。

「OK，好。」李莉晴凝視著那清瘦女服務生離去的背影，而後繼續。「剛剛說到哪？……噢對，圖檔現在看不到了。我問我助理，她也不知道為什麼。當然，我的意思是說，如果問題不在她身上的話。」

「那現在你手上的這張……」

「對，這是僅存唯一的證據，問題是，畫面的解析度本來就過低，我當初又沒想那麼多，只列印了這張小size的。」李莉晴比了個手勢。「而且，我想過，就算他們沒對夢境影像儀或我的電腦連線監控，理論上，在我的電腦上曾經對什麼檔案進行過什麼樣的程序，都是查得到的。」

「你是說……」

「我的意思是，我列印圖檔的動作是會留下紀錄的。」李莉晴說：「就算他們不監管我，就算我的助理沒問題；我的電腦中曾暫存過這張圖檔，我曾列印過它，這都是有跡可循的。理論上，我的電腦會留下自己所有動作的工序紀錄。」

「那——那現在怎麼辦？你應該——」

「對，我複製了兩份。」李莉晴點頭。「這兩份都先給你，其中一份拿給你信得過的人。」

「呃——那，我拿給我男友？」露西有些手足無措。

「嗯，可以。」李莉晴抬起頭，凝視著露西的眼睛。「對不起，露西，把你拖下水了。」

「沒關係。沒關係。」露西搖頭。「還好。可是，事情真有那麼嚴重嗎？他們可以說，那只是一個夢境而已……」

「我當然希望沒那麼嚴重。但我沒那麼樂觀。你知道，核災一直有些疑點至今尚未釐清。

如果這可以高到核能事故處理委員會的層級，這事可能會很嚴重的——」李莉晴小聲說：「而且，我還知道一個佐證。」

「什麼？」

「露西，以後這些事不能在電話上說。Email也不能用，通訊軟體也不能用了。有什麼想法就直接約見面。」

「啊，你是說——」

「因為我知道，他們就是這樣監管那個林群浩的——」無數色澤黯淡的人影在李莉晴的黑色的眼瞳中浮現。「包括通訊監管。」

8 Above GroundZero

西元二〇一四年十月十四日。下午四時五十八分。台灣宜蘭。頭城鎮大溪漁港。

北台灣核能災變前第三百七十日。

在持續的、落葉墜地的薄脆聲響中，她先是聽見孩子們的聲音。

野薑花們在微風中搖擺。狗兒歡快地搖著尾巴吠叫起來。

「玲芳回來了。」歐德蓮修女拍拍小蓉：「你們慢慢聊，我先回去休息一下。」

「修女，我陪您走回去？」

「不用了。」修女笑了：「我可以的。」

小蓉看著歐修女慢慢行走的背影。幾乎同時，玲芳帶著一群孩子出現在門口。孩子們的年紀有大有小，大的已至青少年時期，而小的甚至才四、五歲左右。他們像小鳥般發出吱吱喳喳地吵鬧說話。兩隻狗對著小蓉象徵性地吠了幾聲。

「咦？小蓉！」玲芳驚喜地喊了出來。「小蓉你怎麼來了？」

「我不能來嗎？」

「哈，怎麼不行，當然可以！你見過歐修女了嗎？你等我一下哦。」玲芳回過身去喊：「來，我們解散了，現在先回房間裡去。喂，不要擠，慢慢走，一樣，大的要照顧小的噢。」她向迎上來的一位年輕修女打了個招呼：「鄧修女，先麻煩你了。」

孩子們全散開了。這些孩子們並不全都是正常的。有幾個殘障的孩子拄著拐杖，由別的孩子幫忙攙扶著。另外幾個孩子顯然有著心智上的缺陷，一臉迷茫，無由地歡快或愁苦著。他們由鄧修女和幾個年紀較大的孩子引導著。

不多時，像是樹與草的精靈們躲回了原先的居所，孩子們全都不見了。

門關上的時候，溫室裡靜極了。

靜得連方才風穿過樹林枝葉的聲音都已消逝無蹤。但不知為何，似乎在這密閉的透明腔室之中，透過視覺（那穿透玻璃的光、寒冷與畫片般的風景），更能感覺風搖晃著空間的力量。

小蓉看玲芳戴起手套，拿著小小的花灑和剪刀，一邊修剪枝葉，一邊給植物們澆水。

「所以你現在還住在陽明山上嗎？」玲芳問。

「對呀。」

「那好。離其他恐怖的人類遠一些。」

「有比你恐怖嗎？」

「我想沒有。」玲芳微笑。

「玲芳，你知道嗎，剛剛歐修女還跟我提到我小時候幫忙同學考試作弊的事情。」小蓉說。

「真的？她記得這麼清楚啊。」

「我心裡想說，修女，你到底知不知道作弊的就是玲芳啊。」

「哈哈哈哈哈——」兩人一起大笑起來。坐在花台上的貓轉過頭望了她們一眼。

「小時候我比較皮，」玲芳說：「修女們沒有人認為我竟然會留在這裡吧。反倒是你，大家都對你現在做的事情有些意外……」

「嗯——是，但我想也還好吧。我在做的也是照顧人的工作，只是需要更多溝通。」

「我們都在做照顧人的工作。」玲芳說。「只是我被關在修道院裡，哈。」

「玲芳，」小蓉稍作暫停。「那幾個心智障礙的孩子，會比較難照顧吧？」

「看哪一方面。」玲芳正拿著小剪刀將迷你盆栽中長著青苔的土挖鬆。「我們小時候也有這樣的同學不是嗎？你想想看我們小時候跟他們相處的經驗。對，他們可能比較難照顧；但也有些時候他們反而比較好照顧。他們讓我想到生命是什麼。」玲芳看了小蓉一眼。「只要是小孩，我們總期望他學會一些東西，學會一些基礎的技能。這對一般正常的小孩而言不難——嗯，其實也不一定，有時候也很難；但他們終究能學會，只要他們長大，在時間的流逝中，他們就會學會，至少到一定程度。學會這些，為了適應社會環境，為了在現存的社會結構中找到一個位置——最好能在這個位置上安穩地活下去——」

「嗯。」

「他們是多數。那是我們對於多數群體的期望。但心智障礙的孩子不太一樣。」雲遮蔽了光，改變了夕暉的角度，枝葉的陰影在玲芳堅毅的臉上緩慢移動。「你不能期待他們學會那些。他們必然永遠也學不會。你也不該期待他們在這個人造的世界裡快速找到一個穩妥的位置。」玲芳說：「他們離文明最遠。但反過來說，如果文明不存在，如果我們身處人類這個物種剛剛在地球上現身的時代，他們將會與常人無異。某些事情學不會，並不造成任何妨害，對吧？」

「嗯。」

「所以有趣的是，站在他們的角度，文明是一場災難。」玲芳稍停半晌。「歷史是一場災難。他們永遠學不會某些事，但那又如何？我們，我和你，也總有某些事情學不會。總有某些事情不擅長。這應當是每個人對其他人的體貼才是。然而在文明社會裡，這對他們帶來困擾，同時也困擾了其他人，困擾到我們必須強力介入來『照顧』他們的地步——但換句話說，照顧他們也就是打擾他們。這是文明強加於他們的。」玲芳轉頭笑起來。「我說太多了是吧？」

「不會呀，你說的很對。如果沒有文明社會，如果我們身處原始時代，那他們其實和我們沒什麼差別。」小蓉稍作暫停。「我了解你的意思。我最近也想到關於小孩的問題。要不要生小孩之類的。小孩對於父母是什麼意義呢？」

「哦？意思是說，你現在的這位對象很不錯囉？」

「你反應真快。」小蓉說：「嗯，是，還不錯呀。」

「太好了。真替你高興。」花盆裡，倒吊著的爬藤植物輕輕搖晃。空氣中混合著新鮮的草腥和若有似無的果香。光影隨時間挪移，像夢的步行。「他是什麼樣的人？」玲芳問。

「噢，他是工程師。」小蓉說：「原本在日本一家民營電廠工作，最近剛被台電挖角到核四來。」

「啊，那邊實際狀況如何？」玲芳停下手邊工作。「順利嗎？很多人說核四很危險呢。之前公投時消息很亂，也不知是真是假——」

小蓉搖搖頭。「他說不會有問題的。興建過程中是有些麻煩，你知道嘛，停工又復工，公投什麼的。前陣子也吵得很凶。但現在的狀況是，台電請了個美國顧問公司來為核四進行總體檢。就是看有什麼環節必須改善或重做。他們現在正一項一項地修正。這從公投前很久就在做了。」

「是嗎？這樣就好……」玲芳稍作暫停。「所以他個性好囉？」

「我覺得他像小孩子呢。」小蓉也笑了。「不工作的時候都瘋瘋癲癲的。是個開朗快樂的人。但我覺得他滿誠懇滿有責任感的。」

玲芳看了小蓉一眼。「你看起來幸福得要命啊，哈。那很快有機會喝你們的喜酒囉？」

「但願啦。」小蓉說。

玲芳凝視著小蓉的眼睛。「你臉紅了哦。」她若無其事地說。

天色漸漸暗了下來。花房裡的燈一盞一盞點亮了。彷彿回應著這廣闊黑暗中的光亮（那是黑暗的縫隙，黑暗於此暫時缺席），螢火一般，植物們的枝葉顯得更加翠綠嬌豔了。隔著溫室玻璃，隔著山腰間的霧氣，月光下，大溪漁港外的海潮在視野的極遠處散發出曚曖的暈光。碼頭邊嘈雜的燈火亮起，車聲，船聲與人聲影影綽綽。山下的夜並不寂靜，然而此刻，修道院的白色建築孤獨而寂靜地矗立在山丘上。

像坡度綿延中一個暫時的停頓。一個逗點。

9 Above GroundZero

西元二〇一四年十月十八日。上午九時五十八分。台灣貢寮核四廠區地下控制室。北台灣核能災變前第三百六十六日。

「好，昨天發過Mail提醒大家，」陳弘球主任正站在簡報室台上，面對著台下的八位年輕工程師。「今天預定要檢查燃料池冷卻水循環幫浦的管線。大家都看過V顧問公司的檢查報告了，他們認為管線的固定和連接都有問題。我們照順序來，今天先處理固定的部分。根據他們的說法，總共有七個地方……」

「喂，阿浩，」台下的菜頭低聲向林群浩咬耳朵。「你記得前年核二廠那次反應爐錨定螺栓斷裂的事情嗎？你看法如何？」

菜頭姓蔡，剃了個光頭（這頭又特別大），公認長得像周星馳，喜感渾然天成。他是美國密西根大學工程碩士，和林群浩同年。同事們有些叫他菜頭，有些叫他星爺，他總是笑呵呵地照單全收。

「講到配管固定你就想到這個是嗎？」

「對呀。你看過那些資料吧？很離譜耶，那些斷裂的螺栓有固定的方向欸！」

「我知道。都是集中在十二點、一點到六點鐘、七點鐘這個方向。」

「你不覺得毛毛的嗎？」菜頭說：「怎麼可能都這樣？剛好一直線。這表示反應爐在那特定方向的震動力道特別大，意思就是，說不定反應爐裡面的核反應根本不均勻——」

「不可能吧。」林群浩反駁：「可能是幾個螺栓的施工品質不穩定……」

「我當然知道。」菜頭說：「反應不均勻的機率低，螺栓品質不佳的機率高。但無論是哪種情形，總之有問題。至少是連個反應爐的錨定都做不好——」

「但畢竟都修好了呀。」林群浩說：「重啟運轉了。那就沒事了。」

「我才不信。」菜頭說：「我覺得核二廠的反應爐一定有問題——你知道解嚴前我們核電廠就發生過廠區內事故吧？只是那是戒嚴時代，消息被壓下來了……」

「喂，別講了，主任在看我們了。」

「而且去年夏天核一廠不是跳機嗎？光是個颱風來就跳機，而且還是人為疏失，很恐怖，這些舊電廠不知道什麼時候會出事——」

「底下的兩位有什麼問題嗎？」陳弘球主任喊他們。

綿綿細雨。陽光在東北角缺席。海霧襲來，一行人在廠區內行走。十多隻雨鞋踩踏著水泥地上一層薄薄的積水。水花濺起。他們越過一座座配滿了複雜管線的水泥槽和連續壁。鋼筋、砂石和金屬板成堆散落四處。包商工人們戴著護目鏡，一簇簇焊接的火花此起彼落。

林群浩當然記得去年那次核一廠的反應爐跳機。蘇力颱風來襲，北台灣風強雨大，表面上的說法是變壓器避雷裝置故障、風太大吹壞管線而引發跳機，但事實上根本是人為操作問題。避雷裝置和管線是壞了沒錯，但停機檢修是人為決定；而跳機的真正原因，其實是操作人員手動停機過程中的疏失。為了停機，過量的冷卻水被補入反應爐中，反而使得慢中子數量暴增，連鎖反應過熱，引發跳機。換言之，那幾乎可說是一個差點失控的核分裂反應……

海霧愈加深濃。一行人進入建物巨大的暗影中。林群浩突然有種異樣之感，似乎這並不是一座核電廠，而是一個運轉失敗的錯誤夢境——甚至不是建構中的，而是已被其他什麼毀滅性的物事侵入壞毀，而後勉力重建中的未來之夢。而他正身處其間，身處於夢之組織間隙，踩踏於夢柔軟的骨骼之上……

「我再強調一次。我們執行的是政府政策。」陳弘球為大家打氣。「總統宣示，不安全就不會商轉。公投已經過了，我們是在替人民做最後把關，大家有檢查到任何問題，都可以說，我們就是要把這個廠改到盡善盡美。」陳弘球強調：「有什麼問題都可以說。但大家切記，為了避免給外界做文章，千萬不要對外透露任何細節。——好，到了。」

一行人就地站定。

「這幾個裙板跟螺栓都生鏽了。」菜頭首先發難。「難怪那些外國人說固定有問題。」

「重做表面處理？」有人說。

「不行吧。」林群浩說：「這管子裡面裝的是燃料池的冷卻水耶。那些用過的燃料棒如果不能冷卻可是很危險的。管路破損怎麼辦？而且也不知道有沒有鏽到裡面去。理論上應該要全部拔掉重來一次？」

「看來是得這樣。」陳弘球主任扠著腰。

「而且這到底用的是什麼料？」菜頭說：「怎麼這麼容易生鏽？這包商有問題吧？應該叫他們來重新處理？」

「包商是誰？」有人問。

「OK，我們回去查。」陳弘球主任說。「菜頭，康力軒，這個點就你們兩個負責？你們記下來。把包商找出來，叫他們重做。做完了，你們兩個寫報告給我？就這樣。我們看下一個點。」

一行人再度移動步伐。菜頭靠過來竊竊私語：「我看這次連包商是誰都不一定查得到。核四的包商太多了。」

「對啊。」林群浩抱怨：「這裡一個那裡一個的。我們這是遇到第幾次了？哪來那麼多包商啊。上次我們不是追到一個包商結果已經倒了的？還有一次找到包商，發現它是第三層的轉包。」

「包商多就算了，」菜頭說：「我還聽說，問題會這麼多是因為，以前是公司裡的人和顧問公司監工，現在都沒有了。」

「怎麼可能？不是我們的人監工，那監工的是誰？」

「包商自己負責啊。」

「怎麼會變成這樣？」

「唉，這個廠蓋太久了。」菜頭說：「什麼預算凍結、重啟又停建的。核一廠是一九七八年蓋好，核三廠是一九八四年蓋好，他們都是統包的，一個顧問公司負全責，沒那麼多包商。核四廠蓋了二十年到現在還在蓋，顧問公司簽約又解約，包商開了又倒，轉包又轉包再轉包，公司裡面參與過核一到核三的都退休了。你以為我們現在在這裡做什麼？還不就是替以前這些人擦屁股。」

「所以我們的工作就是認真擦屁股。擦到最裡面。」林群浩說。

「好冷。你不好笑啦。」菜頭揮手。「不過你說得對。要擦乾淨。不然我不敢住台北了，媽的這裡離台北市中心只有三十五公里——」

「你膽子也太小了吧。」

「拜託，這可不是開玩笑的，福島核災的禁制範圍是三十公里，核一核二都在這個範圍內——」

「等一下。你別講話。」林群浩說：「你聽——」

菜頭安靜下來。

「呃，天啊——還有青蛙。核電廠裡有青蛙——」

10 Under GroundZero

西元二〇一七年五月十八日。下午四時整。台灣台南。北台灣核能事故處理委員會附設醫學中心。北台灣核能災變後第五百七十七日。二〇一七總統大選倒數一百三十五日。

「好久不見呀。」李莉晴醫師笑著說：「最近過得好嗎？」

林群浩微微點了頭。

「情緒狀況還好嗎？」

「還可以。」他牽動嘴角。「畢竟有吃藥嘛……」

「那——睡眠狀況呢？」

「也尚可。」

「和前一陣子比起來呢？」醫師問：「比較好？比較差？沒有變化？」

「嗯——好像沒什麼特別變化——」

「所以劑量大概不用特別調整。」李莉晴醫師稍作暫停。「你覺得呢?我開一樣的劑量給你?」

「嗯。」

「好。有什麼其他的感覺嗎?」李莉晴說:「正面的,負面的,各式各樣的感覺?」

「我想沒有什麼特別的。」

「狀況穩定囉?」李莉晴打著鍵盤,移動滑鼠。「我想會慢慢變得更好的——」

「唉,但願如此。」林群浩歎氣。

「好。那——我們現在來看看這次的夢境畫面?」李莉晴醫師將螢幕轉了個方向。「你看。我們這次擷取到的就是這張。」

雪原。冬日冰雪鎮鎖的荒蕪之地。數十個灰黑色的,行走中的人影。影子們遠遠近近星散在廣闊的白色雪原之上。

近處似乎有道路,但顯像並不清楚。天光明亮,然而霧氣滯重,大雪紛飛。

「對,我記得這個夢。」林群浩說。「這次比較清楚——包括過程。」

「能聯想到什麼其他的事情嗎?下雪的天氣,這些人……」

「那其實不是雪花。夢境裡不是。

「我記得的,是夢境本身……」林群浩欲言又止。「我不知道這個夢境和我的實際生活之間有什麼關聯——」

「好。」李莉晴醫師點頭。「沒關係。那就談談這個夢。隨便談些什麼都可以。」

「我知道我剛剛離開一座城市。但我對那城市毫無印象。」他說：「我也不清楚我行走的目的。似乎已經很久。我知道我是跟這些人走在一起的，但在夢的視覺中，那不像是行走，而類似某種慢速飛行。滑軌鏡頭。我從這些人身邊穿行而過。他們幾乎全都穿著黑衣。我看不見他們的臉，不知為何，他們全都背對著我。能見度極低，這一切，所有人，積雪，樹，沙粒般的冰晶，都被某種灰色的懸浮微粒所籠罩。世界被浸泡在微粒之中。視線所及皆是如此。我知道那灰霧是有毒的。我試著憋氣，但沒有辦法撐多久——」

「嗯……」

「我走到一半，」林群浩輕輕閉上雙眼，而後隨即睜開。「突然明白，我是和他們一道，要去參加一場盛大的葬禮。

「過不了多久，有些人開始倒了下去。夢境無聲，我看見他們一一倒臥在雪地上。另一些人似乎受到驚嚇，開始奔跑起來。當我經過其中一個剛剛癱倒下去的人影時，我立刻停下，因為我知道那是我認識的人，我的朋友（雖則我並未看見她的面貌——我知道她是女的）。她靜止的長髮披垂在穿著黑色毛大衣的肩膀上。灰色雪花片片落在她身上。我試著碰觸她，搖她的肩膀，但隨即聽見骨骼碎裂的脆響。我嚇得立刻縮回了手。我看她的臉（或許我想知道她是誰），但在我看見之前，她的頭髮便一撮撮地掉在地上，而後立刻由黑轉灰。像某種退化……」

「這些事情給你的感覺是什麼？」

林群浩顯然有些遲疑。「……恐怖。」

「什麼樣的……恐怖？」

「我感到恐懼。」

李莉晴醫師在病歷上注記。

「我很害怕，」林群浩看著地面。「我不知道那是誰，不知道她的骨骼會不會像傾倒的支架般繼續被拆卸碎裂。我也不知道該丟下她，還是留在那裡……

「我覺得冷。」他抬起頭來，水光在他的眼眸中閃爍。「我不知道該怎麼辦。」

「然後？」

「我不記得了。」

「嗯。」李莉晴暫停下來，沉吟半晌。「所以——我們擷取到的畫面比較像是在你看見你的朋友之前？在有人開始倒下之前？」

林群浩點頭。

「好。你剛剛說可以看見你的朋友倒下去，看見她的黑大衣、她的頭髮，」李莉晴說：「你看見灰雪，你聽見骨骼碎裂的聲響。這些事能給你什麼聯想嗎？」

「——沒有。」

「好。沒關係，放輕鬆些。」李莉晴鼓勵他。「這都沒關係的。再想想看？想到什麼都說出來沒關係？」

「……輻射。」林群浩望向窗外。「我想到輻射。」

「嗯，輻射。還有呢？」

「沒有了。」

「哪個細節比較接近你想到的東西呢？」李莉晴問：「黑大衣？落髮？灰色的雪？那些背過身去的，看不見的臉？」

「雪。」他稍作暫停。「我剛剛說過，那其實不是雪花。我想我知道那是什麼。」

「我了解了。還有呢？」

「……很奇怪。我想起我自己的頭髮。」

「嗯？」

「我覺得那些斷裂的，雪地上的灰髮是我自己的。」

「為什麼這樣覺得？」

「不知道。」林群浩低下頭。「或許那不算是『我的聯想』。或許僅是夢中的感覺。我覺得恐懼而痛楚。」

「嗯……那現在覺得還好嗎？」

「應該是還好。」他抬起頭。「這個夢……醒來以後那感覺持續了幾分鐘吧。後來就好了。」

「嗯……了解。」李莉晴醫師站起身：「喝點水？」

林群浩點頭。李莉晴醫師打開診療室的門召喚助理。

「好。」醫師凝視著他。「我們這次就到這裡吧。這次我們只抓到一張圖，但你記得不少細節。有點累了吧？」

林群浩點頭，拿起水杯喝了口水。青白色的燈光下，他的瞳眸如一漆黑之空洞。

「這給你帶回去。」李莉晴醫師拿出一個小小的牛皮紙袋。「和上次一樣，夢境畫面的列印稿，還有些其他的相關資料。你有空可以再看看。但我想，你對這個夢的情緒反應比較明顯，所以萬一有強烈不舒服的感覺，就別再看了。」李莉晴稍停半晌。「我們這樣的治療當然是會累的。會有情緒。但累有累的成果，對吧？」

林群浩接過紙袋。他的神情顯得疲憊。「醫師，你說，有其他的資料？」

「嗯。」李莉晴微笑。她的眼睛瞇成了一對美麗的新月。「都在紙袋裡。給你作參考。記得要看哦。」

11
Above GroundZero

西元二〇一四年十月十九日。下午三時十二分。台灣宜蘭。頭城鎮大溪漁港。

北台灣核能災變前第三百六十五日。

「小蓉，你是個天才。」林群浩放下咖啡杯，站起身伸了個懶腰。「你真會選地方——」

民宿就坐落在半山腰上，俯瞰著小小的大溪漁港。海水撫摸著港灣，港中停泊著的大小船隻都隨著海指尖的韻律輕輕起伏著。沿著碼頭，道路旁列隊開滿了海產餐廳和乾貨店；海洋生物身上的水膜或油漬在漁獲攤上閃閃發亮。秋日沁涼，由高處下望，薄霧籠罩著港市，疏疏落落的遊人們隱現在薄霧中。

海的氣味浸染了整個畫面。在小蓉眼裡，那是現實的顏彩，也是記憶的顏彩。

「你是個容易開心的傢伙。」小蓉微笑。她穿著短褲，光腳坐在木椅上，白皙的雙腿交疊。

陽光並未露臉，但這民宿房間的獨立露台依舊是水藍色的。燦亮的光掀動著窗簾，像一句美麗的預言。

「是啊，我就是容易開心。」林群浩哼起歌來。「放假最開心。不用工作最開心。跟你在一起最開心。」

「你真幸福。」小蓉回應：「我不是說了嗎？不是我會選地方，是這地方選了我。」她稍停半晌。「這就是我們小時候遠足的地方啊。我們沒錢參加學校的校外教學；而育幼院小孩的校外教學，最遠就是到這裡了。孩童世界的邊緣……」

「我也記得我們的校外教學。」林群浩說：「遊覽車載著一大群不知好歹的小屁孩跑到莫名其妙的二級鄉鎮裡莫名其妙的遊樂園——啊，我還記得有一次是屏東潮州——放著我們玩一整天。潮州樂園。鬼屋，旋轉木馬，打地鼠，碰碰車和碰碰船。現在大概都荒廢了吧。大家背著大包包出門，洋芋片蝦味先寶咔咔科學麵，整輛遊覽車都是垃圾食物的氣味和殘骸——」

「你看你們多幸福。」小蓉說：「我們只能來這裡。走路就走來了，沒有遊覽車，還要一路幫忙照顧身心障礙的同學……」

「這麼說來，你才是個容易開心的傢伙。」林群浩說：「我只是個幸運的傢伙。」

「我也練習了很久啊。」小蓉說：「練習快樂。」

林群浩繞到小蓉身後，蹲下來環抱著她的肩膀。「怎麼啦？你聽起來不太快樂。」

「不會，現在好多了。」小蓉笑起來。她握住林群浩的手。

距離在霧中。隔著一段空間，小小的港灣遠處平躺著灰藍色的海。小蓉想起育幼院裡的那些日子。先是隱藏自己被遺棄的憤懣，從修女和其他教員身上慢慢學到善待那些身心障礙的同學，然後發覺他們各有各的優缺點，各有各的脾氣。學著和他們相處——忍耐；不全是遷就，而是根據每個人的脾性和習慣拿捏一個適當的距離。學著了解自己能力的限制。學著什麼時候該躲遠點，交給老師們和修女們處理。學著想別人多些，想自己少些；學玲芳的樂觀，慢慢不再想起那不熟悉的，將自己棄去了的母親……

（但那是多麼，多麼漫長的過程啊——）

那是個社福法規和醫療法規都不健全的時代。但她也因為這樣，才接觸到更多不一樣的同學。更多彼此相異的人。

「你昨天不是回育幼院去了嗎？」林群浩問。

「是呀。」

「見到玲芳了？見到歐修女了？」

「嗯，還不只她們兩個。」小蓉說：「跟丁修女也聊了一下子。她現在是醫護室主任了。」

「他們狀況還好嗎？」

「噢，看起來都不錯。」小蓉稍停。「歐修女精神也好。但我看玲芳是不打算戀愛結婚了。」

「哦？她想當修女？」

「不。我想她想當個精神上的修女。」小蓉笑起來：「如果是佛教，我們就說她『在家修行』了。我知道她不很信天主，但她信她自己願意信的。」

「你有這種感覺？」

「阿浩，你知道嗎？」小蓉說：「九歲那年，剛到育幼院的那段日子，每天晚上都是哭著睡著的。應該說是哭了一整夜，醒著也哭，夢裡也哭，有時哭醒過來，悶在棉被裡偷哭，分不清楚睡著了沒有。同學們個個南轅北轍，當然也有秉性霸道陰暗的同學。如果沒有玲芳，我不知道我怎麼撐過那段時間的。現在回想起來就覺得，即使那時只是個小孩，她有她信的東西。那讓她樂觀，平靜——也讓她能不信天主。你知道木心嗎？」

「什麼？」

「我喜歡的藝術家。」小蓉說：「文章裡他說過一句話：**我信仰『信仰』**。我想玲芳就是那樣的。她不信天主，她信『信仰』。她和我不一樣。我是信天主的，但我完全能理解她的做法。她這次還告訴我說，那些身心障礙的小朋友，如果不是生在這個文明時代，那麼他們的障礙就會被淡化到和我們每個人的小障礙一樣的程度——所以人類的文明對於那些小朋友們反而是場災難。」

「嗯……你贊同她的話囉？」

「我覺得她說得對極了。你聽過《背海的人》嗎？」

「那是什麼？」

「王文興的小說。你聽過王文興嗎？」

「噢王文興，這我知道。」林群浩笑起來：「大學時代的通識課講過。一個兒子氣走了爸爸然後全家樂陶陶的故事嘛，對不對？」

「那是《家變》。《背海的人》是另一部長篇，寫了二十年。」小蓉說：「來，你現在站起來，轉過去，看房間。對，你現在是『背海的人』了——」

「你就為了講這個冷笑話？」

「哎呦不是。」小蓉搥了林群浩一拳。「你很討厭，你都不捧場。我要告訴你《背海的人》在講什麼。」

「嗯。」

「就是有個算命先生為了躲債遠離台北，搬到南方澳來生活，住在面海的小山丘上的故事。」

「南方澳跟這裡很像嘛。小漁港，面海的山丘。」

「沒錯。」

「所以他在南方澳怎麼營生？」

「也擺了個算命攤啊。」

「他算得準嗎？」

「當然不準啊。你看他連自己的命都擺布不了。」小蓉說：「王文興也是個天主教徒。我要跟你說，《背海的人》說的就是一群庸庸碌碌小人物的故事。這世界上絕大多數人都是那樣的小人物。小悲小喜，小奸小惡。蝸牛角上斤斤計較，然後莫名其妙一輩子就過完了。」

「所以？」

「小人物們斤斤計較的，還不就是一些社會制度上、文明上人們訂定出來的規則。辦公室政治，職場競爭，親情的磨難，你欺負我我欺負你。這就是文明啊。文明底下人的命運。再厲害的算命仙，再怎麼算也不過就是這些事情。所以我覺得玲芳說得很有道理──你看！」

遠處的海面上，厚重雲層的破口處，光像是太陽伸出的手指照亮了一小塊海面。波光浮耀。然而那僅是整塊灰藍色海面中的一小部分。如同神偶然的臉。

「好漂亮──」笑容在小蓉臉上綻開。

「但我們不可能回到沒有文明的時代了。」林群浩說。

「你們學科學的一定這麼說的。」小蓉回應。「或許如此。但……我想在龐大的文明裡躲起來。在逃不開的社會結構裡找一個地方躲起來，維持和其他人群最少的接觸。」小蓉稍停半晌，看著遠方的海面，淡淡地說：「跟你在一起就好了。」

「跟你在一起就好了。」林群浩說。

小蓉閉上眼睛，感覺風與光在眼皮上駐留。輕微的乾燥的觸感。

而緊接著便是黑夜了。冬季曠野，村外荒寒無邊的蘭陽平原。遠處公路的路燈星點著這遼闊的夜。微光的夜行列車駛過她黑暗的意識邊緣。

那都是到育幼院之前的事了。
被母親遺棄之前的事。

12 Under GroundZero

西元二〇一七年五月二十一日。下午五時整。台灣台南。北台灣核能災變後第五百八十日。二〇一七總統大選倒數一百三十二日。

週日近晚。天光已然暗下。南台灣的霞色將城市櫛比鱗次的建築剪貼成幢幢深灰色的暗影。李莉晴將車停至路邊停車格，而後下車步行。她先是沿著人行道走了幾分鐘（沿著社區小公園，人行道旁，橙黃色的路燈和鳳凰木組構著無數變幻的重影），而後轉入曲折的窄巷。

路燈已被燃起。窄巷兩側，尋常人家的後窗或明或暗，窗台上的植栽影影綽綽。銀白色的光霧打亮了她臉上的彩妝。面具般美麗的，漠然的臉。似有若無的花香跟隨著她。她一身寶藍洋裝，黑色Chanel提包，梳著包頭，飾品的金屬星芒在她的胸口、手腕與耳際處閃閃發亮。

數分鐘後，李莉晴來到百貨公司前的小型廣場。一個臨時市集正在廣場上駐留。彩色棚頂如雨後蕈菇般朵朵綻開。燒烤食物的香氣如印象派色點般暈散開來。週日，似乎這城市暫且忘卻了自核災以來揮之不去的經濟蕭條（此刻名目失業率百分之二十一），陷落入一場短暫的午寐，陷落入一個油彩筆觸的，夢境般的騙局中。

然而人群疏落。銷售員們站在攤位前（他們多數來自北台灣核災禁制區，是政府緊急提高舉債上限後擴大內需政策下的臨時雇員），一張張百無聊賴的臉。所有攤位都擺上了「本區所有食材均產自苗栗以南，絕無輻射汙染」的小插牌。

露西也站在百貨公司大門前。同樣百無聊賴的臉，百無聊賴地刷著手機螢幕。

她先是抬頭看見了李莉晴，高興地向她揮手。

兩人重回廣場，放慢腳步，隨意逛了逛那些攤位（或許由於對業務或產品並不熟悉，銷售員們常一臉茫然），而後再度步入百貨公司大門。李莉晴在一樓專櫃處試用了保養品（她伸出手，讓戴著假睫毛的專櫃小姐將乳液勻在手上。灰色膠質在她長著暗藍色靜脈的白皙手背上無聲化開），但並未購買。隨後她陪著露西到另一個專櫃試用了新的漾彩眼影（露西坐在高腳椅上，白著一張臉，搪瓷娃娃般讓櫃姐在她的眼皮上塗塗畫畫——）。

但露西也同樣沒買任何東西。

兩人搭上手扶梯，來到二樓，隨即向樓梯間走去。

十分鐘後，一位戴著鴨舌帽，高馬尾，穿著白T恤牛仔褲的女人出現在百貨公司七樓。

七樓不算是百貨公司。七樓是電影院。跟隨著三三兩兩的人群，女人拿著一筒爆米花，畫位進入第九廳。

電影已在播放中。整座第九廳正浸沒入滯重的黑暗。這不是熱門片——這是「史丹利庫柏力克影展」：《大開眼戒》，一九九九年的老片，數位修復重新上映，搭配庫柏力克的其他作品，特定場次播放。廳中空出約略三分之二的座位。就著階梯的微光，女人選定了倒數第三排靠右側的位置。接近邊緣的座位，除了左側隔著一個空位坐了個戴深色貝雷帽的男人之外，前後左右均空無一人。

女人穿過那位貝雷帽男人（她微微傾身向男人致意，似乎小聲說了些什麼），而後在自己的座位上坐定。

數分鐘後，她將爆米花遞給左側的深色貝雷帽男人。沒有說話。

女人默默地盯著銀幕。

電影裡，男主角正獨行於深夜的城市街道。（如同此刻的電影院，那寒冷的街廓看來淒清近乎無人；所有存在的聲響均被吸噬於夜的空無之中。無配樂，無腳步，無車行，沒有語音或喧囂。像無數細微的寂靜在唯一的針尖上凝止。）他經過打烊的銀行、打烊的披薩店、打烊的鞋店、打烊的運動服飾賣場、打烊的家具行和飾品店（假人模特兒在黑暗的櫥窗中凝定著幽魂般的姿勢），走著走著，他在酒吧門口（小小的老招牌，地下室入口亮著霓虹螢光）巧遇了一位舊識——

「你看了我給你的東西嗎？」鴨舌帽女人低聲說。
「看了。」貝雷帽男人吃了一手爆米花，而後整筒放到一旁地上。他悄悄起身，向右挪動了一個位置，坐到女人身邊。
「你看法如何？」
男人盯著銀幕。「我想起了一些事。」男人稍停。「一點點。」
「什麼事？」
「稱不上很明確的事件。」男人微微傾側著臉。銀幕的光打亮了他的前額。「我想我或許見過他。在我被發現以前。在禁制區內。」
「你是說——」
「賀陳端方。」林群浩說。
「你想起你曾留在禁制區了？」
「是。而且我懷疑我見過賀陳端方本人，應該就是在禁制區內。」
「什麼樣的場合？」李莉晴問：「記得嗎？」
「原因地點我都想不起來了。禁制區裡的記憶絕大多數都很模糊，我只能回想起一些殘缺的斷片。但那畫面似乎是：我和他有爭執，而且我過世的女友也在場。」
「所以你做的那個夢，基本上是真實記憶的重現？」
「大致上——可能是吧？我沒有把握。」

「你不很確定——」銀幕冷光流轉，李莉晴帽沿下的眼瞳明滅不定。「是因為細節上難以確認的關係嗎？」

「……我也不清楚。對，我現在的印象是，我只是知道那人是賀陳端方，但我沒有關於他的容貌的印象。」

「哦……」李莉晴沉吟。「你的意思是，你沒看見他的臉？」

「我有這種感覺。」

「你記得那夢境的整體情節嗎？」李莉晴問。

「不記得了。」

「OK，我們來確認一下。」李莉晴說：「確認畫面就好。你的真實記憶裡，地點看起來是什麼樣子？」

「白牆。白光。白色房間。」林群浩說：「房間不很大，布置簡單，沒什麼家具擺設——」他稍作暫停：「我覺得跟擷取的夢境畫面基本上很像。」

「好。那人呢？那畫面是第一人稱的視角，就是你自己、你女友，還有賀陳端方？」

「嗯。等等——」銀幕上，湯姆．克魯斯進入了夢境般神祕的大宅。祕教集會中，所有人臉均被奇怪的面具所遮蔽。「我想想。呃，實際上好像還有人。對了，還有人。」林群浩壓低聲音：「還有兩個小孩也在房間裡。」

「小孩？」李莉晴有些驚訝：「夢境畫面裡沒有——」

「嗯，但在我的記憶斷片中，小孩是存在的。有兩個。」

「小孩多大？男孩還是女孩？」

「一個至少四五歲了，一個甚至是青少年模樣。」林群浩解釋：「不是小寶寶了。不清楚是男孩還是女孩，但就和我們一起站在房間裡。」

「樣貌清楚嗎？」

他搖頭。「至少比我過世的女友和賀陳端方都不清楚。我認得出女友，我知道那人是賀陳端方，但我想我可能不認得那兩個小孩……」

「ＯＫ，所以情境呢？」李莉晴追問：「你剛剛提到那似乎是在爭執。『爭執』這件事給你什麼樣的聯想？」

「嗯……我想到國家很亂，因為核災，經濟崩盤，但現在又要選舉了──」

「所以你首先聯想到政治上的黨派之爭？」

「是。」

「好。那白牆呢？白色房間？」

「嗯……我想是東北角。是了，是東北角，我想到東北角一些觀光區域裡民宿流行的樣式。我想全台灣許多臨海的民宿都有這樣風格的房間，潔淨的砂，海的意象。但在這裡我想到的就是東北角。」

「ＯＫ，或許也與你過去的工作有關。」李莉晴稍停半晌。「那──小孩呢？」

「這……」林群浩遲疑起來。「這我更沒把握了。或許和育幼院有關？」

「育幼院？什麼育幼院？」

「我女友小蓉的育幼院。我在想，小孩可能和育幼院有關。或許那些白牆、白光、白色房間的意象，其實也和育幼院有關。小蓉小時候就是在那個育幼院長大的——」

「你去過嗎？」李莉晴說：「在核災前？」

林群浩點頭。「小蓉生前帶我去過。那地方滿特別的，在宜蘭頭城，大溪漁港附近，是修女們辦的天主教育幼院。收容正常的孩子，也收容些身心障礙的孩子。平時上課，正常的孩子們去上附近一般的國小和國中；但身心障礙的孩子們是在院內受教育的。修女們聘請了一些相關工作人員和特教老師。當時我印象深刻，對我來說是個特殊經驗。和小蓉在一起之前，真沒想到她竟是在這樣的地方長大的——」

「嗯……原來……」李莉晴微微點頭。

「那兩個小孩讓我想到那座育幼院。這或許也很合理，畢竟育幼院裡有很多小孩嘛。」

「噢，……」李莉晴說：「啊——你想那與核災禁制區有關嗎？」

「什麼意思？」

「你說育幼院在宜蘭。」李莉晴問：「宜蘭哪裡？它的準確位置，是不是在北台灣核災禁制區內？」

「對，沒錯。」林群浩感覺一陣輕微的暈眩。冷汗沁出，滲透了他的背脊。無數雜訊般的光影在意識中旋飛。

「所以，如果他們在禁制區內，」李莉晴說：「理論上他們就必須搬遷，對嗎？怎麼，你想到什麼了嗎？」

林群浩閉上眼。他的指掌在大腿上拳握。黑暗中，幻變的光投影在他側臉上。「等一下──」

「嗯？你還好嗎？」

林群浩沒有回答。半晌，他調勻呼吸，睜開雙眼。「沒有。」他搖頭。「我覺得很亂，不太舒服……我不知道為什麼……」

「嗯，我想你也知道，那或許與你記憶中的傷痕有關。」李莉晴說：「別擔心。現在覺得還好嗎？身體上還有什麼不舒服的嗎？」

「呃，現在還好……」林群浩轉頭凝視著李莉晴。「還好。謝謝你。」

約三十分鐘後，李莉晴步出戲院第九廳，搭乘電梯下樓。她單獨一人離開百貨公司（景物無聲退遠，明亮的櫥窗和光在她身後幻影般消逝），穿過街區，回到小公園邊的停車格，打開車門，坐上駕駛座，將車開走。

時序已然入夜。小公園裡的長椅上，一名年輕男子放下手機，將手機收進外套口袋裡。他抬起頭，目送著李莉晴的車消失在府城街頭。華燈初上，然而這城市氣息蕭瑟。風輕輕颳捲著地面乾枯的落葉，碎裂般的脆響。男子的臉浸沒在枝葉與建築的暗影中，像一張黑色面具。

他再度拿起手機，按下通話鍵。「喂？」

13 Above GroundZero

二〇一四年十二月九日。下午三時十二分。副廠長辦公室。台灣貢寮核四廠區辦公大樓三樓。

北台灣核能災變前第三百一十四日。

「好，我知道了。是，是，那就明天見囉。再見。」副廠長黃立舜放下手機，看向辦公桌前正焦躁踱步的陳弘球主任。「真不好意思啊弘球。抱歉讓你久等了。怎麼又站起來了？你先坐呀！」

「不會不會，沒關係。」陳弘球說：「副座你客氣了。我活動一下也好。」

「就說別叫我副座。都老同學了。」黃立舜微笑。「我們剛剛說到哪？」

「嗯，剛跟副座提到燃料池冷卻水管線支架的問題。」

「噢。」黃立舜坐下來，看見手機螢幕上顯示了簡訊一則。他刷了一下螢幕玻璃。「什麼問題？顧問公司那邊有意見是嗎？」

「是有意見，但那也不奇怪。」天光凝滯，窗外濃霧洶湧。無數細微的暗影投射在陳弘球黝黑的臉上。然而那暗影並非相對於光，竟像是原本便存在於空間中的細小角落。「我們本來就是在做總體檢。但，呃，我想我們是有些問題必須要跟副座報告——」

「弘球你說吧，別客氣。」

「副座，是這樣——」陳弘球解釋：「最近幾個禮拜我們都在解決這些管線支架的相關問題。光是這段管線，V顧問公司提的改善意見就有二十多點。這也沒什麼，工程品質不好是包商的責任，我們照著查就是；但查完了卻發現當初分包混亂，最底層的分包就分屬四個包商，其中兩家已經倒了。我們根本找不到人負責。而且我感覺他們根本沒有照著當初設計的規格施工——我不知道他們施工的標準在哪裡。也不監工，這我早知道。難怪這麼多問題。但現在倒都倒了，我不知道公司這邊是不是該有什麼法律行動？當然這方面不歸我管，但工程有問題要修正，我們找不到該負責的人，現在也得要有額外的經費才能進行改善工程——」

「弘球——」黃立舜副廠長打斷他。「你別急。你先告訴我你們查到的包商是哪幾家？」

「凌立、德龍、平得興、益順。我說的這些都是最下層的轉包廠商。上面的就先不管了。倒掉的是凌立和益順。」

「嗯……」黃立舜站起身。他的手指輕敲著黑色的胡桃木桌面。「弘球，我想你就先處理另外兩家沒倒的包商的部分。去找他們。你說倒掉的是？」

「凌立和益順。」

「直接和我們簽約的嗎？」

「光宏包給他們的。光宏上面是Genesis。Genesis才是和公司簽約的廠商。」

「唉，真是。ＯＫ，Genesis沒問題，光宏還在嗎？這部分——」手機響起，黃立舜又接起電話：「喂。噢，是你。」黃立舜轉過身去，手掌半掩著嘴。「欸，我現在在忙，你可不可以——哦，你說寶貝嗎？」他的聲音甜軟下來。「噢，好啊好啊。」他蓋住通話孔：「弘球，抱歉，再稍等我一下？」他拿起手機向外疾走。

陳弘球主任偷偷歎了一口氣。他輕輕閉上雙眼，感覺光影絳紫色的殘痕如穿透的輻射在他血色暗沉的眼前駐留。他和黃立舜是核工系同班同學，老交情了，他知道他正在和妻子談離婚。他也知道他們分手分得難看，但黃立舜最疼的就是他十二歲的寶貝獨生女。他知道他這陣子蠟燭兩頭燒，女兒在妻子身邊，監護權官司眼看又要輸了。他當然也知道年輕時他們都是滿腔熱忱選擇了核工領域——他尚且清楚記得那次，簡陋的學校餐廳外，三十年前那個昏昏欲睡的下午，他們隨口討論起教授的話。

「真奇妙。沒多久之前，美國人才丟了原子彈殺人；現在卻可以用來發電創造能源。」

「是啊。」陳弘球說：「人類真是奇妙的生物，完全同樣的原理，可以毀滅文明，也能造福文明。」

「噢，我不覺得那是人的力量。」黃立舜說：「$E=mc^2$，質能互換，這麼美麗簡潔的公式當然是上帝創造的。人類是造不出這種東西的，人類只是發現它而已。那是人類在借用神的力量——」

「個人推測，」陳弘球嘲笑他：「你會講出這種話只有兩種可能：第一是你昨晚喝太多，宿醉，第二是你太用功熬夜寫作業，沒睡。說吧，是哪一種？」

「我……我作業還沒寫……」

竹籬上攀著牽牛花，阿勃勒鵝黃色的花瓣滿地發亮。穿過枝葉，陽光被剪碎為無數細小光點，動物皮毛般的美麗斑紋。光點爬上了黃立舜的臉。他年輕而天真的笑顏在無數流逝的時光中燦爛地凝止著。

那一幕至今仍以黑白照片的形式定格在陳弘球的記憶裡。

黃立舜過了整整十五分鐘才回到辦公室。「對不起，」他向陳弘球道歉：「小寶貝明天生日。」他顯得疲倦，深深的黑眼圈。「但明天我是看不到她了，只能講講話。」

陳弘球擺擺手。「沒關係的。副座你辛苦了。」

「我真是不喜歡她媽媽這種做法——」黃立舜欲言又止。「好吧，剛剛說到哪裡？」

「你請我先處理那些包商沒倒的部分。」

「噢對，我想是這樣：那部分你先處理。」黃立舜說：「其他的，我再想想看怎麼辦——」

「這樣來得及嗎？上面趕著填燃料棒，一副要強迫讓整個核四廠生米煮成熟飯的樣子；但改善項目幾百項，排隊都不知道排到哪裡去了，不處理會出問題的。幹，那是輻射耶，會死人的，」陳弘球激動起來：「當初怎麼會分包得七零八落又沒有監工？讓他們包商亂來——」

「弘球，弘球——」黃立舜疲憊地舉起手掌。「我們都知道的那些你就不用再說了。」

陳弘球沉默下來。他自己也知道他已抱怨過太多次了。他現在不怎麼摸得透這位老同學黃立舜心裡怎麼想。幾十年來黃立舜當然是升得比他快多了——或許他早就不再是從前的那個黃立舜了。

而那些包商當然沒認真做。這也不是新聞了。從前他們在做的時候就認為核四只是隻下金蛋的金雞母，給他們搞錢用的（陳弘球突然想起前幾天做的怪夢：超商裡，將死的日光燈管一閃一閃，故障的提款機不斷吐鈔，千元大鈔一張張堆得滿坑滿谷；眾人瘋狂搶鈔，只有陳弘球逃走了——他怕得要命，他知道那些鈔票每一張都輻射超標）。他們都認為核四終究不會商轉——台電的備用電容量太高了，沒核四也根本不缺電——反正派不上用場，工程隨便做做，錢拿到手也就可以了。

真是荒謬。那些包商大概以為核四廠真的會變成核四遊樂園吧。（原尺寸大小的核電廠模型？每天下午三點鐘，鈾元素寶寶為你跳一場騎馬舞？）

幹。

然後黃立舜的手機又響了。「好吧，弘球，就先這樣。」他抓起手機。「找得到包商處理的先處理，其他的我再想辦法。你有困難隨時通知我？」黃立舜刷了螢幕。「抱歉——喂？」

陳弘球微微弓身，轉身離開，感覺室外那涼冷的霧氣似乎穿透了他的脊背，侵入了這廠區的辦公大樓。彷彿在他開門之後等待著他的不是長廊，而將是個由海霧與更多無邊界的海霧所組構而成，有著難以想像之巨大縱深的幽暗夢境。

14 Under GroundZero

「各位觀眾大家好。歡迎收看本週的《越夜越美麗》節目，我是主持人葉美麗。」女主持人說：「我們今天為各位請到的嘉賓是，哇，忍不住要先賣個關子，之前敲他通告，確定成功的那一刻，我們整個辦公室驚呼連連。而且更令人興奮的是，我們今天不僅邀請到他本人，還請到他的夫人以及，哇，他可愛的小朋友！這真是一個非常非常難得的機會。現在讓我們熱烈掌聲歡迎執政黨總統候選人——賀陳端方先生！」

「主持人好，各位觀眾大家好。」鏡頭轉向賀陳端方。他穿著白夾克，一頭梳理整齊的灰髮，鏡片後深沉的瞳孔像兩個黑色的空洞。「呃，我想我今天應該是屬於龍套角色吧，」他微笑起來。「大家都看我看膩了，應該都對我太太和我小孩比較有興趣吧——」

「賀陳先生果然充滿智慧，」主持人說：「您頗有自知之明，哈。是的，我必須承認，我個人對您的夫人，是比對您本人更有興趣的。大家都知道，賀陳先生目前是全國人民心目中的英雄，而在這樣的英雄背後，是不是必然也有個偉大女人的存在呢？所以我要先替各位觀眾請教賀陳夫人：呃，請問小朋友多大了呢？」

「哈哈——」賀陳夫人抱著小孩，露出了溫婉的笑容：「主持人好，各位觀眾大家好。因為我不是公眾人物，其實也沒有什麼面對鏡頭或錄節目的經驗。剛剛一直在擔心不知道美麗主持人會問出什麼樣困難的問題呢。我們小朋友——她叫做茗茗——現在是三歲四個月大。」

「賀陳夫人您別擔心，簡單的問題已經結束了，」主持人說：「我們《越夜越美麗》一向是先禮後兵，節目是越夜越美麗，問題本身倒是越夜越醜陋——我相信這也是全國觀眾的期待。為了這些醜陋的期待，我們要先提供給各位觀眾一段VCR。各位請看——」

「賀陳端方，西元一九六〇年生於台灣桃園，台大電機系畢業，美國天普大學物理學博士，回國後任教於清華大學。」男聲，賀陳端方的舊照片。「一九八七年開始被延攬進入政府機關，歷任經濟部標準檢驗局局長，能源局局長，交通部次長，台水公司副董事長，台電公司副董事長，以及行政院核安委員會主任委員等職務。三十年公職生涯，賀陳端方以重視細節著稱，為自己贏得了『最佳執行者』的美名。由於公務繁忙，也因此耽誤了婚姻，直到二〇一〇年才與孫維伶小姐相識相戀，進而共組家庭。」兩人的婚紗照。賀陳端方戴著工程帽巡視工程的身影。「二〇一五年北台灣核能災變發生，全台灣陷入一片混亂，賀陳端方臨危授命，以核安署署長的身分主持核災應變小組，在多數人都已撤離台北之後，與各界核安專家、地質與防災專家以及軍方等單位跨部會合作，親自組織敢死隊，冒著生命危險重回北台灣災區，深入核災中心地區探勘查訪，並據此畫定核災禁制區，擬定完全疏散計畫，確保災情獲得控制，也進一步保護了人民的生命安全。今年四月，賀陳端方贏得總統初選，現正代表執政黨參與總統大選……」

「好了，相信大家都看到了。」鏡頭切回主持人身上。「廢話少說，我想直接請教賀陳夫人——當賀陳先生決定組織專家敢死隊，親自探勘核災中心災區時，夫人您當下的感覺是？」

「噢——」賀陳夫人說：「真的不是很願意回想起這件事。很震驚，感覺非常差，覺得他不顧自己也就算了，還不顧家庭。」賀陳夫人優雅微笑。坐在她腿上的茗茗拍打她的胸口。夫人輕輕握住她的小手。「我想說，哎喲，這人到底是有沒有把我和茗茗放在眼裡啊？」

「賀陳先生，」主持人轉向賀陳端方：「那麼當初您是如何決心拋家棄女的呢？」

「不敢不敢。」賀陳端方微微弓身。「呃，我不只是不敢承受大家這樣的說法，尤其更不敢在我太座面前承受。藉此機會，我也要向我的太座大人報告：您誤會了，您誤會了。」賀陳端方幽默回應。「太座大人，讓我向您以及各位電視機前的觀眾朋友報告。是這樣的，當時我剛剛擔任核安署署長不久，發生了核災，我必須立刻盡我所能調動最多資源緊急應變。幸賴馬總統授權，我才能盡速組織跨部會的核災應變小組。決定組織探勘隊時，我沒有多想——事實上個人認為我也沒資格多想；因為那是我的職責。回想整個過程，核災來得實在太快太突然，第一時間裡，核電廠第一線工作人員幾乎在兩週內全數死亡；也因此，即使是我個人就是核安署署長，包括我本人、台電公司，甚至總統、行政院院長等政府團隊，我們所能獲得的訊息都十分有限。在當地居民陸續出現輻射病症狀後，我們才確認這不是廠區內事故。由於媒體已開始報導，大台北地區陷入混亂，社會失序，銀行擠兌，甚至出現民眾大規模逃難潮。我認為，在訊息不明朗的狀態下，政府也很難擬定正確對策；因此我當機立斷，決定組織探勘隊深入核災中心──也就是核四廠區所在的北海岸、東北角一帶；因為唯有如此，我們才能確認輻射外洩的嚴重程度，也才能據此確立應對方針──這是沒有辦法中的唯一辦法……」

「賀陳先生的用心與勇氣，令人敬佩。」主持人轉向賀陳夫人。「不知這樣的說明，夫人滿意嗎？」

「我還能怎麼辦？」賀陳夫人一臉無奈。「從我認識他開始，他就是個不折不扣的工作狂。但我嫁都嫁了，反悔也來不及了。唉……」

「夫人辛苦了。」女主持人大笑：「為了全國人民，您出借了您的先生──」

「不，我想我沒有那麼偉大。」夫人皺眉。茗茗綁著辮子端坐在母親膝頭，睜著一雙大眼快樂地吸著大拇指。「我想我和絕大多數的妻子們一樣，希望的是家庭和樂，孩子們平安長大。我是上了點年紀才遇見他──我說我先生，」夫人笑起來。「當然，這老頭就是上了更多年紀才遇見我。或許誇張點說，這段感情和婚姻得來不易，我是萬般不願意失去他的。我欣賞他，但我寧可他不是英雄。」夫人突然嚴肅起來。「說實話，自從他決定組織探勘隊進入核災禁制區之後，我就感覺我並不像以前那麼了解他。我其實不很清楚他為什麼做出這樣的決定。他也沒怎麼跟我商量。太危險了。而且大家都知道，輻射的影響是長遠的；他今天接受了過量的輻射傷害，真正的病變不知道什麼時候才會發生。這真的太危險了。」夫人又笑起來：「或許你們今天訪問他，也可以稍稍解開我的疑惑：我的先生，這奇怪的老頭，他到底是在想什麼？」

「賀陳先生，您的夫人對您提出了更犀利的質疑。」主持人做了個手勢。「所以，您怎麼說？」

「我真的沒想太多。」賀陳端方回應：「這點確實是對我的太太、我的家庭非常抱歉。對茗茗也很抱歉。當然我已道歉過許多次，在此，讓我向我的太座大人和女兒再道歉一次。」他半開玩笑地在座位上向太太鞠躬。「對不起，真的非常抱歉。是這樣的，災後四天，我和總統開始討論探勘隊的問題。那時總統剛剛在我的建議下決定遷都，而在遷都之後，接下來的優先後續工作當然就是進一步疏散。問題是疏散的範圍要有多大。大家知道，那時我們已初步畫定了二十五公里方圓的緊急避難區，而中國解放軍也已在福建集結兵力準備進攻台灣本島；美國方面也開始介入調停，意圖阻止戰事。這方面當然不是我的職掌，但總之情勢極端危險，我必須立刻決定，並且盡可能進行沙盤推演。一開始我首先參考的是人類過去兩次核災的相關數據，選擇了方圓二十五公里的距離進行初步疏散。但接下來該怎麼辦？進一步疏散的範圍應該有多大？我認為，重點是我們必須詳知反應爐損壞狀況，並直接針對反應爐採取動作，防止放射性物質繼續釋放。無論是灌水降溫也好，評估爐心熔毀狀況也好，評估以何種材料、何種方式封阻輻射外洩也好，無論如何，長期而言，必須有人實際接近核災中心區域，觀察狀況，並實際做出決策。台電已然失能，而政府必須負起責任，不能將責任全部賴給台電——」

「抱歉，插個嘴，」主持人說：「賀陳先生，我想大家都很好奇，包括您在內，整個進入禁制區的核四探勘敢死隊專家總共有十五位，而這些專家們極其低調，在事後也幾乎完全不願意接受媒體採訪。我相信有許多觀眾對你們在禁制區內的工作狀況十分好奇。可否請您談談這部分？」

「是，謝謝主持人。」賀陳端方推了推眼鏡，微勾的鼻尖與鼻梁在攝影棚的燈光下自信而光亮。「這首先必須請求全國民眾的諒解。禁制區內的工作是千頭萬緒的，舉例來說，我們配合氣象專家的規畫，測量輻射在各地擴散的情形；我們當然也探訪了某些不願撤離的民眾——當然不是全部，只是一部分，這有賴國軍的配合幫忙。另外例如全國人民所關切的大台北地區水源汙染的情形，也就是翡翠水庫的輻射汙染狀況，也是探勘隊親自測量確認的。翡翠水庫已遭受重度輻射汙染的事實必然也是我們之所以畫定北台灣核災的禁制區重要理中之一。我們非常、非常遺憾沒能提前確認這項災情。其他還有很多任務，難以一一詳述……」

「核災是台灣傷痛的記憶。」賀陳端方話鋒一轉，似乎多所迴避。「但它已經發生。這是無法改變的既成事實。但至少，在我們將宜蘭、基隆、台北市、新北市等地全數畫定為北台灣禁制區後，我們可以確定，人民的生命安全已受到一定程度的保護。而我個人認為，現在最重要的事，並不是把時間浪費在責任追究上，而是想辦法盡速完全中止核災對國家的傷害，恢復台灣從前的社會秩序——」

（啪。）

林群浩關上電視。黑暗的房間中，他閉上雙眼，感覺窗外路燈微光在眼皮上游移的淡影。賀陳端方的臉如同微弱的燭火般在他的記憶中忽明忽滅。

是啊，大家都死了。小蓉死了。陳弘球主任也死了。菜頭康力軒他們都死了。

為什麼只有他自己沒事？

而他們是怎麼死的，他卻完全不知道。

他完全想不起來。

那個夢是真的嗎？為什麼他會與賀陳端方有爭執呢？為什麼他會見到他？如果那時小蓉還在，那是在暗示：小蓉的死亡時間並非核災第一時間？

記憶的斷片如雪花般洶湧襲來。林群浩對小蓉的最後記憶依舊靜止在核災的前一天。那是廠區附近澳底村的臨時宿舍，公路、海灣與木麻黃，廢棄的鐵皮倉庫，白牆鏽痕斑駁，時間的步履在物件上留下深淺不定的足跡。路燈與漁火的遙遠星芒在海潮氣味的掩護之下匍匐蜿蜒。黃昏，馬鞍藤般彎曲的，帶著暗影痕跡的光線，小蓉溫柔而平靜的臉，她美麗的眉眼與唇線……

那或許不是個尋常的夜晚。或許不是——因為小蓉來找他。

小蓉為什麼特地來到廠區宿舍找他呢？純粹只是為了約會嗎？

但接下來的事，他就都忘記了。

或者，難道……小蓉的死並不直接與核災相關？

又或者，那些與賀陳端方有關的，其實並非真實記憶，而只是因為一個夢境所隨機誘發的，虛假記憶？

是那無數紛亂的思緒在他腦海中隨機堆疊而成的，一個虛妄而明亮的世界？

西元二〇一七年五月二十八日。夜間九時三十六分。台灣台南。北台灣核能災變後第五百八十七日。二〇一七總統大選倒數一百二十五日。

輻射落塵般，梅雨季細密的黑雨在暗藍色的空氣中飄浮散落。

15 Above GroundZero

二〇一四年十二月九日。中午十二時五十五分。台灣台北。北台灣核能災變前第三百一十四日。

今天的雲層壓得特別低呢。小蓉心想。台北一〇一只看得到下半身，腰部以上都被遮蔽了。灰色霧霾的邊緣緊貼著地面。但北台灣常見的綿綿冬雨並未現身。

小蓉走進台北盆地東緣一座老舊社區。她步行穿越大樓中庭，穿越建築與建築之間的防火巷，穿越老建築們那些色澤黯淡的背面，穿越一條小水泥橋（橋身斑駁，橫跨著一條冒著泡泡長滿了黑色水草的老圳溝），走進一片如扁平畫片布景般的低矮平房建築群中。

巷弄窄仄。鐵皮和木板組構了所有的狹小屋室，連幾戶屋齡四五十年以上的舊水泥屋都顯得突兀。小蓉走近其中一間，敲敲鐵窗。

「是誰呀？」

「是我，小蓉。」

「小蓉嗎？哎，你自己開門好否？——」

小蓉打開木板門。「阿婆，歹勢我今日較晚到——」

「無要緊，都好，都好，」周婆婆說：「多謝你。」

沙沙沙沙的雜訊。收音機的罐頭過場。午後隔牆，細微模糊的語音。周婆婆坐在藤椅上，收音機就立在腳邊。小小的房內奇異地瀰漫著紛雜的氣味：舊物，塵灰，紙箱，油煙，涼冷的膏藥和青草，油漬與人體之酸餿，以及這低窪之地特有的涼溼。天光幽深，所有物事都浮泛著細微的陰影。

「今日食咖哩飯好否？」小蓉打開帶來的便當。

「當然好呀。什物都好，多謝你呀小蓉。」

婆婆始終坐在椅上未曾起身。她並非全然無法站起，但相當吃力。她的右眼瞳孔渾濁，顯然已經失明。皺紋爬滿了她的臉。

小蓉將便當在周婆婆面前擺好。婆婆顫巍巍拿起食具，一匙一匙將食物送入口中。

冷風穿堂而過。屋頂上響起了滴滴答答的雨聲。雨聲落在這小村所有屋室的屋頂上，也像是落在一個冰凍的，遲滯未醒的夢境裡。

「小蓉你無帶自己的便當呀？」婆婆突然問她。

「噢無要緊，我已吃過了。」小蓉撣撣水泥地上的灰塵，席地而坐，背靠在藤椅上。「阿婆你食就好。阿婆昨日暗暝有睏好否？」

「噢，吵呀。吵死人了。」婆婆說：「昨晚多大的雨呢。叮叮咚咚像有人在吵架，吵到天光才吵完。但還好啦，我老人本來就較難睏——」

「對了阿婆，」小蓉自背包中取出一份文件。「你的殘障證明我幫你辦好了，補發下來了。那——」小蓉站起身：「婆婆我幫你放這裡？」小蓉起身，將文件放在櫃頂。

「好。」

「阿婆你慢慢食，我先看個東西噢。」

「好。」

小蓉打開背包，掏出一封信。

一張小卡。來自宜蘭的郵戳。

親愛的小蓉姐姐：

小蓉姐姐，好一陣子沒有寫信給你了。升上七年級以後，功課變得跟以前很不一樣，負擔很重，同學們好像也比較重視功課，更喜歡比來比去了。我不喜歡這樣。以前歐修女和柯修女總是說功課方面盡力就好，人最珍貴的是體貼。但我覺得好像有很多人不是這樣想的呢。

小蓉姐姐，我有交到了新的好朋友，一個叫瓜子一個叫凱莉。凱莉家裡也是單親，但她是個很活潑的人呢，很搞笑很幽默。我在學校都是看她們從租書店租來的漫畫，因為她們先看完了才能給我看，所以很多時候我都看得很趕，有時候還在上課時偷看（只有少數時候啦）。但這樣有時也滿有趣的。我還和幾個比較好的小學同學通mail，但我覺得大家換了新的環境，似乎都有自己的事要忙，自己的功課要做，即使寫信，好像也比較沒那麼多可聊的了。覺得有些感傷。我在想，有機會要把瓜子凱莉跟以前的同學一起約出來玩。

小蓉姐姐，我想起四年級那次我去找媽媽的事情。媽媽有了另一個新的家庭，我也有了新的弟弟妹妹，我應該替她高興才是。但媽媽好像不很喜歡我去找她，她的態度讓我覺得似乎希望我不要留太久。我那時很傷心，是你勸我不用太難過，要勇敢。我記得小蓉姐姐說，這世界上幾乎每個人都會遭遇到很多困難；但不是每個人都很勇敢。不勇敢的人可能會做出傷害別人的事對嗎？我的媽媽可能就是沒那麼勇敢的人；所以要勇敢不是那麼容易的事情對嗎？

小蓉姐姐，我覺得你說的很對，如果別人不夠勇敢，我們更應該自我勉勵，繼續勇敢下去，要比別人更勇敢，對嗎？這幾年來我每次這樣想，都覺得自己更堅強一些，傷心也少一些，對媽媽的怨恨也少一些。心情也好多了。

小蓉姐姐，謝謝你每個月的幫忙，柯修女總是提醒我們要懂得感恩，但我真的覺得能和小蓉姐姐認識是很幸運的事。你就像我的親姊姊一樣。祝福小蓉姐姐一切都順利。我很想念你，柯修女和歐修女也很想念你。希望小蓉姐姐很快就有空再來看我們囉。^_^

融怡敬上

16 Under GroundZero

「欸——小心一點——」媽媽說：「對——這樣——」

孩子的頭上纏著紗布。他將一塊紅色積木小心翼翼地疊上最頂層。小小的手與小小的積木。在他們面前，多彩的軟膠地墊上，一座足足半人高的城堡矗立著。

「好棒！蓋好囉。」媽媽拍手。

「蓋好了——」孩子跟著拍手。

但孩子似乎有些心神不寧。他轉頭看了看周遭，皺起眉頭。鑽進媽媽懷裡。

二〇一七年六月十二日。傍晚五時十一分。台灣台南。奇美醫院安寧病房。北台灣核能災變後第六百零二日。二〇一七總統大選倒數一百一十日。

林群浩坐在一旁的藍色塑膠座椅上。隔著長廊，遊戲區裡，孩子正和媽媽玩著堆積木的遊戲。他凝視著他們。這不是件快樂的事。在他身旁，左右兩側，沿著長廊全都占滿了病床。病床擠到了遊戲區邊緣。這使得那僅存的，聊勝於無的小空間像是一塊被夾擠於城市高樓中的畸零地。

西斜的陽光透過窗簾的縫隙射入室內。天花板上，陳舊的緞帶和氣球隨著細微的氣流輕輕搖擺著。

「媽媽，我會死掉對不對？」媽媽懷裡，孩子小聲地說。「我現在又痛了。」

「不會呀，你的病會好的。」

「隔壁的婆婆也會死掉，對嗎？」孩子說：「在這裡的所有的人，都會死掉的對不對？」

「不會啦。」媽媽輕撫著孩子的頭頸。「誰跟你說會死掉？我的寶貝當然會活得好好的呀。」

「那我現在為什麼這麼痛？而且我痛好久了。」

「痛就是因為生病的關係呀。」媽媽說：「媽媽不是講過了？大家生病都會痛的呀。媽媽如果生病也會痛的。大家都會痛。但病好了就不會了。要耐心等病好，不舒服沒關係，跟媽媽講，媽媽抱抱，嗯？」

林群浩望向廊道深處。他看見李醫師的朋友露西走了過來。她穿著亮黃色洋裝，雙馬尾，細髮辮如多彩的花環般盤在頭上。

「你打扮得像布丁姐姐！」林群浩笑。

「噢，謝謝你，你人真好。我老了，沒本錢當姐姐了。」露西坐到林群浩身旁。她立刻吸引了在場小朋友們的注意。「能當糖果阿姨就很好囉。」她從皮包裡拿出一個小帆布袋。「你看！」

「哇！」林群浩接過帆布袋，打開袋口。「你還真帶糖果啊？糖果阿姨！」

「這當然都是李醫師交代的囉。」露西低聲說。

「所以？讓我帶回家？」林群浩也壓低聲音。

「當然不是。都來這裡了就先分一些吧。」露西捧著一捧糖果站起身，蹲到遊戲區旁，小朋友們面前。「小朋友想不想吃糖果呀？」她向在場的媽媽們禮貌地點頭。

「你還真當糖果阿姨啊。」林群浩又笑起來。「早知道我該準備些氣球！」

遊戲區之外，廊道上立刻多了兩三位小朋友。他們的頭髮都已掉光。林群浩注意到，他們的手臂上全是潰爛的傷口，而手腕內側則是一點一點十數個針戳的瘀痕。

小朋友們一個個都瞪著好奇而疑懼的大眼睛，怯怯地接過露西分送的糖果。

「剩下的你就帶回家囉？」露西向林群浩揮手：「你還有事對吧？」

「嗯。」林群浩點頭。他將小帆布袋裝進自己的背包，站起身。「那我先走囉？謝謝你！」

「不會。」露西忙著繼續送糖果。她抱著一個虛弱的小女孩，再度向他揮手：「再見噢！」

她轉向小女孩：「妹妹，喜歡糖果嗎？這些給你好嗎？」

小女孩乖順地搖搖頭。

「沒關係？拿一點？」露西向站在小女孩身後的老太太微笑示意。

「琪琪，姐姐送你糖糖呦。」老太太說：「想要的話拿一點沒關係，跟姐姐說。」

「琪琪，想不想要？」露西說。

小女孩點頭了。

「琪琪好乖！拿兩顆你喜歡的。」露西將小女孩摟進懷裡。

「噢！」小女孩突然叫起來，掙脫了露西的懷抱，跑到老太太身後。

「抱得太緊她會痛。」老太太解釋。她牽起小女孩的手。「琪琪，阿嬤幫你拿？」

「對不起。」露西歉然。

「沒關係。」老太太搖頭。她看著小女孩遲疑的眼神。「這兩個好嗎？嗯，糖糖現在可以吃沒關係——」

笑靨在小女孩臉上綻開。她慢條斯理地剝開糖果紙，舔起糖果來。

「我大概快跟她一樣了。」滿頭銀髮的老太太慈祥地看著小女孩，突然說。陽光照在小女孩滿足的臉上。稚嫩而蒼白的光澤。

露西不知該說什麼。

「逃離台北的時候一路都是一起的。」老太太說。「她的爸爸媽媽都不在了。他們走的是別的路線。而且他們也比較晚走，我想他們喝多了翡翠水庫的水……

「原本我以為我們都可以活下來的。當然我們本來最擔心的就是琪琪，畢竟她年紀最小，容易受影響。後來琪琪生病了，我想或許我是老人，或許更無所謂吧。但我最近也開始覺得不舒服了。我擔心我沒有辦法照顧她到最後了……」

「阿嬤！」小女孩咂咂嘴，舔舔手指。她吃完了一個。「阿嬤，我可以再吃一個嗎？」

「可以啊。」水光在老太太的眼中閃爍。她的聲音輕輕顫抖起來。「想吃可以問問看姐姐還有沒有……」

17 Above GroundZero

海在他們右側消失後不久，他們轉進村內，停在公路邊的廣場前。

西元二〇一四年十二月二十八日。夜間九時四十二分。台灣北海岸。北台灣核能災變前第二百九十五日。

澳底村的 7-ELEVEN 在黑暗中寂寞地亮著燈。廣場一側，小廟與商店明亮的落地玻璃相對。幾盞紅燈籠像獸的眼睛凝視著這深沉的夜。

沙塵漫漫。林群浩下了車，立在車門邊點燃了一支菸。

菸頭火閃爍明滅。小小的光點之後是比火光更暗的，浸染於長明燈紅色燈光中的宮廟。宮廟背倚著幾座小村中的平房。而平房之後，更遼遠處，籠罩於薄霧中，黑色的群山之外依舊連綿著黑色的群山。

山的黑暗像個生命的謎題。越過廣場，林群浩看見小蓉提著 7-ELEVEN 的塑膠袋從日光燈無生命的熾亮中走來。

「吃點東西？」小蓉說：「你還沒吃晚餐呢？」

林群浩輕輕吐出白煙。「我不餓。你吃吧。」

小蓉點點頭。寒流來襲，低溫九度。冰的質感在濱海的空曠中穿行。冷風中，他們在宮廟前的台階上坐了下來。

「還在煩惱你們的全廠總體檢？」

「嗯……」林群浩有些遲疑。「我想總體檢可能快結束了。」

「那好呀。真是漫長的總體檢啊。」小蓉說：「從你一進公司就在處理這件事，現在終於完成了。」

「沒有。我頭大的就是這個。」林群浩將菸按熄在台階上。長明燈的血色光霧中，他的臉顯得扁平無表情。「我覺得我們根本沒做完。可怕的是，事實上可能永遠也做不完——」

「咦，之前有聽你說過一些困難……」小蓉說：「但有到那麼嚴重的程度嗎？根本做不完？很難想像……」

「唉。先別提了。想到就煩。」林群浩站起來。「我們到海邊走走？」

「很冷欸。」小蓉說：「啊，不過走走也好。你等我一下，我把東西吃掉——」

通往海邊的小路隱沒在大片溼地之間。那是芒草的巢穴，公路燈光視界的盡頭。而此刻，雲翳的觸手遮掩了月光。隨著時間，陰影的暗處正往更暗處持續移行。

「你注意到剛剛那個老人沒有？」林群浩說。風撞擊著他們的耳膜。海的預感在他們的意識中浮現。兩人壓磨著礫石與沙塵的步履隱沒在海風的暴烈呼嘯之中。

「什麼老人？」

「剛剛你吃東西的時候，廟裡不是有位老先生走出來？」林群浩說：「大概是廟公？」

「噢，你說他。怎樣？」

「你注意到了嗎？他沒有左手。」

「真的？」

「對。他的左手只到手腕。沒有手掌。我看得很清楚。」林群浩微笑。「你忙著吃東西沒看見。」

「噢，真可憐。」

「我想他大概是出來看看怎麼會有一對情侶坐在廟門口野餐吧。」

「嗯——所以？」

「沒有……」林群浩說：「我只是想到我們主任。我跟你說過他過勞到醫院打點滴的事吧？」

「你說你們陳主任嗎？」小蓉說：「陳弘球？沒有。你沒跟我說。」

「上週的事情。他在工地裡突然昏倒，還撞到頭，咚的一聲。我們緊張得要命，以為是中風之類的，結果送到醫院，醫生說應該是過勞，叫他留下來靜養打點滴，稍作觀察。他本來還不肯。我們好說歹說，勸他至少營養針打完了，頭不暈了再回家，他才勉強同意留下。」

「他家在哪裡？」

「就在這附近。在澳底村裡。確定住院後我跟他借了鑰匙幫他回家拿些私人物品。衣服什麼的。門一打開我嚇一跳。除了桌、椅、床、衣櫃之外，就什麼都沒有了。沒電視，連個熱水瓶也沒有。」

「他沒有家人啊？怎麼是你幫他拿東西？」

「對，他好像沒有家人。」林群浩說：「我知道他年輕時結過婚，但離婚了。似乎沒有小孩。」

「一個人住到澳底來？」

「猜得到是為了工作。」林群浩歎了一口氣。「他每天都比我們早到，比我們晚走。我敬佩他。那麼資深的工程師了，薪水應該也不低，沒有必要拚成這樣。我覺得他是把整個人都送給核四廠了。但他最近好像很挫折……」

芒草退向身後，小村公路上的燈光已化為不明確的星芒。此刻，伴隨著潮浪對空間的撞擊，黑海正在他們眼前展開。那是夜間的海，遼闊或寬廣已非必然，因為水面最遙遠的邊界已然消失，隱身於巨大而濃重的黑暗中。除了岸邊被調暗了光度的細碎白色浪花，除了遠處灣岸小小的燈光與漁火，他們所面對的，似乎並不像是真實存在的海，而竟僅是凝止於此的，一片廣漠無邊的虛空。

「挫折什麼？」

「還不就跟我一樣。」淺短的沙岸，他們坐在一截史前生物脊骨般巨大的漂流木上。「全廠總體檢要結束了。V顧問公司打算要撤了。但我們根本還沒做完——」

「怎麼會這樣？不是很危險嗎？」

「我也不知道為什麼會這樣。核四命盤有問題吧。」林群浩苦笑。他的側臉隱沒在空間本有的黑暗中。「之前跟你提過，之所以核四的問題比核一核二核三更嚴重，是因為分包太多，又層層轉包，當初又沒有好好監工的緣故。那是一隻失控的機械怪獸啊。像亂長的癌，長著長著就變成了現在這個巨大的模樣。但那也就算了，來這裡以前，我本來以為問題沒那麼嚴重，反正我就是來參加這個總體檢team的——而且這總體檢還是由建廠經驗豐富的工程顧問公司V公司指導的；我以為我們只要把改善工程一項一項確實完成，把做壞的東西都抓出來重做，電廠就可以安全運轉了。」

「當初為什麼要找那麼多包商？又不好好監工？」

「因為核四實在蓋太久了。」林群浩說。「唉。陰錯陽差。以前是由國外的核電技術輸出顧問公司——就是像V公司這樣的公司——派出技術人員，拿著固定的設計圖、固定的試運轉程序書，到現場要求照表施工和測試。那都是在國外的廠已用過，確保確實可行的。我們公司也有人也配合監工，等於是一面學習的意思。但一九八五年核二核三加入發電後，電一下子太多，當時的總統蔣經國和行政院長俞國華於是決策暫緩興建核四，凍結預算。

「這一拖十幾年過去，直到一九九九年，從前的原能會核發反應爐執照，重新開始動工，公司原先參與核二核三的那些人都不見了。不是退休就是轉職了。聽一些前輩說，這其中有些人還跑去幫韓國人蓋電廠。我們公司裡面已經很少有人有實際參與核電廠建廠的經驗。沒有人會做電廠，只好把設計圖丟給包商，讓它們自己去做；連監工也是包商自己負責，等於公司放棄監工。接著二〇〇〇年底民進黨上台後又是停建核四、然後頂不住壓力再復建核四。這麼折騰來折騰去，有經驗的人員又都走了，重點是，還找了一間爛顧問公司！

「主任說，當初這家石威公司低價搶顧問標，搶是搶到了，事實上根本沒有能力，加上我們公司其實已經不知道怎麼蓋核電廠，設計可能已經七零八落。但石威公司卻又沒有能力好好糾正。這顧問公司爛到我們公司受不了，自己跟它解約。留下來的爛攤子就是我們公司內部自己處理。然後接下來就是到處分包跟層層轉包了——」

「低價搶標就可以成功？這麼容易？」小蓉問：「這聽起來不太合理……」

「據說這跟採購法有關。採購法有問題。但詳情我也不了解。總之他們是得標了。而且因為價格太低，他們根本是會賠錢的，聽說得標後，當初石威公司裡主導低價搶標的幾位決策人物全都被開除了。真荒謬。」

「這麼離譜啊？」小蓉問：「那現在呢？為什麼要放棄全廠總體檢？」

「總統都說了，公投都投了，不能不蓋完哪。」林群浩說。「唉，那個bumbler。公投之前媒體的報導就很多了，不知道你有沒有印象；說是過去幾年，廠區不同的地方一共淹水過好幾次。那都是有『實質損失』，會泡壞儀器的嚴重淹水。有一次二號機廠房還淹到二公尺高。一下子說是颱風，一下子水龍頭漏水；這很明顯不是當初設計有問題就是施工有問題——根據我們體檢改善的經驗，應該是統統有問題。水龍頭漏水那次就被查到是管線連接工程出問題，日規管和美規管沒有整合好——」

「這麼慘啊？」

「噢這還不算慘好嗎？真正慘的是，水淹過了，還沒改善，下次又淹！」林群浩說：「之前媒體有拍到圍阻體水泥牆上嵌著垃圾寶特瓶的照片——」

「噢對啊，」小蓉問：「那怎麼回事？」

「我告訴你，那才誇張，之前有一段時間，工地附近是沒有臨時廁所的。工人直接對著寶特瓶小解。就是這麼來的！」林群浩愈說愈激動：「這就是核四現場施工的品質！」

「等等，不對。」小蓉打斷林群浩：「你沒有說為什麼要停止全廠總體檢。之前沒做好，現在繼續改善下去不就好了嗎？到底為什麼不能繼續下去？——」

林群浩稍作暫停。「這我不清楚。我覺得不該放棄，但這是現在上面顯然傾向如此。」

「上面？你是說你們公司高層？還是……」

「我不知道。」林群浩站起身來，又掏出一支菸。然而暴烈的海風滅去了所有的光與火。他點不著菸，頹然將菸放回菸盒裡。「這哪裡是我能知道的？如果是政治因素，那我就更不知道了。公投之前不是請了那位林宗堯來做全廠安檢嗎？你記得吧？」

「喔對，林宗堯那是怎麼回事？」小蓉問：「他之前發報告說核四基本上是沒救了，我在臉書上有看到。你還跟我說沒關係，說你們可以做得比他更好……」

「他跟我們不是同一個team。」林群浩解釋：「大白話是，因為大家比較相信林宗堯，所以請他來組個team，進行安檢。那時候還沒公投，我覺得林宗堯這事比較接近是我們公司的公關考量，算是當初搞公投的公關配套之一。他的team也不差，是由美國GE公司的十二位顧問領軍，另外向核一核二核三廠借調了四十五位資深工程師組成的。但檢查了一陣子，他的結論大意其實是說，核四一共有一二六個系統，其中七十個系統檢查得差不多了，剩下五十六個系統是『**無法接收，須予退回**』。」

「什麼意思？」

「很簡單，我們team的總體檢也遇到類似問題。」林群浩解釋。「我們做得比林宗堯更久啊。有一部分是這樣的：由於當初缺乏監工，施工品質一塌胡塗；但有些管線、焊接點等施工項目，已經埋進牆壁裡，埋進反應爐底部，埋進這些建築結構的最深處。如果要檢查，必須一一挖開來檢查。但若真要開挖，曠日廢時，也根本沒錢再蓋回去。幾乎等於是要打掉重做的意思。光是責任歸屬，又不知道要追到哪裡去了。」

「這種情形很多嗎？」

「你說呢？」林群浩說：「我們這邊，V顧問公司之前檢查了全廠的消防系統——只是消防系統哦；列出的缺失項目寫成報告書，厚厚一本六十五頁！光是消防系統就六十五頁！你覺得這種缺失多不多？」

「所以林宗堯的意思是？……」

「對，他的意思大約就是，類似缺失太多，又難以確實檢測，因此系統無法接收，只能退回。而且重點是，責任歸屬難以釐清，重新再做則工程浩大，曠日廢時。那是超級大錢坑啊。所以一言以蔽之，完全看不到事情的盡頭……」

小蓉默然。

「結果經濟部長居然就出來說話了，他說：安檢結果不是林宗堯一個人說了算。」林群浩稍停。「我完全不理解這些官員到底在想什麼……你們自己請來的專家，你們自己不承認他做出來的結果，這什麼道理？」

「你們主任怎麼說？」小蓉問。「關於結束總體檢這件事……」

「這不用問我們主任。」林群浩說：「我自己可以猜得到為什麼總體檢做不下去。」

「為什麼？」

「我這只是猜測。我猜是問題大到顧問公司也怕了。這家V顧問公司是專為解決核四的這些陳年舊帳而來的。他們的能力沒問題，但問題在於，我們公司和V公司並不是直接簽約的，也不是統包。換言之，V公司算是個別顧問。**並沒有一個正式的『全廠總體檢』合約**。沒有。

是我們公司對什麼地方有什麼特別疑義，才請他們來檢查的。」

「呃……那不是等於說這個總體檢不是玩真的？」

「對。像我之前提的，他們提的改善意見多到不可思議的地步，但我們廠兩個反應爐機組幾乎完全蓋好了，那些已經埋進去的地方根本難以檢測改善。不可能把整個反應爐或圍組體全都打掉重做啊——那是天價。公投之前社會壓力就已經很大了，追加預算都要頭破血流的——但偏偏那又是些致命的嚴重問題。」林群浩稍作暫停。「我猜V公司知道問題嚴重，不想再蹚這趟渾水了。」

「那這些人……我說你們公司怎麼可以這樣？說要總體檢就老老實實地體檢不是很好嗎？他們這樣敷衍有什麼好處？」

「噢，這個更慘。」林群浩說：「你知道嗎，公司裡一直有傳言，說因為當初建廠就草率無比，又層層轉包，這中間是有scandal的。有人說上面不願意認真總體檢，是因為怕V公司簽了約認真體檢下去，會把大小弊案都掀出來……」

「天哪……」小蓉稍停半晌。她說不出話來。

「我覺得這推測非常合理。」林群浩說：「你想，工程是我做的，現在要找一個人來把我過去的問題全部揪出來——要是你，你願意嗎？你會認真配合嗎？這究責起來，我官還用做嗎？」

「呃——那——他們——這樣還要完工？還要商轉？」

「我能說什麼？唉……」

「阿浩，你覺得……」小蓉稍停半晌。「……你還相信核電嗎？」

林群浩沒有回答。他閉上雙眼。這黑夜中杳無人跡的澳底村啊，連檳榔西施都沒幾個。他想像著陳弘球主任吊完點滴回到家（那是一幢老公寓的二樓，一樓店面已空下許久，此刻堆滿了生鏽的機具和漁網，如同一座向夜海臨時借用的倉庫），步上僅容一人穿行的窄仄小梯，打開小鐵門（喀啦喀啦的鑰匙，嘎吱嘎吱的鑰匙孔），打亮日光燈（閃了五六下，而後終究亮起），獨自面對著一方他自己的個人空間。但那真是他的個人空間嗎？或許也不是——那是他內心燈光黯淡的廠區，他一個人的核四廠。他聽見自己生命運轉的幫浦聲。他的心在疲憊地跳動，他的臟器皮囊在日復一日的冷卻循環中自我耗損，成為虛空。他失敗的感情——像那些輻射毒素，生命的代謝廢品——猶且在延展經歷著它們漫長的半衰期，漫長至那衰變必然長過於他的此生。

他只能工作。只有工作。除此之外，他就什麼也沒有了。

而現在，他甚至連工作的尊嚴也沒有了。

「我不知道……」林群浩低下身，拾起沙岸上散落的小石，投向大海。海無聲地吞噬了它，吞噬了周遭的黑暗。「以前我以為我知道。日本福島核災之後大家疑慮更深，但我總覺得那只是極端狀態。我以為那是例外。……但我現在想，我們是不是過度自信了？人類是不是過度自信了？**文明是不是過度自信了**？如果有一天，我們確認我們是過度自信了，但事情已經進行大半，騎虎難下，我們該怎麼辦？」

雲翳之後，月光如同一盞行將熄滅的夜燈。海面上升騰起一層輕紗般的薄霧。黑夜中的海以一種近乎無知覺的方式昭示了它的存在。

「好冷。愈來愈冷了。」小蓉起身，拉緊外套。「而且好像漲潮了。我們先回去吧。煩惱的事情——」

林群浩突然回身抱住小蓉。朦朧的月光下，他撫摸著小蓉被風吹亂的長髮，感覺自己的指尖穿透了空間的冰涼。

「我好害怕。」他說。「我好害怕。」

18
Under GroundZero

二〇一七年六月十二日。傍晚五時二十九分。台灣台南。奇美醫院安寧病房。北台灣核能事故後第六百零二日。二〇一七總統大選倒數一百一十日。

告別糖果阿姨露西之後，林群浩背起背包，穿過廊道，繞過那些層疊擁擠的病床，搭電梯到了另一個樓層。

他出了電梯，走過有些冷清的護理站（一個護士敲著鍵盤，疲倦的臉浸沒在冷光中），直接走向廊道盡頭，開門進入病房。

病人正睡著。她眉頭緊蹙，秀麗的臉上盡是憂容。似乎在另一個夢境的世界裡，她的意識正被困鎖於某個無名的，毫無因由的禁制區之中。

林群浩拉上窗簾，放下背包，在一旁的行軍床上坐下。

整個病房浸泡在水族館般的淡藍色暈光裡。

病人咳了兩聲，睜開雙眼醒了過來。

「啊，阿浩哥。」融怡病弱的腔口：「嗨。」

「嗨……」林群浩擺擺手。「志工們呢？」

「噢，我也不清楚。」融怡一臉惺忪疲憊。

「對不起，吵到你休息了。」林群浩歉然。「你先睡，我等一下再過來？」

「噢不用，沒關係啦。我睡夠了。」融怡稍稍坐起身來。「阿浩哥，你幫我一下？」

林群浩起身，將病床前端搖起。「這樣好嗎？」

「好。」融怡歎了一口氣。她的嘴唇乾燥且毫無血色。像萎落的白色花瓣。

病房外突然傳來大聲的吵嚷。融怡皺起眉頭。

「奇怪，怎麼回事？」林群浩站起來。「我去看看。」

他推開房門，剛剛踏出兩步，一個馬克杯流彈般飛過，哐噹一聲碎裂在他腳前。他嚇得跳起來，閃身輕掩房門，探出頭，看見護理站裡混亂不堪。一群人裡，幾位想出拳，幾位要勸架，拉拉扯扯扭打成一團。尖叫聲此起彼落。

「我都來幾次了，我小孩有狀況我說過幾次了！」壯碩的中年男人脖頸上青筋暴突：「一下子說沒病，一下子跟我說病床不夠不能住院，現在住進來了又理都不理！你們是要人死了才甘心嗎？現在送加護了吧？」

「先生！你講理一點好嗎？」護士長聲量也不小。「我們盡力了，現在到處病床都不夠！整個台灣都這樣！我們要照顧的人太多了，我們人手——」

「你們有沒有良心啊！」男人又一拳搥在桌上。「你們敢再這樣我告你們！」

「大家都盡力了，你給一點體諒很困難嗎？」護士長回話：「是你不講理！你知道我們科裡本來有幾個人嗎？他們自己都在住院！他們自己都在住院你知道嗎？」她嗚咽了起來：「四個從台北調過來的同事，現在三個是病人！剩下的一位上個月過世了！你還要我們怎樣？你知道我們死了幾個人了嗎？我們能做的——」

林群浩退後一步。關上房門之前，他看見廊道遠處，盡頭的角落裡，一個男人若無其事地坐在塑膠椅上看書。

「外面吵什麼？」融怡問。

林群浩搖搖頭，在一旁的行軍床上坐下，沉默半晌。「最近感覺還好嗎？」林群浩抬起頭。

「阿浩哥——」融怡紅了眼眶。她被自己哽住了，沒能再說下去。林群浩凝視著她的臉，而後將視線轉開。

落日照進病房。天色清澄。隔著玻璃，飛鳥的黑色剪影在室外海洋般的天空中盤旋。有一個極短的瞬刻，林群浩竟感覺這世界如此美好，美好至難以想像，美好至僅需一丁點細微的拉扯傾斜便足以令其塌陷毀滅。

「阿浩哥。」融怡調勻自己的呼吸。「嗯。我好了。我沒事了。你有一些事情想問我對吧？」

「對不起，害你受苦了。」林群浩輕輕握住融怡的手，感覺那指掌如此乾硬粗糙，像堅硬的鱗片。

融怡抽回她的手。無數鱗屑自她乾枯的上臂脫落。如破裂的繭。她沉默半晌。

「沒關係。」融怡輕輕地說。「我自己想過很多次。我習慣了。到現在，每次我想起從前美好的那些，我甚至覺得愜意。」她似乎忽然又害羞起來，低下頭去。「我不知道從前那樣算不算快樂。育幼院裡怎麼可能快樂？每個人有自己的傷痕。但那時我感覺平靜。平靜才是最大的幸福。」

「嗯……」

「所以沒關係。」融怡抬起手擦乾眼淚。「阿浩哥，你還想知道什麼？」

「嗯。你上次說，你不知道育幼院裡其他人的下落……」

「嗯，對，我不知道。」融怡說：「之前約略跟你提過。二十五公里避難區發布之後，育幼院裡幾位老師和修女似乎就對接下來的做法有不同意見。那時氣氛很怪。但你知道，老師和修女們當然也不會跟我們講這些。」

「那是在二十五公里避難區頒布後立刻就發生的事嗎？」

「嗯，我感覺是。」

「但老師或修女們從未透露他們未來的打算？」

「至少到我離開育幼院為止，我都不知道他們打算怎麼辦。」

「但——」林群浩有些遲疑。「他們把你送走，總需要理由吧？」

融怡眼眶又紅了。「他們說我年紀夠大了。玲芳姐姐說會幫我找好寄養家庭和相關社工單位。我只能相信他們……」

「那其他人呢？他們也沒說育幼院要解散嗎？」

「我沒聽說。」融怡說：「直到離開前我都沒聽說。但我當然知道育幼院在二十五公里範圍內。小蓉姐姐病重，我知道玲芳姐姐、歐修女和柯修女他們也有在討論是不是跟著附近的其他公立學校一起行動。但那時還沒有結果。」

「然後，他們把你送走，之後就失去聯絡了？」

「對。」

「你之前說，網路上也找不到他們了？」

「對。」融怡又流下眼淚。「寄信給他們都沒有回應。玲芳姐姐也沒有回應，她的臉書帳號不見了。歐修女是本來就不上網；其他修女的帳號也都不見了。他們都不想理我了。」

林群浩沉思半晌。

「我本來很傷心。」融怡繼續說：「但我後來想，這很明顯是他們刻意不想跟外界聯絡。」

「其他人呢？一定有其他跟你一樣突然被送走的孩子？」

「嗯，有。」融怡神色黯然。「我知道的有三個，一個大我一歲，兩個跟我同年。都跟我一樣，原先都是身心健全的。但後來跟我同年的這兩位也都生病了，其中一個過世了。我們都是那幾天被送走的，他們跟我一樣也什麼都不知道……」

「你的意思是說，院方只送走健康的孩子，而那些原本身心障礙，在院裡上學的孩子們都沒被送走？」

「我不太確定，但似乎是這樣。」融怡說：「當然，年紀大一點的孩子也比較容易被送走。這點很可理解。」

「嗯……修女們在台灣沒有家人……」林群浩沉吟：「玲芳自己就是育幼院出身的，她也沒有家人……」

「我很擔心大家。但沒人知道他們到底去了哪裡……」

十五分鐘後，林群浩走出醫院側門。他穿過馬路，沿著騎樓走了一小段，而後拐彎走入一條僻靜的暗巷。

太陽已然沉落。日光粉紅色的餘燼正趨近地平線的盡頭。高牆隨著小巷蜿蜒而建，路燈下，如同某種鬼魅的活物，枝葉的暗影像自高牆的禁鎖中伸出。

靜極了。來處不明的空洞回聲跟隨著林群浩的腳步。他突然感覺一陣暈眩，胸口煩惡，視界在眼中迅速模糊縮小。

他蹲下身去，一隻手扶著矮牆乾嘔了起來。

兩分鐘後，林群浩站起身來。他咳了幾下，取出衛生紙擦了擦嘴。
突然有人拍了拍他的肩膀。

19
Above GroundZero

西元二〇一五年三月七日。夜間七時二十分。基隆和平島。北台灣核能事故前第二百二十六日。

細雨斜斜打在擋風玻璃上，沙粒般的聲響。路燈在林群浩臉上間歇明滅。他放慢車速，通過一條狹窄的水泥橋，開過彎道，停在一排鐵皮屋前。

此處已是堤岸盡頭。每一座鐵皮屋都亮著青白色的日光燈。那是一整排營業中的海鮮餐廳。遠處，不明確的潮浪在黑暗中呼嘯，雨滴夾帶著風的力道打在林群浩臉上。猛烈的風似乎把喧譁的人聲都吹散了。

餐廳裡的人比想像中少。推開「和平島三五活海產：本街海鮮創始店」玻璃門，林群浩很快找到了他的同事們。菜已上了三道，大家正吵鬧著互相敬酒。

（像一座被死神顛來倒去，作為玩物的沙漏。緩慢移行的細小沙流。當時他們不會知道，那毀壞一切的倒數計時已然啟動——）

「噢噢，不肯跟大家一起去玩的處男阿宅帥哥來了。」菜頭嚷著說。

「哪有！」林群浩笑起來，放好背包，在同事間坐下來。「我哪裡是處男？為什麼說我處男？」

「我錯了——」菜頭手腳俐落地立刻為他斟滿一杯台灣啤酒。「你不是處男，你是百人斬，但你『宛若處男』——」

「菜頭怎麼了？」林群浩問大家。「我沒有遲到太久吧？不是才剛開始，菜頭就已經喝醉了，胡言亂語我都聽不懂？」

「噢，你遲到很久哦，你遲到一整個下午了——」

「咦，你們真的有去？」林群浩瞪大眼睛。「我還以為你們是開玩笑的！怎樣？好玩嗎？」

眾人爆笑。「立平差點跟媽媽桑打起來！」

一桌工程師裡，扣掉已婚的、有女友的和不肯去的，剩下四個光棍，下午先是約好了一起到基隆市區的「鐵路街」見世面。顧名思義，鐵路街坐落於舊鐵道邊，乃基隆市歷史悠久之老牌風化區，茶店林立，鑲著深色玻璃的厚重木門後是卡拉ＯＫ和摸摸茶的老派溫柔鄉。但林群浩之前曾聽出身基隆當地的同事提起，說是近幾年因其他性產業通路之興盛（「生意都被網路援交妹和詐騙集團搶走啦！」同事說），鐵路街已逐日沒落，如今再去，竟已帶著些懷舊意味了。

「好啦，等一下再講啦！」菜頭又嚷起來。「他太幸福了一點也不希罕啦。敬遲到的幸福帥哥！」

玻璃杯哐噹作響。菜又端了三道上來。鯡魚卵，龍蝦，九層塔炒海瓜子。海產多數僅是清蒸汆燙，並未添加特殊醬料，但因為新鮮，味道十分鮮美。

「哦，龍蝦來了——」有人說笑：「這是龍蝦宴！台電龍門電廠工程部門作東宴請！貨真價實，如假包換！」

大家都笑了。「還好是我們自己出錢的——」「自己賄賂自己嗎？」「趕快call壹週刊來爆料啦！」「天哪看不出來你這麼想紅耶——」

「欸，等一下等一下，上級來了上級來了。」康力軒制止大家。「讓我們歡迎上級蒞臨指導！」

大夥兒紛紛站了起來。帶著幾分酒意的同事們站得歪歪倒倒，身形滑稽。

「不好意思我遲到了！」陳弘球主任說。他單肩掛著個土氣的背包，襯衫背後溼了一片，正七手八腳脫下外套。

菜頭同樣迅雷不及掩耳地為他斟滿了一杯。「主任，遲到的先罰一杯，你乾杯，我們都隨意，嘿嘿！」

三十分鐘後，林群浩步出餐廳，虛掩大門，來到門前廊簷下。他看見陳弘球主任一人站在簷下抽菸。不知名的蚊蚋振翅亂飛，圍著慘白的日光燈打轉，在人臉上投射著細微的陰影。

主任向他招手。他站到主任身旁，向他借了火。

「滿好吃的啊——」主任吐了一口煙。「很新鮮。餐廳誰選的？菜頭嗎？」

「是啊。」林群浩微笑。「他什麼都知道啊，吃喝玩樂的他最會了。」

「你一個人開車來的嗎？」

「對。」林群浩說：「待會不知道還能不能開車。可能得搭計程車了。」

主任點頭。酒精的酡紅在他頰上滯留。冷雨仍未歇止，隔著一條無人的馬路，無數發亮的雨絲在幾盞堤岸的路燈下降落。或許是多喝了幾杯酒，林群浩感到血液躁動地撞擊著自己的太陽穴。

「春酒，慶功宴……」主任突然說：「阿浩，今天大家原來是說喝春酒還是慶功宴？」

「什麼？」林群浩一時沒會意過來。

「我說……」陳弘球主任顯然已微醺，口齒不清。他乾笑了兩聲。「欸，我說，今天大家是約喝春酒，還是慶功宴？還是什麼都不是？」

「呃，主任，我也不知道。」林群浩跟著笑了起來。「大家就是巧立名目吃喝而已吧？……」

主任向他擺擺手，抬起頭，看著遠方潮浪聲中的黑暗，沉默半晌。「總體檢結束了……」

主任用手指輕敲菸管，任菸灰飄落在自己的皮鞋上。「無功可慶的慶功宴啊……」

林群浩沒有回答。他噴出煙，看著白色煙霧幽魂般飄向前方黑暗中的雨幕。

「下週就填燃料棒了……」主任像是在向他說話，卻又像是在自言自語。「你會擔心嗎？阿浩？」

林群浩將菸吸盡，丟在地上用腳踩熄。酒意已稍稍褪去，身後同事們的譁鬧成為這暗夜中的背景音。雨勢似乎比方才更大了些。「會。我會擔心。」林群浩說：「但主任，我們還有機會吧？」

「我們還有機會？」主任像是無意識地重複了他的話。「是嗎？我們還有機會？」

「**起動測試**的時候——」林群浩稍停半晌。「萬一還有什麼問題，在商轉前會發現吧？」

「是嗎？……」陳弘球主任似乎恍惚起來。「燃料棒都填進去了，該汙染的地方都汙染了，就算知道有問題，還能怎麼救？」主任望向遠方。他視線的終端似乎並不落在此時此地的空間中。「要怎麼救？我們總體檢都沒做完。這樣算是有總體檢嗎？連個統包全廠檢查的合約都沒有……」

林群浩不知該說什麼。

「阿浩——」

「嗯，主任？」林群浩轉過頭，驚訝地發現陳弘球竟淚流滿面。「主任……」

「核四廠做太久了。」主任用手擦去臉上的淚痕。「我也做太久了。我很累了——」他突然轉身，踩熄菸蒂，隨手抄起一把放在門口傘筒中的傘，撐開，離開廊簷和光的界域，步入冷雨之中。

林群浩有些擔心，遲疑了兩秒，也抓起一把傘跟了上去。

兩人相隔著半步的距離，一前一後走在這臨海的淒清暗夜裡。

「我的母親，三週之前過世了。」主任突然說。稍停半晌。「她是我唯一的親人了……」

「三個禮拜？三……」林群浩一時語塞。三週之前？如果他沒記錯，三週之前，主任是幾乎天天陪著他們在加班的。

「我好累。」主任說：「我太累了。我在核四這麼多年，沒想到會是這樣的結果。我不能接受……」

雨勢愈來愈大了。堤防邊緣，兩人的腳步踩出水花。玻璃碎裂般的脆響。他們走到了堤防盡頭。在他們面前，十公尺下，潮浪撞擊著消波塊，水霧洶湧漫淹，雨聲和海洋尖銳的湧動在他們身旁的虛空中匯聚。

「我不能接受。」陳弘球主任突然激動起來。光亮之外，一整排日光燈下的海產店已然在視界中失焦，成為巨大的黑暗中無意義的模糊光點。他的臉隱沒入無處不在的陰影，在彼此推擠的空間中消失。「我不能接受！我為它努力了半輩子……我的辛苦全都白費了，我的一生全都白費了；就因為政治，就因為那些貪汙的傢伙！就因為他們自私！」

林群浩大吃一驚。他說不出話來。他第一次聽到主任直接提起那些貪汙情事。當然同事間早就有許多相關傳聞（說是除了幾件已被踢爆的小case採購弊案之外，還有好幾個更大條的還沒被揪出來），但他始終半信半疑。

然而他願意相信主任並非信口開河之人。

這麼說來，那些事情都是真的了。林群浩想起另一位前輩曾提起，在那漫長的爛顧問石威公司主導期間，早在二〇〇〇年，該公司便曾宣告破產。對台電這苦主而言，石威破產可說是天賜良機；應可趁此與能力明顯不足的石威分手，在完全不違約的狀態下廢去合約，重開標案。但不知為何，台電卻選擇與石威繼續合作，這一合作下來，一直拖到二〇〇七年台電終於忍無可忍而解約，又是七年過去……

（這中間一定有鬼吧？……林群浩想。）

濱海的狂風中，陳弘球腳步一陣踉蹌。林群浩緊張起來，伸手去扶。「主任，我們都喝多了，雨很大，先回去吧。」

「我不能接受，我……」主任突然壓低了聲音。「阿浩，你聽我說——」

「是……」林群浩輕輕攙扶著陳弘球往來時的方向走。風把傘都吹花了。兩人已全身溼透。

「如果我出了什麼事——」主任說：「你知道我已經沒有親近的家人了。如果我出了什麼事，如果核四廠出了什麼事，你來得及的話，先到我家，把我的手機跟電腦拿走——」

「主任……」

「當然我是說如果。」主任帶著醉意拍拍林群浩的肩膀。「如果。我回去打一份鑰匙給你。如果我出了事，還有可能的話，我會先傳簡訊給你，你就照著簡訊辦事。如果沒有，你就直接到我家去。知道嗎？」

「主任——」

「我家，我家是關鍵。我家地址。我家地址你記得嗎？」陳弘球走得歪歪倒倒，話也說不清楚。「啊，不用拿電腦，我不要在電腦裡面放什麼讓他們搜。拿手機就好。手機就好。記住了？」

「我記得。主任，不會有事的，我們都會很平安的……」

「不要管那些。」陳弘球主任又大舌頭了起來。「我，我也不想管。我，反，反正出了事就是，這樣，這樣做，你聽我的話就對了——」

「呃，好。」林群浩說：「主任你還好嗎？」他感覺自己手上的負擔愈來愈重，似乎主任已無法站穩。林群浩聽見身後幾條舢舨船被浪頭煽得嘎吱作響。

「我——」陳弘球又打了個酒嗝，抬眼望向前方。隔著一段距離，在彼處被光線曝亮的雨幕之中，可以隱約聽見餐廳裡人們宴飲的喧譁。像是另一個世界裡的實存之物瞬間消融在吞噬一切的熾烈強光之中。「我沒關係，沒關係。就快到了。」

20 Under GroundZero

知覺是從口中的布塊被取下後開始的。

布塊被取下之後，林群浩咳了幾聲，大口喘氣（他的下巴淌滿唾液），隨即發現自己被綁在一個平面上。

他無法辨認那是個什麼樣的平面。因為他的眼睛被蒙住了。

他甚至慢了數秒才判斷出自己是仰躺著的。他的四肢在手腕與腳踝處被固定，動彈不得。

很快有人將塞在他耳中軟海綿之類的物事取出。

他感覺到氣流。冷涼的細微氣流自他耳輪邊緣彿過。腳步聲在他身旁響起。

「這是哪裡？」林群浩開口。他清醒了。他想起他原先去了醫院，見到了融怡，見到了李莉晴醫師的朋友露西，拿了些資料——他應當是在離開醫院之後被攻擊的。「這是哪裡？」

沒有回應。他聽見物體在地面上輕微的摩擦。身旁的人似乎坐到了一張椅子上。

「我在哪裡？你們是誰？」林群浩扭動脖頸：「你們為什麼綁架我？」

沒有回應。

「為什麼綁架我？」林群浩喊：「為什麼？給我一個理由！告訴我為什麼——」

回聲。

所以這是個蕩闊的空間囉？他突然領悟，現在他所能做的，無非是盡量去誘使對方開口。

「我犯了什麼錯？我哪裡礙著你們了？」林群浩奮力大喊。「你們可以告訴我，什麼事都可以商量，何必用這種偷偷摸摸下三濫的方法？為什麼？」

沒有回應。他冷靜下來，側耳傾聽。然而除了自己的回聲之外，甚至連對方的呼吸都聽不見。

「你們想怎樣？想要我做什麼？」

對方起身了。這人走了幾步，將一層厚重的織物蓋上了林群浩的臉。

就在林群浩還來不及反應時，他知覺到水流傾倒在織物上的重量、溼度與聲響。

林群浩轉動頭部，意圖擺脫。但那人用手掌整個按住了他的頭，摀住了他的臉。

窒息的感覺立刻攫獲了他。水嗆進他的口鼻之中。他用力掙扎，卻依舊吸不到任何空氣。

他的身體此刻只是一個無限酸苦的，冰冷的腔室。

他感覺自己就快要昏厥了。

就在此時，那雙手離開了他的臉，鬆開了覆蓋在他臉上的潮溼織物。

他大口喘息。淚水鼻涕齊出。但僅僅是約略兩三秒時間，那雙手又壓了上來。

他拚命掙扎，但四肢的束縛顯然相當牢固，他只能盡力伸展轉動脖頸。那人也不去制止，只是以雙掌用力將織物按壓在他臉上。這使他一切的掙扎都徒勞無功。

在意識逐漸模糊的過程中，他感覺到對方又鬆了手。

林群浩被重重打了兩巴掌。

這時對方開口了。「林群浩！」

他僅能回應以模糊不清的呻吟。

「林群浩。」那人說。明顯經過變聲處理，來自於某個擴音裝置的粗糙語音。「聽好，第一點：從現在開始，不准再與李莉晴醫師聯絡。不准再去見她。不准與她有任何訊息交流，無論是透過任何管道。」

那人突然將林群浩臉上的潮溼織物掀開。林群浩滿頭大汗。他嗆咳不止，吐出少許酸液。

「我再重複一次——」變聲處理這回成了個女聲。「不准再去看病，不准與醫師聯絡。不用想與李莉晴或其他相關人等有任何訊息交流，我們會檢查你所有的通訊管道。知道嗎？」

就在林群浩尚且來不及反應時，溼布又蒙了上來。

「如果你想起什麼事，不准對外透露——等一下。」怪異的語音繼續：「讓他呼吸。對。」

臉上的織物再度被拿開。

「好。聽好。」語音又變回男聲。「第二：如果你想起什麼，不准對外透露。如果你對外透露，我向你保證，你和你的家人將立刻遭遇不測。我重複一次。不准對外透露任何你想起的事情，否則你和你的家人將立即面臨生命危險。知道嗎？

「再來，第三點：當然也不准透露今天的事。」男聲變得厚實滯重。「這應該不用特別說明了。同樣，如果讓我們發現了，你和你的家人也都不用活了。記清楚了嗎？」

織物再度覆蓋了他的臉。掌面施壓。

林群浩全身戰慄。在明滅不定的意識中，他發出野獸般的嚎叫，但隨即駭然發現，自己事實上未能發出任何聲音。化學藥劑的氣味侵入了他的口鼻。彷彿身處海底，他感覺到某種滯重物事如水壓般暴虐轟擊著他的臉面，他的雙眼，他的耳膜。他的身體與意識裂解為零碎而純粹的感官聚合，彷彿被拋擲入一個無限明亮，充斥了光與雪盲的空間之中——

他再度失去了知覺。

21 Above GroundZero

「你知道摩天輪的歷史有多久嗎？」

西元二〇一五年四月十八日。夜間八時二十分。台灣台北。內湖美麗華。北台灣核能災變前第一百八十四日。

「多久？」小蓉問。

「其實只有一百二十年左右哦。」林群浩說：「比一個世紀再多一點而已。」

「所以比電影再久一點點。」

「嗯。而且世界上第一座摩天輪是特別為了一八九三年芝加哥博覽會而設計的，最初的動機是想與巴黎鐵塔一別苗頭。然後……」林群浩說：「我看過一本書，書上說，在博覽會造出第一座摩天輪時，同樣在芝加哥，美國也誕生了屬於美洲大陸的第一個連續殺人魔……」

摩天輪緩慢上升。他們對坐在觀景艙內。整座美麗華購物中心的燈火在他們腳下沉落。原先的歌聲與人聲已逐漸淡去（天台上是個供應酒水點心的露天酒吧，歌手在小小的舞台上唱歌。人們在座位上休憩，旋轉木馬和幾台夾娃娃機在黑夜中亮著光。一對新人抱著花束在一旁拍婚紗照）。而視野彼方，隔著空闊的黑暗，閃爍的燈火沿著草山山腰一路盤旋向上。像夜空中懸吊的星星。

「咦，所以摩天輪和殺人魔有關係嗎？」

「理論上沒有。」

「理論上沒有，那實際上有嗎？」小蓉笑起來。「你看哪本怪書啊？幹麼把他們寫在一起？」

「這就是有趣的地方囉。」林群浩說。「那本書叫《白城魔鬼》。表面上，作者從頭到尾沒告訴我們，創造了摩天輪的芝加哥博覽會和那叫做Ｈ．Ｈ．賀姆斯的美國第一變態殺人魔之間，到底有什麼關係啊。」

「所以作者應該是打算讓讀者們自己去體會囉？」小蓉稍停半晌。「噢，我在想，像世博會這種誇張浮華的東西，總和一個時代或一個地區自我炫耀的欲望有關。像前幾年上海世博會不也是這樣嗎？或許……作者想要暗示，愈是燦爛繁華的文明幻夢，總會誘發出最深沉的黑暗……」

「小蓉，你頭腦也太好了吧。」林群浩也笑起來。「你的感覺和我的感覺一樣呢。我認為作者確實就是這個意思。咦，你看！」

位置已逐漸趨近最高點。半座台北城的燈色與塵囂在他們腳下延展，一路迤邐蜿蜒，像發亮的地毯。建築玻璃反映著近在咫尺的光線。而遠處的河岸邊原本是相較黑暗的部分，此刻卻突然有人放起了煙火。

朵朵煙花在夜空中炸開。漸次亮起的夜空如同精靈們不同的表情。

「好漂亮啊。」小蓉說。

「你在這方面真的很悲觀呢。」林群浩凝視著小蓉的臉。她仰起的臉美麗一如夢境，一如腳下天台上的歌聲，旋轉木馬閃爍的光色。

「啊？什麼？」小蓉回過頭來。「噢，你說摩天輪和殺人魔。是呀，但我想這不奇怪。」她稍停半晌。「人類很聰明，充滿創造力，但人類也很壞……你看看你們公司就知道了。」

「但我不壞對不對？」林群浩坐到小蓉身旁。

「嗯。」小蓉微笑。她握住林群浩的手。「對呀，你不壞，你是我見過最好的人了。」

「你也是我見過最好的人。」林群浩說。「所以……」他變魔術般突然從身後拿出一枚戒指，放在小蓉手心上。「小蓉，我們結婚好嗎？」他誠摯地說。「你願意嫁給我嗎？」

小蓉嚇了一跳，一時反應不過來。她看著自己的手心。花火幻變的光彩在戒指上漸次明滅。像聖誕樹的燈泡。「喂，林群浩。」小蓉笑了出來。「你這人……你剛剛的台詞是特別準備的嗎？」她哽咽起來，眼中淚光閃爍。「摩天輪和殺人魔？什麼台詞啊——」

「對。」林群浩說。「怎麼樣？很特別吧？」

「你白癡啊。」小蓉邊哭邊笑。「殺人魔？」

「嫁給我好嗎？我會照顧你的。讓我照顧你一輩子好嗎？」林群浩拉住小蓉的手。「好啦。快說好，快說好！拜託！不說殺了你！我是殺人魔！」

「你很煩欸……好啦。」小蓉打了林群浩一掌。「好。」

十五分鐘後，他們回到地面，坐在商場一樓中庭區路邊的木椅上，一同挖著小筒冰淇淋吃。

「阿浩。」

「嗯。」

「我想說……我從小就很害羞。」小蓉把一碗酒釀黑櫻桃冰淇淋挖得汁水淋漓。「我……花了很多時間才能從那些悲傷的回憶裡走出來……」

「嗯。」

「怎樣？」小蓉戳了一下林群浩的肩膀。「你忙著吃，不想理我？」

「沒有。」林群浩口齒不清。「很好吃嘛。」

「那，那你要專心聽我講。」小蓉也口齒不清。

「好。」像參加大胃王比賽，林群浩又挖了一大匙送進嘴裡。

「我該謝謝你。」小蓉說：「你給了我最珍貴的禮物。我這輩子最快樂的日子。雖然你的工作一直讓你煩心也一直讓我很擔心……」

「不客氣。」林群浩依舊口齒不清。

「你很討厭欸。話都講不清楚。」

「老婆，我個人提議，我們再買三筒回家吃。」林群浩刮完最後一匙，立刻變得字正腔圓起來。「我現在清楚地可以背繞口令。和尚端湯上塔，塔滑湯灑湯燙塔，官方網站光芒萬丈……你念一次！快！官方網站光芒萬丈！」

「官方網站光芒……」

散場的人群由他們身旁走過。夜風吹拂。儘管天氣晴朗，空氣中卻帶著春雨的清新。

月牙掛在天際，像夜空害羞的微笑。

22 Under GroundZero

西元二〇一七年七月七日。下午五時十七分。台灣台南。總統府北台灣核能事故處理委員會附設醫學中心。

北台灣核能災變後第六百二十七日。二〇一七總統大選倒數八十五日。

「好，那這次開的藥量就跟上次一樣。」李莉晴醫師說：「不過你吃的時候可以自行微調。看情形可以少吃些。」

「謝謝醫師。」病人說。那是個穿著學校制服的蒼白少女，臉上盡是疲憊。

「祝你開心。過一陣子應該就更有空可以好好休息了！」李莉晴說。

「謝謝醫師。再見。」

李莉晴向少女擺擺手，喝了一口水，挪動滑鼠，在螢幕上叫出行事曆。她看了看，而後從皮包裡找出自己的手機，檢查通訊錄。

她盯著手機螢幕，遲疑半晌，而後終究放下手機，起身走出診療室。

「嗨，蘋芬——」李莉晴來到櫃台旁。

「李醫師。」

「蘋芬，我想跟你對一下你手上的約診時間表。」李莉晴說：「那個林群浩，是不是已經很久沒來看診了？」

「噢好，醫師你等我一下。」助理挪動滑鼠，叫出時間表。「欸——他上次來看診是六月八日。」

「有約診嗎？」

「六月二十二日有，但他沒來。」

「沒有告知為什麼不來嗎？」

「嗯……」助理盯住螢幕。「照這樣看來應該是沒有。這裡沒有特別注記。」

「所以他已經一個月沒來看診囉？……」

「應該是。」助理說。

「好，那我知道了。」李莉晴說：「跟我這邊的行事曆一樣。」

「要跟他聯絡看看嗎？」助理問。

「不用了。」李莉晴說：「只是確認一下狀況。如果所長問起，就跟他說病人不知道為什麼沒再來看診，說我也不清楚狀況，還在評估要不要主動聯絡。所長有什麼意見的話就請所長直接來找我——」

「好，沒問題。」

「好啦，那我下班囉。」李莉晴脫下白袍，拿起背包，露出微笑。「蘋芬，謝謝你。」

「難得今天病人少。」助理說。「咦，醫師，你這條項鍊好漂亮！我現在才看到！」

「謝謝你。我也很喜歡。」李莉晴說：「對啊，如果天天病人都這麼少多好！哈哈哈。」

十五分鐘後。

夕陽西斜。天際線處，雲層正幻化著光的變奏。這幾乎已是南台灣一年之中最炙熱的時節——然而今日例外。

李莉晴走入公園，選了張樹蔭下的長椅坐下，開始看書。她看的是一本叫《拜訪糖果阿姨》的短篇小說集。雨露般流動的光點在她身上灑落。台南的鳳凰木已然經歷六月最暴烈的盛放，此刻多數僅餘下光禿的枝椏，舒展著它們挺拔的枝幹。在逆光的暗影中，那抽象畫般的構圖美麗無比。

涼風習習。鳳凰木昆蟲羽翅般的落葉無聲飄墜。然而李莉晴看得並不專心。她時不時看看四周，又抬眼望向對街的公寓。

隔著一小段距離，那宿舍模樣的老公寓在枝椏的掩映間顯現。

老公寓外牆陳舊，玻璃反射著橙黃色的夕陽餘暉。隔著一方小庭院，矮牆環抱著它，九重葛自牆頭伸出雪崩般大片黯白色的枝葉。像老人的手臉。牆上鏽鐵斑駁的淡藍色大門為它敞開了唯一的出口。

約略六、七分鐘過後，一位頭髮花白的老人推門走出。他穿著運動服走向公園。

老人雖稱不上行動不便，但步態並不穩健。李莉晴看見他邊甩手邊慢慢沿著人行道步行。他等紅燈，穿越馬路，走入公園，看了李莉晴一眼，而後步入蜿蜒曲折的磚石步道。

李莉晴將書本收進背包，起身跟上前去。

步道在淺淺的樟樹林中蜿蜒。時序漸轉，雲層已開始收斂原先盛大暴烈的霞色，霧氣般的暗影籠罩下來，像是舞台上一個神祕的，難以索解的布景。

李莉晴很快地追上了那花白頭髮的老人。

「伯父。」李莉晴低聲叫喚他。老人停下腳步。

「伯父。嗯，您不用停下來，我想我們繼續走比較好。」李莉晴說：「就慢慢走。您還可以嗎？」

老人點頭。李莉晴輕輕攙扶著他。

「伯母狀況還好嗎？」李莉晴問。

「唉……」老人回應：「也不能說不好。沒什麼不好，但也沒什麼好。老實說我想那也是時間早晚的問題。所以做完這期化療，我們就跟醫生商量，先回家一陣子。有什麼新的狀況再說。」

「嗯，家裡總是比較習慣，比較舒服。我相信對伯母的病情和心情一定都有幫助。」李莉晴沉默半晌。「群浩那邊……他怎麼說？」

「唉，我很擔心。」老人歎了一口氣。「我也不知道我現在該不該跟你見面。我也不清楚你們在做什麼，但似乎有些危險是嗎？但群浩叫我來找你，我來了就是了。」

「抱歉讓您擔心了——」

「他說，有人警告他不要再與你聯絡。」老人說。

「真的？」

「而且他說，那人還警告他說，萬一想起些什麼，不能對外界透露。」老人停下腳步。「他只告訴我這樣。李醫師，請問你們到底在做什麼？群浩失憶的那段時間究竟是發生了什麼事？」

「我不知道。」李莉晴回應。「但似乎對某些人是很嚴重的事——」

「他失蹤了一段時間，」老人急切地打斷他：「這個核災……我的兒子，對我而言像是撿回來的。這陣子以來我們所有的家庭變故都和核災有關。我了解那或許對某些人很重要，對你，或對群浩可能也都很重要。但我只希望我們家人能夠平平安安的……」

「群浩他媽，再活也沒有多久了。」老人眼眶泛紅。「我的病也不知道什麼時候會再不穩定起來。無論如何，我不願意再失去我的兒子——」

「我了解。」李莉晴稍停半晌。「我想，或許對我們而言，如果我們能夠知道他失憶期間到底發生了什麼事情，那對我們反而是一種保障。或許……最好的做法是，我們知道，但是留著不說——」

「是嗎？」

「當然我承認我沒有把握。這很難講。」李莉晴說：「所以……唉，我想我不會強迫群浩要跟我聯絡。伯父，您的顧慮是有道理的。」李莉晴凝視著老人。「您放心，我會尊重你們的決定。」

23
Above GroundZero

西元二〇一五年五月十六日。晚間十時五十二分。台灣宜蘭。北台灣核能災變前第一百五十六日。

繁星滿天。雨後的空氣帶著薄荷般的沁涼。遠處，山坡下的燈火在浮塵中閃爍。像孩童的眼睛。

三人坐在育幼院庭院裡的長椅上。風撫摸著他們的雙頰，潮溼的霧露輕觸著他們的皮膚，像親吻。玲芳不時捏捏自己的肩膀，搥著自己的背。

「那麼累呀？」小蓉笑。

「哈，不會。其實還好。」玲芳說：「我想如果我不待在育幼院裡，應該會更累吧。」

「怎麼說？」

「比如說，你現在做的工作我就做不來呀。」玲芳回應。「要跟那麼多不同的人接觸……」

「玲芳，你有恐人症呀？」林群浩插嘴。

小蓉白了林群浩一眼。「你才有恐人症吧，整天檢修機器的阿宅。玲芳做的是最有愛心的工作了。」

「嗯，我想我可能真的有一點恐人症。」玲芳說：「或許我怕的是大人，不是小孩。有人認為小孩像個小惡魔，但我還是覺得這些小惡魔們比大人好相處多了，呵。」玲芳站起身來。「我帶你們到後山走走？去看看特別的東西——」

「什麼特別的東西？」小蓉說：「身為疑似半痊癒的恐人症患者，我很好奇……」

「去了就知道囉。」玲芳說：「當作給你們的禮物。」她稍停半晌，微笑起來。「你們是真的要結婚了呢……」

樹影搖曳。一行三人穿過菜園，穿過庭院，繞過育幼院建築，在後門前暫時停了下來。他們從窗口看見寢室裡熟睡的孩子們。月色如水，黑暗裡，孩子們微光中的小臉如此純真，隱隱發亮。丘比特般的容顏。

「醒著的時候難搞得很，睡著了就可愛了。」玲芳偷笑。「走吧。」

他們越過一小片空地，來到一條荒僻的產業道路。道路蜿蜒向下，狹窄的路寬恰恰容許三人並肩。玲芳打開手電筒。黑夜中眾多無形體的生命聚合為這環境中唯一的喧囂。蟲鳴唧唧，貓頭鷹的叫聲此起彼落。

「玲芳，」小蓉問：「你還是不考慮結婚的問題嗎？上次你沒跟我說為什麼？……」

「嗯，至少到目前為止不想。」手電筒的光圈在周遭巨大深沉的黑暗中移動，變幻著邊界和形狀。像夢的推軌鏡頭。「想到要應付一大堆親戚五十就覺得累了，我想我可能連男朋友本人都搞不定吧。」

「為什麼這樣覺得？」

「因為……」玲芳回應：「人真的太難應付了。你想，我們從出生開始，就遺傳了南轅北轍的個性；接著在一個文明化的環境中被教養長大。人類文明的優點你可能學會，文明的害處和殘忍，你也可能學會。我們就這樣長成了當下這副模樣。誇張一點，如果我說每個人都是一隻**『被文明豢養的怪物』**也不過分，對吧？」

「也對。但是——」小蓉回應：「你無法否認這些怪物裡面，還是有些善良的怪物，不是嗎？比如說我呀，比如說你——」

「還有林群浩先生？」玲芳說。

「他我不太確定，哈哈。」

「沒錯。這就是我選擇留在育幼院的原因。」玲芳說：「我不是說育幼院的世界是個絕對純潔的世界。當然不是。用有限的資源給院童們提供有限的服務，怎麼可能永遠維持運作過程中的純潔？這是不可能的。他們有他們的小圈圈，有他們健康或不健康的社交方式，他們的強勢或弱勢……糟糕的時候或許還有霸凌……

「但我發現有一種狀況是可能的。」玲芳繼續說：「你記不記得，上次你問我，那些身心障礙的孩子有沒有比一般正常的孩子更難照顧？」

「嗯，那時你說不一定。」

「對，我們小時候都有這樣的同學對吧。其實這真的很難說。我們覺得他們難照顧，是因為只要心智障礙到一定程度，他們就很難在現存的文明社會中取得一個舒適的，自力更生，無須過度仰賴他人的位置。但這樣的文明環境，之所以發展呈現成這副模樣，其實根本是一堆隨機因素聚合而成的……」

「所以？」

「所以我根本不認同這樣的文明社會啊。」光與夢的推軌繼續在地面移行，爬上樹葉，爬上草叢，在枝葉上留下溼亮的痕跡。「在歷史上，只要某些隨機因素被改動，我們現在的社會很可能就不是這副模樣了。歐洲最受歡迎的運動不見得會是足球，台灣不一定會變成科技產業代工中心。這些『現狀』，其實都是隨機的啊。但我們居然對一個心智障礙的孩子充滿期待——他會生成這樣，也只是基因的隨機聚合而已——但我們卻想盡辦法教育他，幫助他，希望他去適應這個毫無道理可言的文明社會。這邏輯上根本完全說不通啊。」

「但或許——」林群浩插嘴：「這是件不得已的事？這是必要之惡？」

「我想沒錯，」玲芳說：「這是必要之惡，因為我們硬是找不到其他更好的方法來幫助這些孩子。但我難免覺得，『人類』這整個群體，也未免對這樣的事實過度無所知覺了。有多少人會知道，他們現今的舒適生活或社會地位，其實根本也只是一堆偶然所組成的？偶然的出身，偶然的知識教養，偶然的國度，偶然的經濟條件，偶然的社會規範……他們究竟是否明白，他們和我們院裡面那些心智障礙的孩子，根本只存在少許機運的差別？只是一線之隔？一張鬼牌的兩面？」

春日的夜是潮溼的。春日的夜充滿了生命本身的躁動。這是林群浩之前未曾預期的。風拂過野草，帶著沙沙的聲響。細索而空洞的回音。

「我覺得——」玲芳繼續說：「有太多太多的人都對這件事毫無所覺。我甚至認為，人世間之所以有這麼多傷害，之所以有些人能夠殘忍而冷漠地傷害他人，就是因為他們對這樣的事情毫無所覺。人類已經如此被文明豢養成一個個怪物了……」

「但孩子們比較不會這樣嗎？」小蓉問。

「孩子們比較純真。」玲芳說：「但並不是說他們就不會這樣。所有成人的美德和惡習，體貼或殘暴，他們終究會學會。但如果是心智障礙的孩子，因為先天缺陷，有比較高的機率，他們會停留在一種較原始的狀態。也就是說，他們離我說的那種『被文明豢養的怪物』稍遠一些……」

「半成熟的怪物？」

「對。」玲芳微笑。「依舊是怪物，但是半成熟的。」

「玲芳，你還真的有恐人症欸……」林群浩和小蓉都笑起來。

「沒錯呀我是。」玲芳自己也笑了。「所以我留在這裡比較好。所以婚姻也必然不適合我的，哈。我如果結婚，對對方和我自己都會是個災難吧。」她轉動手電筒。「好像快到了噢，就在前面——」

水流聲漸大。山壁之後，一灣清淺的小溪在微光下發亮。絲緞般的光澤。水潤兩側，樹與花的黑暗中，無數螢火閃滅不定。那星火時而靜止時而飛翔，像有生命的寶石。

「好漂亮欸！」小蓉叫起來：「我都忘了現在是螢火蟲的季節了——」

「真的很美。」林群浩說。他牽住小蓉的手，感覺她小小的手掌柔軟而輕盈。螢火蟲飛過眼前，留下紫綠色的光痕。

「呵，你們慢慢看。」玲芳滅去手電筒。「我是每年都看，看習慣了。」

遠山闃暗。寂靜伴隨著寂靜。夜色深濃，但他們被包圍在星群般的光亮中。螢火掠過他們的頭頂，掠過他們的耳際髮梢，也低低在他們身旁徘徊逗留。像耳語，像精靈的手指眷戀地拉扯著他們的衣角。

「所以……」玲芳突然小聲地說：「對兩個人類——應該說，對兩隻**怪物**而言——愛是罕見的啊。」

24
Under GroundZero

西元二〇一七年七月八日。晚間七時三十七分。台灣台南。北台灣核能災變後第六百二十八日。二〇一七總統大選倒數八十四日。

ＫＴＶ的入口面向騎樓，是個向上的旋轉梯，夾在鞋店和「一鍋二匙」鍋物店中間。而櫃台則設置在二樓。

通過櫃台時，李莉晴停下腳步，刷了刷手機螢幕。亮晃晃的白光漫漶在大廳中，穿著白襯衫黑背心的服務人員如剪紙人偶般在空間中來去移行。水晶燈俗麗的星芒在鏡面地板上投下了無數虛幻的倒影。

李莉晴並未多作停留。她直接走過電視牆（歌手巨大的臉，巨大的回聲，夢境般的色彩調度），穿過廊道，進入二一四包廂。

露西正蹺著腿坐在裡面。她已然開唱，笑著向李莉晴揮手，但手中仍抓著麥克風不放，嘴上也不稍停。那是蕭敬騰的〈王妃〉，節奏與鼓點硬邦邦敲打著這滿是氣味、煙塵與汙穢之物的空間。露西依舊一襲重金屬裝扮，粗手鍊大耳環，一雙穿著馬靴的長腿交疊，華麗近乎炫耀，看來不像王妃，倒像是個女王。

李莉晴坐到露西身邊。她心不在焉地翻了翻桌上的歌譜，拍了拍露西，隨後便拿起對講機說了幾句話。

一分鐘後，服務生打開房門。「您好，請問需要什麼樣的服務？」

「我們想換包廂——」李莉晴說。

「什麼？」服務生低下身。這是個T模樣的女服務生，短髮，黑膚，嗓音低沉，長相頗為俊美。

露西高亢嚮亮的歌聲中，李莉晴湊近服務生耳邊。「聽得見嗎？對不起，我們不小心重複訂位了。現在這個包廂是她訂的，但我也有訂。我們多訂了一次。」

「噢，這樣？那——」

「但我們想換去我訂的那個包廂可以嗎？」李莉晴說：「就是不要用現在這個包廂了。換到我訂的那個。我叫做Jane，一樣是訂七點三十分。」

「呃——」服務生遲疑兩秒。「好的，沒有問題。您說您是Jane，七點三十分是嗎？」

五分鐘後，一切就緒。李莉晴和露西相偕坐進二二三包廂。螢幕上正播放著串場用的

ＭＶ。女主角甩了男主角一巴掌，隨後又心疼地抱住他。男主角額角淌血，顴骨瘀青，像是才剛打了一架回來。（這是個黑道故事的ＭＶ嗎？酒店小姐的愛情故事？）

「你先唱吧，」李莉晴說：「我來點餐就好？」

「好啊，麻煩你囉。」

露西很快又拿起麥克風唱了起來。

六分鐘後，房門被無聲推開。

是林群浩。

「嗨。」李莉晴向來者招手。林群浩頭戴棒球帽，Ｔ恤牛仔褲。他立刻擠過露西身旁，坐到李莉晴身邊。

「好，我們來討論正事吧。」李莉晴給林群浩倒了一杯奶茶，拿起溼紙巾擦了擦手。

「你還真會演。」林群浩忍不住笑出來。「還跟我爸說那種話——」

「彼此彼此。」李莉晴頂回去。「想必您也哄得您父親相當開心。」

「好啦。」林群浩擺手。「開玩笑的。談正事。」

「還得假裝完全不知道你為什麼沒來看診呢。我真是仁至義盡。」李莉晴說：「ＯＫ，談正事。你沒有看到露西那天拿給你的資料？」

「對，沒有，我一出醫院就被綁架了。」

「你真冷靜。」李莉晴看了林群浩一眼。「他們自己放你回來的？」

「對。」

「所以他們的目的應該就是警告你而已？」

「必然如此。」林群浩低聲說：「想要我命的話，我應該已經不在這裡了。他們用擴音器對我說話，經過變聲，恐嚇我不能再與你聯絡，如果想起什麼也不能對外透露。然後有人拿溼布蓋住我，讓我不能呼吸。那非常可怕，真的覺得自己就會這樣窒息而死——」

「唉……」李莉晴皺起眉頭。「太恐怖了，顯然來頭不小，看他們設備這麼複雜就知道。」

「對。」林群浩顯得心有餘悸。「而且光是對付我就至少用了兩個人——」

「你報案了嗎？」

「報了。」

「警方什麼反應？」

「有問案，做筆錄，報案單據。」林群浩說：「但員警告知我，說因為我是管制收容案例，所以依照緊急命令，案件資料將知會相關單位，協助辦案。」

「慘——」

「我也是這麼想。」林群浩歎氣。

「後來呢？沒有結果？」

「我想你也猜得到。我收過一封警方公文，說明調閱附近監視器畫面，尚無所獲。」林群浩沉默半晌。「算是預期中吧……」

「哼，又來黑畫面了嗎？」李莉晴冷笑。「黑畫面還不夠多嗎？」

「你們想唱什麼？」露西突然探身插嘴。歌曲的間奏。「我幫你們點。你們也唱唱歌比較像嘛。」露西眨眨眼。

「喂——」李莉晴苦笑。「我們正在生死關頭；你倒輕鬆——啊，你幫我點〈廣島之戀〉好了。」

「好。」露西轉過身，手指在點歌螢幕上比畫起來。

「喂，我沒有心情跟你對唱好嗎？」林群浩也忍不住笑出來。

「沒關係，我跟露西唱。」李莉晴稍停半晌。「你看法如何？你不想處理了對吧？」

「我……」林群浩遲疑起來。「我不知道。但問題是，你看我現在還在跟你聯絡啊。而且，我覺得莫名其妙的是，我記得的事那麼少，他們這樣對付我，是不是太小題大作了些？」

「噢，不見得，不見得。」李莉晴凝視著林群浩的雙眼。「我先告訴你一件事：我使用夢境影像儀的權限被中止了。」

「什麼？」

「對。被中止了。我跟你說過，這種夢境影像技術雖然尚未完全成熟，但總之就是最新科技。」李莉晴解釋：「所以無論是當初我被賦予這樣的權限，或是現在我的權限被中止，一言以蔽之，至少都到了核能事故處理委員會的層級。你還覺得你的事情不嚴重嗎？」

林群浩說不出話來。

「還有第二件事。」李莉晴繼續說：「我懷疑，問題在於你沒看到的那張圖……」

「那天你叫露西拿給我的？」

「對，你到現在都還沒看過對吧，他們恐嚇你時把那些資料也拿走了對吧？」

「當然。」

「還好我當初又偷偷做了一個備份。」李莉晴從襯衫口袋中掏出一張照片。「不過還是要強調，我們的通訊都被監控，我在電腦上的任何動作任何工序他們應該都知道，唉。你看看。」

林群浩接過照片。他倒抽一口氣，拿著相紙的手顫抖起來。「我知道這是誰。」

「誰？」

「賀陳端方。」

照片上是個旅館模樣的豪華景觀客房。除了床、桌椅、立燈與酒紅色絨毛地毯之外，巨大的觀景窗如張舉的禽鳥翅翼般在眼前開展。視野寬闊，冰雪覆蓋的群山橫亙於外。然而此刻，室內光度晦暗（唯一的光亮似乎來自於室外積雪之反射），一個男人背對著視點靜立於窗前。

「你記得這個夢？」

「現在記得了。」林群浩冷汗直流。他下意識搓了搓手。「現在才記得。原先不記得。我本來想把那些資料拿回家再看，但剛出醫院沒多久就被綁架了……」

「好。」李莉晴說：「你記得多少？關於這個夢？」

「我知道那是賀陳端方。」林群浩聲音沙啞。「但他似乎自始至終沒有轉過身來。我沒有看到他的臉，但我知道那是他。」

「嗯……」

「他說他是這個房間，不，應該說是這棟建築的建築師。」林群浩遲疑半晌。「我想想看。……我不記得前面的過程是否存在，我似乎是一開始就待在那個房間裡了。我很焦躁，因為那並非固定空間，而是個形狀流動不止的空間。在我四周，牆，梁柱，樓梯和窗戶持續增生或消失。有些窗戶缺乏窗景，有些窗戶並不向外界敞開，有些窗戶打開之後是另一扇窗戶，有些窗戶展示著違反物理定律的景色：倒懸的沙漠，鏡湖中的礫石荒野，冰河縫隙的雨林，垂直的海底，湧動的群山，冰雪禁鎖的森林……」

「樓梯可能直接在天花板上浮現，沒有開端，沒有結尾，裝置著方向錯誤、難以握持的倒裝扶手，或甚至通向不存在的他方。牆有時能被穿透，有時不能，有時像是地板或天花板的複製物，有時有著類似魔術方塊的傾斜感，彷彿重力的方向被旋轉往不同的角度……」

「你說你很焦躁。」冷光照拂著李莉晴美麗的臉。在她的耳輪，手腕與頸間，首飾表面碎光折射，星芒流轉。「就是因為這些空間的變化嗎？」

「是。至少在夢裡是。那不是個能讓人安定下來的環境……」

「好，同樣，我們來自由聯想一下。」李莉晴說：「『焦躁的情緒』或那些變幻不定的空間令你聯想到什麼？」

「嗯……我想所謂的焦躁本身就是那樣。」林群浩思索著。「這可能沒什麼好解釋。我沒有特別的想法。至於空間，空間——呃，我想到怪物。」

「怪物？什麼怪物？」

「那不斷增生或消失的空間像一隻有生命的怪物……咦，等等，」林群浩說：「啊，我知道了，那像是玲芳說的話，在核災前……」

「玲芳？」李莉晴問：「啊，你是說你未婚妻小蓉的好朋友……」

「對。」林群浩說：「她們是青梅竹馬的好朋友，從小在育幼院裡一起長大的。我未婚妻生前，有一次我和小蓉一起去找她，她說她不適合婚姻，因為絕大多數的正常成人其實都是『毫無理由的人類文明』所豢養出來的怪物……」

「什麼意思？」李莉晴皺眉。「聽起來很複雜？」

「簡單說就是，她認為人類現今的文明樣貌其實只是一些歷史上的隨機因素所構成的。」林群浩解釋：「這樣的文明包含了美好的成分，而邪惡亦在其中。但總之，它終究是眾多隨機因素的聚合物。而每位成人都是從孩提時期起始便被這樣無因由的文明所豢養出來的——所以，也可以說是一團隨機拼湊組構的怪物……」

「是嗎？……這觀點滿有趣的。」李莉晴沉吟。「你認為這與你的夢有關嗎？那怪異的，流變不定的房間？」

林群浩思索半晌。「我不知道……」

「了解。ＯＫ，我們繼續。接下來？」

「接著賀陳端方就直接出現了。」

「沒有任何預警？」李莉晴問：「沒有前置情節？」

「嗯……我不確定。應該是沒有。」林群浩說：「他直接出現，大約就與這夢境畫面雷同。我記得他在房裡踱步。但不知為何我始終沒看能到他的正面。我知道那是他，他直接向我承認他就是這個怪異房間的設計師……」

「你們有對話嗎？」

「我忘了。」林群浩搖頭。

「你知道他就是設計師，你的感覺如何？」

「我想我原先的焦躁可能略略被平撫了些。或許因為我終究知道了這怪異空間的源頭。是他造就了這一切。但我立刻又感到煩悶——」

「為什麼？」

「因為知道這空間是他設計的，並不能改變什麼呀。」林群浩回應。「我依舊被禁閉在那房間內部，而且原因不明……」

「了解。」李莉晴沉吟。「嗯，你剛剛提到，房中的空間感非常怪異，並日各種建築元素會自行挪動變化。那——在賀陳端方出現後，這方面有什麼改變嗎？」

「我想想。……」林群浩稍停半晌。「我不確定。但我的印象是，在他說話時，他始終背對著我。那感覺像是望向窗外；但實際上他所面對的不見得是窗或任何向外的開口，也有可能只是一堵牆，或缺乏邊界的空間；然而無論是牆或窗，都充滿了幻覺的光影。那些沙漠，那些雪景，類似我前面提到的那些持續異變、增生、不同色澤流轉其間的事物……」

「聽起來……像電影？」

「對，有些類似。像是投影機在那些滑軌移行的牆上投射了無數夢境的虛像。」

「好。接著呢？」

「我想我曾要求他讓我離開那裡。」林群浩說：「我非常焦躁，身體很不舒服——」

「哪裡不舒服？」

「不很明確。我只記得身體不舒服。」

「了解。請繼續。」

「很奇怪，房間裡忽然出現了兩個男人。那兩人拒絕了我的要求。」

「你向賀陳端方提出要求，希望能離開；」李莉晴追問：「但拒絕你的並不是他，而是另外兩個男人？」

「沒錯。他們很怪。」林群浩繼續說：「我這邊提到的，無論是要求或拒絕，我都不記得是否是以對話或任何溝通的形式出現。不清楚。那似乎都只是我內在的心思，我的心象。這兩位突然出現的人——感覺像是來看守我的獄卒之類；我清晰記得他們一個共同的動作：他們指指自己的耳朵，對我搖頭，意思是說他們是聾的，他們聽不見我說的話……」

「兩位都這樣？」

「是。」

「ＯＫ。」李莉晴問：「那麼針對耳聾，或聾啞，你能聯想到什麼嗎？」

「呃——」林群浩說：「可能是聾啞學校。啊，還有，之前的夢境，那大雪紛飛，雪原上行走的人群……」

「請繼續。」

「醫師你知道我在說什麼嗎？我們之前討論過的那個夢——」

「我知道。」李莉晴打斷林群浩。「我記得很清楚。」

「對，那個夢，我想到那些人，還有倒下死去的我的朋友……」林群浩疑惑。「他們全是聾的？是嗎？」

「或許如此，我們無法確認。但總之你想到他們。」李莉晴沉默半晌。「這樣的連結可能有意義——你似乎覺得他們可能全都是聾的？你的夢境給了你這樣的暗示？」

「我不知道，但是有這樣的聯想沒錯。」

「那麼……聾啞學校呢？」

「嗯……這我想我不太清楚。」林群浩稍停。「學校……我不知道。」林群浩搖頭。

「你對這兩位男人的樣貌有印象嗎？」

「他們都一身黑衣，身材高大。」林群浩說：「我想這或許是保鑣之類的刻板印象——但和賀陳端方一樣，他們都沒讓我看見他們的臉。」

「嗯——」李莉晴醫師又沉吟半晌。「你對於你看不見他們的容貌這件事，有什麼看法？在這個夢裡，房間裡的三個人，你都看不見他們的臉；而早先的夢境裡，雪原的灰霧中，那些行走的人們，包括你的朋友，你同樣看不見他們的臉……」

「醫師，你說得有道理。」林群浩感覺手心溼涼。「為什麼我總是看不見他們的臉？」

「即便這些人之中，有某些人，你是明確知道他們的身分的。」李莉晴說：「比如賀陳端方，比如雪地毒霧中倒下的朋友——你想想看。」

「呃——」

「沒關係。放輕鬆。」李莉晴微笑。「我知道這裡很吵，沒關係，你先眼睛閉上試試看。露西！」

露西起身，打開電視櫃，旋轉旋鈕滅去樂音。這即刻靜默下來的空間霎時充斥了四處流湧匯聚而來的音響。

其他的房間。充滿了蕩闊回音的，其他空間的嗚叫或哭泣。

「你深呼吸一下。」李莉晴說：「好，再一下。繼續。好——如何？」

「呃，」林群浩睜開眼。「我想到小蓉還在世時的一個細節……

「或許沒什麼重要性吧？她坐在床上跟我聊天。」他聲音沙啞，感覺格外粗糙。「我們在她陽明山上的住處，天光明亮，有某個瞬刻，她恰恰看著窗外，背對著我。因為光線的關係，我看不見她的臉——」

「嗯，請繼續。」

「大概就是這樣。我就記得這樣的畫面。」

「畫面裡你印象最深刻的是什麼？」

「嗯，就是光吧。那是逆光的場景，看不見她的臉……」

「什麼樣的事情？什麼樣的過程？記得嗎？」

「一般的約會而已。我去找她，應當是早上醒來，我們在床上聊天……」

「記得聊些什麼嗎？」李莉晴問。

「我想想。」林群浩閉上眼睛，而後睜開。黑暗裡，他眼中的水澤明滅不定。無數柔軟的碎片哽住了他的聲音。「窗外有一朵雲。天光如霧氣一般蒼白美麗地流動著。我剛到核四廠不久，她和我開玩笑，她叫我不要汙染她……我……」林群浩沒再說下去。

「了解。」李莉晴沉默半晌。「所以就你記得的部分，那場景中，你們曾討論到核電的問題是嗎？」

「嗯……」林群浩低下頭。「應該是。」

「好，我知道了……」李莉晴思索半晌。「首先，我想你夢見跟核災有關的細節是絕對合理的——畢竟那直接與你的失憶，你的過去，親友的死亡與苦難直接相關。所以這或許沒什麼好談。但我覺得奇怪的是，」李莉晴凝視著林群浩。「儘管你事後不一定記得，但事實是，你持續夢見賀陳端方。理論上你跟賀陳端方並沒有太深的牽扯啊。當然，現在他是執政黨候選人了，我們隨時會在媒體上看見他的消息。這會侵入我們的夢境——『日有所思，夜有所夢』。夢境必然受到雜亂現實的影響。但如果將你和賀陳端方的實質交集考慮進來，這頻率未免太高了。我想我們幾乎可以確定：你之前懷疑自己曾在禁制區裡見過賀陳端方，有相當高的機率應是真實記憶。你極可能確實與他有過接觸，甚至爭執，而且那樣的爭執曾帶給你相當深沉巨大的情緒拉扯……」

「另外一個關鍵，我想還是在小蓉身上。」李莉晴強調：「我指的是小蓉和她長大的育幼院。我們以後是沒有機會再使用這些夢境影像儀器了；然而截至目前為止，就我們有過的幾次討論——你想想，那次在電影院裡你告訴我的那些，你也懷疑那個夢境基本上是真實記憶的重現……」

「呃，我想我知道你的意思了——」林群浩簡短地說。

「嗯，對。」李莉晴回應：「在那個夢裡，小蓉也在場，你們所處的地點令你聯想到核災禁制區內的育幼院。而現在我們看見的這群山旅店之夢，在你的情緒裡，你受到一個不確定空間的禁錮，而這空間的建構者又是賀陳端方。再根據場景作聯想，你想到的又是你和小蓉相處的經驗——逆光的剪影，你和她說笑，庭院裡的一朵雲，你剛到核四廠上班，你們討論著輻射汙染的事……你之前提到你和小蓉共同領養的一個女孩子見過面了？」

「對，融怡。就是在我被綁架那天稍早。」

「也就是在我託露西拿資料給你那天。」李莉晴說愈說愈快：「你從融怡那裡探詢育幼院的下落，但並未得到明確答案。你知道院方疏散了少部分院童，然後，整座育幼院都消失了，所有人似乎都刻意和外界斷絕聯絡。而後，因為是在核災禁制區內，至今無人能重回育幼院，無法確認育幼院現況。你一定查過後續資料對吧？」

「當然，」林群浩說：「沒有任何發現。所有網路資料都是核災前的資料，核災後的資料一片空白。但根據融怡的說法，或許還能找到幾個和她一樣在核災後被疏散的院童——」

「是，但這部分也沒有結果，對吧？」李莉晴說：「而且我們可以推想：他們的遭遇就和融怡一樣，他們知道的，也就和融怡差不多。」

「是這樣沒錯……」

「ＯＫ，接下來——」李莉晴凝視著林群浩。「我想問你，你對小蓉最後的明確記憶是什麼時候？」

「嗯，是核災前一天。」

「你確定嗎？」

「什麼意思？」林群浩疑惑。「我確定啊。核災前一天，她來宿舍找我，也算是約會——」

「嗯，或許我們換個方式問：你對小蓉最後的**不明確記憶**是什麼時候？」

「不明確記憶？」

「比方說，一些片段，一些模糊的感覺……」

「噢，」林群浩說：「一些觸感是嗎？我記得她的手感覺，她的體溫，我記得她生病了，後來就過世了，但我不記得她生病的相關細節……」

「理論上，她生病就是在育幼院裡，是嗎？」李莉晴說：「我們可以這樣推理，是嗎？」

「應該是。」

「所以她一定有別的行程。」李莉晴說：「就是往育幼院的行程，而且就在核災發生前後，離核災的時間點非常近。」李莉晴問：「大多數的時候，你們約會的地點應該是她的住處，或台北市市區，我說的對吧？」

「對，但是——」

「OK，我的懷疑是——」李莉晴直接打斷林群浩。「我當然也查過資料了。核四離宜蘭很近，離大溪漁港很近，離育幼院也很近。我懷疑那正是你失憶的關鍵。這是整件事情最不合理的部分：核災禁制區頒布了，所有人都撤離了，只要還有人活著，都應該盡速撤離核災禁制區，在禁制區以外的地方重起爐灶。任何機構都是這樣。但育幼院卻直接消失了，我認為任何你對育幼院相關人員的記憶，無論是記得的或是不記得的部分，都必須要重新評估。況且——」李莉晴稍停半晌。「你知道在核災過後，還有誰能直接確認育幼院的狀況嗎？」

「什麼意思？誰？」

「賀陳端方。」音樂震耳欲聾，幻影的烈焰在李莉晴黑色的瞳孔中燃燒。像一個徘徊不去的妄夢。「只有他。只有他能合法進入核災禁制區。」李莉晴凝視著林群浩。「只有他一個人。」

25 Above GroundZero

「阿浩。阿浩！」

林群浩醒了過來。有人搖醒了他。是小蓉。小蓉在他身邊。她已坐起身來，暗室中，微光為她的黑髮敷上了一層珍珠般的光澤。

「你又做噩夢了。」小蓉輕撫著他冷汗涔涔的額頭。「還好嗎？」小蓉笑起來。「你剛剛還打我。怎樣，這次又是什麼樣的情節？」

「喂，我做噩夢你很高興嗎？」林群浩驚魂甫定。「很恐怖耶——」

「不是，不是。」小蓉難掩笑意。「我覺得你的夢每次都很有創意。啊，你現在趕快回想一下，免得等一下忘了就不能說給我聽了——」

「喂，有點同情心好嗎？」

「好啦，我知道。」小蓉握住林群浩的手。「我開玩笑的。你真的壓力很大，好可憐。在擔心明天的事對吧？」

林群浩沒有回答。他清楚知覺自己肌肉僵硬緊繃，彷彿軀體石化，被埋入於一地底洞穴之中。窗外大雨滂沱。如同無數幽魂們的奔跑，腳步匯集成了那暴烈雜沓的雨聲。電子鐘冷光照拂，窗簾透著稀薄的亮度，像一個未曾言說的，遲疑的夢。（他究竟醒來了沒有？抑或尚在夢中？）而物事與模糊的窗景之間，空間一片灰暗，連零星燈火亦不得見。林群浩想起許久之前母親曾向他描述的，那濱海童年裡沉默而暴烈的暗夜。那黑暗如此巨大潮溼，如此廣漠滯重，似乎不僅僅是光的存在已被侵奪至零值，而甚至陷落入負值一般。

（彷彿一活物般的黑暗之獸吸噬了所有的光，吸噬了眾多正趨近於零的黑暗；直接將視覺的極限拉扯向零度水面之下，一無從想像之界域……）

「你在擔心那個對吧？」小蓉在他身邊躺下，雙手環抱著他。她溫暖柔軟的身體如草葉般蜷曲在他身上。「明天就要**正式商轉**了……」

「我剛剛打到你了？」

「對。」

「對不起。唉，我想我還有睡著算是不錯了。我不知道其他的同事們感覺如何。」黑暗中，兩人裸身的稜角在冷光中浮現。如海霧中的島。「我剛剛夢見出事了。但不是商轉出事，是之前試運轉過後，正式**起動測試**時，我們從中功率拉到高功率運轉，那時候出的事——」

「那就沒關係啦？」小蓉安慰他：「那都過了嘛。起動測試都過了呀。關關難過關關過。總是都成功啦。」

「我在夢裡是個小孩。」林群浩繼續說：「我們拉高功率，把控制棒再抽一部分出來。不知道怎麼回事突然就失控了，溫度完全降不下來。冷卻水灌得很順利，但爐心溫度不知道為什麼就是降不下來；沒幾分鐘爐心就熔毀了。我在中央控制室裡，正急著要向上呈報，結果卻發現自己只是個小孩——」

「你是柯南？工藤新一？」小蓉模仿起卡通配音：「兇手，就在，我們之中！」

「噢，我笑不出來啦。」林群浩低聲說。「你不要跟我講那個，如果我是柯南，那你就是小蘭了，拜託，工藤新一和小蘭的故事是世界上最悲慘的愛情故事了。你要怎麼去愛一個畸變成小孩的情人？他們中間的阻礙不是階級出身，不是個性，是無可逆轉無法跨越的時間！」

「你叫我不要講，你講得比我還起勁——」小蓉輕笑。

「好啦不管。」林群浩翻了個身。「總之，我發現我是個小孩，可能只有五六歲，幾乎構不到任何監控儀表上的控制裝置。我急得像熱鍋上的螞蟻，但所有人都圍著我，好像我是最高主管，要負責處理一切意外狀況。」

「後來呢？」

「所有人和儀器都比我高啊。整個控制室變成一個足球場般的龐然巨物。」林群浩稍停半晌，似乎陷入某種思索。「啊，這麼說來，我說我是個小孩，那只是我自以為是個小孩而已，其實根本不是，那根本是動物或昆蟲般的視角，類似我是一隻蚱蜢或壁虎之類的——」

「所以出事了，你的同事們忙著找一隻壁虎問說該怎麼辦？」

「不好笑啦。」

「雨下這麼大，明天會停班嗎？」

「不會。」林群浩說：「正式商轉的時程是不能改的。」

「颱風天欸，不會停班嗎？」

「颱風天照常。理論上商轉就是不能改。」

「好。」小蓉躺回枕頭上。「那壁虎怎麼說？」

「當然不知道呀。」林群浩回應。「然後煙就滲進來了。不知道從哪裡來的黑煙白煙灰煙，說不上是冷還是熱，整座控制室伸手不見五指。我逃出控制室，發現外面的廠房也都被煙霧包圍了。我伸出手想要撥開煙霧，卻發現那其實不是煙霧，是成群的灰蛾。」

「蛾？」

「嗯。那不是煙，統統都是蛾。很小的蛾，細小的翅翼，細小的觸角，細小而柔軟的身軀——」

「呃……」

「超噁心。我一想要撥開牠們，牠們就往我臉上撞。」林群浩說：「我的手腳，我的身體，我的臉，頭髮，嘴巴和耳朵，全都是蛾。我覺得很恐怖，可能我聯想到蛾的表情——」

「所以你打到我是在揮手撥開那些小灰蛾吧？」小蓉問。

「我想應該是吧。然後我就醒了。」林群浩說：「我覺得我身上都是蛾的磷粉，蛾噁心的氣味。牠們太小，有的就被我壓碎了，流出汁液；有些還在我嘴裡……」

「天哪好惡，」小蓉低聲說：「你怎麼會做這麼恐怖的夢啊？」

「所以我嚇醒啦。」林群浩看著天花板。黑暗中，天花板的距離在視覺的幻象中忽遠忽近。

「後來同事們全都不見了。我覺得害怕又孤單，完全不知道該怎麼辦——」

「好啦沒關係。」小蓉拍拍林群浩的臉。「還好只是個夢而已。說出來比較不緊張了？」

林群浩沒有回答。

「放輕鬆。放——輕——鬆——」小蓉拍拍他，抱他一下。「一切都會順利的。明天你去上班，我去育幼院給玲芳她們送喜帖。現在先睡吧？」

「我去洗把臉。」林群浩起身，推開門進入浴室。

西元二〇一五年十月十九日。凌晨二時二十四分。北台灣核能災變前七小時。林群浩扭開水龍頭，搓了搓手，感覺水似乎特別冷涼。來處不明的冰藍色霧氣滲入了這潮溼的小室。他聽見深沉無邊的暗夜裡，風搖撼著玻璃窗。

26 Under GroundZero

西元二〇一七年七月八日。晚間十時十二分。台灣台南。

北台灣核能災變後第六百二十八日。二〇一七總統大選倒數八十四日。

林群浩凝視著鏡中的自己。鏡中人滿面酡紅，眼神渙散，表情困惑，疲憊而暴躁。這是KTV包廂內小小的洗手間。數十秒前，他已直接將半盆穢物吐進了馬桶內。他胸口煩惡，胃部痙攣，喉頭烈火炙燒，乾嘔了數次，但除了唾沫和少許酸液之外已完全吐不出任何東西。

他漱漱口，擦了擦嘴角，頹然貼靠於牆，聽著門板外來自包廂與其他包廂間尖銳的歌聲。

他閉上雙眼，感覺無數幽魂般未成形的思緒錯雜紛飛，彷彿節節肢動物們騷動的觸角。或許那幾乎就像是他腦中錯亂的神經迴路——紛擾，糾結，針尖般細小而注定傷人。

他等待著恐懼。等待著再度襲來的不規則胃部抽搐。

等待著記憶。

是那樣嗎？怎麼可能？但似乎，就真是那樣沒錯。林群浩確認了少數細節：小蓉來找她，是要順便去育幼院的。他們的婚期已經訂好，她堅持請假先來找他，打算隔天再親自將喜帖送到育幼院去，送給歐修女、柯修女和玲芳。「我也好一陣子沒回去了。對我而言，她們是那麼重要的人，我一定要親自送喜帖給她們。」她說。

所以理論上，隔日，也就是核災當天，小蓉應當就去到育幼院了。核災發生時她人應該就在育幼院裡。而核災發生後，不知為何，林群浩自己也到了育幼院（他怎麼可能還活得好好的？太奇怪了。他完全失去了關於這段過程的記憶）；而在那裡，他或許見到了賀陳端方。

賀陳到育幼院去幹什麼？難以索解。從時間上推論，若是並無其他隱情，那麼他造訪育幼院的可能時間只有一個——介於二〇一五年十月十九日與十一月六日之間。必然如此，因為前者是核四商轉首日（正是核災當天，亦是林群浩記憶喪失之初始），而後者則是賀陳所組織的重災區探勘敢死隊結束探勘行程的時刻。十一月六日北台灣災區探勘結束後，相隔一日，也就是十一月七日，在總統與賀陳端方連袂主導下，政府就頒布了災區禁制令。自彼時伊始，北台灣災區便已成孤島，是只出不進的了。

對，只出不進。台灣整整五分之一的國土被棄去成為廢墟。那是重度輻射汙染區，人畜不宜。而此一禁制命令的頒布，也直接與賀陳端方有關。

現在他是執政黨總統候選人了。所以或許，或許在之前，林群浩之所以沒有被監控甚或直接威脅，僅僅只是因為賀陳端方尚未成為候選人？（他們覺得，反正他等於是被軟禁了，所以他本人，他所記憶的或遺忘的一切，尚且還在掌控內？）

是什麼樣的組織在操控著這一切？那與賀陳端方直接相關嗎？林群浩消失的記憶之內，究竟隱藏著何種祕密？

不行。林群浩想。我一定得想起來。我可以不說，但我一定得想起來。（以後不再有使用夢境影像儀的機會了。李莉晴說。）我得再想一次。那幻變中的旅館房間（賀陳端方的作品？）。倒懸的，違反重力法則的階梯或窗景。踱步中的，將容貌隱藏於夢境深處的賀陳端方。月之暗面。兩位拒絕我的聾啞人——

（他們指著自己的耳朵。指著自己的嘴巴。他們搖頭。我知道他們是在說，不行，我聽不見，我不能說，而且你不能離開這裡——）

（窗景映現著模糊的光線。我坐在酒紅色的地毯上。凌亂髒汙的腳印散布其上，像一個被意識禁索的，老電影般因膠卷刮痕而明滅不定的犯罪現場……）

等等。等等。林群浩隻手扶住洗手檯，感覺空氣變得寒冷稀薄，無數昆蟲翅翼般薄脆的刀鋒冰涼地拍擊自己的背脊。

他衝上前去，打開門喊：「醫師！李醫師——」

螢幕上的伴唱音樂正兀自播放著。懸吊著的水晶球旋轉出幽魂般俗麗的光芒。

然而二二三號包廂內，空無一人。

空無一人。

27 Above GroundZero

「根據中央氣象局資料，輕度颱風艾瑪中心於十八日晚間十時許於宜蘭登陸後，歷經短暫滯留，隨即加速往北北西方向前進，並於十九日凌晨二時於基隆市出海，於台灣陸地僅停留約三小時，強度並已減弱為熱帶性低氣壓。目前除了東北角一帶雨勢稍大之外，台灣其餘各地並未見及較強風雨，截至目前為止，亦無任何災情傳出……

「本台將為您持續更新颱風動態。敬請繼續關注。現在為您播報下一則新聞……」

林群浩將廣播音量關小，將車停在福隆火車站前。

「雨不大，你不用送我了。」小蓉打開車門，打傘。「我先去買早餐吃。」她向林群浩擺擺手。「別擔心，一切都會很順利的——」

「嗯，byebye。」擋風玻璃上，雨刷刮擦出澀膩的聲響。像一幅筆觸清柔但色調陰暗的水彩畫，林群浩看著小蓉被雨幕暈染的背影步入東北角冬日百無聊賴的緻密細雨之中。

他隨即掉轉車頭，向廠區前進。

西元二〇一五年十月十九日。週一。早晨九時二十七分。林群浩的車在核四廠區門口被警衛擋了下來。

「林先生，」警衛檢查了他的證件，將證件遞還給他：「您今天可以先休假了。」

「什麼？」

「商轉時程臨時延後了。」警衛向他說明：「長官特別交代，因為商轉時程臨時決定延後，所以不需要那麼多工程師的人手。他們給了我一份list，您在名單上。您今天可以先休假了。」

「為什麼？」林群浩一頭霧水。「怎麼可能？你開玩笑吧？哪有這種事？商轉時程怎麼可能臨時延後？為什麼？」

「我怎麼會知道？」警衛聳聳肩。「是颱風天的關係吧？他們可能覺得應該小心點；而且今天都停班停課了不是嗎？」

「不可能啊。怎麼回事？我問問看。」林群浩滿腹狐疑，拿起手機，這才發現有三則未讀簡訊。他旋轉方向盤，打了個圈，將車暫停至路邊，開始查看簡訊。

前兩封簡訊直接來自陳弘球主任。首封簡訊表示，已接到來自廠方高層指示，暫時延後商轉，且雖則風雨不大，但新北市政府已宣布停班停課；又由於商轉時程延後，廠內人員充足，請林群浩直接休假，返家靜待後續指令即可。而第二則簡訊則直接表示，「**你們休假，但我會進廠，掌理相關事務，一切順利，勿念。**」

第三則簡訊則來自菜頭：

你今天會進廠嗎？有意外休假嗎？我覺得很奇怪！

這麼說來，菜頭也休假了？

確實很奇怪啊。只是個輕度颱風，現在甚至已減弱成熱帶性低氣壓，而風雨也並不大。事實上，除了今日凌晨極短暫的暴雨時刻之外，這颱風也不像是個颱風。雨是下的，但風勢並不強。再者，由「起動測試」邁入商轉階段是核電廠正式服役的重要時刻（尤其在核四經歷如此多波折之後），但由於已然歷經先前高功率運轉的起動測試，就反應爐反應的技術層面而言，這和商轉差別並不很大，怎麼可能就為了一個小颱風而臨時喊停？

這太奇怪了。

雨點擊打在車頂。林群浩回了菜頭簡訊（「對，怎麼回事？你也休假了？」），沉思半晌，終究發動車輛，掉頭離開。

只能遵照指令先回家了。或許媒體上會有些別的消息？

西元二〇一五年十月十九日。早晨十時二十六分。林群浩回到家中，丟下雨傘，脫下溼了半邊的襯衫，將方才在便利商店採買的一大袋泡麵零食餅乾啤酒飲料等雜物放在桌上，換上居家T恤和長運動褲。

他從袋中拿出一罐台灣啤酒，拉開拉環；一面按下遙控器開關，轉至新聞台。

「各位觀眾，記者現在所在位置為基隆和平島。」女記者穿著雨衣。「我們知道，輕度颱風艾瑪，其中心已經在今日凌晨由此處附近出海，此刻並已轉弱為熱帶性低氣壓。目前台灣本島全島大概都已脫離暴風半徑，但各位觀眾可以看到，目前海邊風浪還是不小，但雨勢並不很大，在記者身後，甚至還有許多釣客來到這裡，非常勇敢地站在堤防上──」

林群浩喝了一口酒，轉台。「……最新消息是，台電宣布，原本預訂今日中午開始商轉的核四廠，因颱風因素，為確保絕對安全，……」林群浩放下啤酒瓶。一圈水痕在桌面浮現。窗外天氣陰霾，海風像一雙看不見的手搖晃著那空間中的虛空。「目前為您插播臨時記者會畫面。郎平──」

「是的，主播，記者目前正在台電記者會現場，稍早台電總經理和核四廠長已經相繼提出說明。我們現在為您訪問到核四副廠長黃立舜先生。黃副廠長，可否請您為我們再說明一次核四商轉延後的狀況？」

「好的，各位朋友大家好。」黃立舜的眼神在攝影鏡頭和記者之間來回逡巡。「商轉延後的原因很單純。因為颱風來了，顧慮到廠內同仁上班的安全問題；加上之前起動測試期間我們人員調度上有些吃緊，第一天商轉所需要的工程人員會特別多，為了確保絕對安全，綜合各種考量，我們決定延後商轉。只是延後兩天，目前預定在後天或大後天就會進行原先預定的商轉時程。」

「黃副廠長，」記者追問：「這純粹是台電的決定嗎？是否有任何政治考量？」

「這是台電的決定，只有專業考量，沒有政治考量。」黃立舜微笑。

「延後商轉的決定是否有核能安全署的參與？」

「我們已取得核安署的許可。」

「賀陳端方署長是否事先知情？」

「我們一切按照規定程序進行報備。」黃立舜說：「我們是制度完善的公司。台電每一個電廠，無論是商轉、停機大檢、設備汰換，運轉測試或再起動等等，各種動作都有一定的標準作業程序。我們一切按照規定辦理，該向核安署報備的，該取得的許可，我們一樣都沒漏掉。」

「您的意思是賀陳署長對於這次的延後商轉事先知情？」

黃立舜遲疑了一秒。「呃我想是的。」

「黃副廠長，」另外一位女記者問：「但您剛剛提到的，無論是颱風登陸，或人員調度的問題，聽起來似乎都早該知道了；為什麼現在才突然決定延後商轉？」

「颱風來是臨時的。」黃立舜氣質溫文，解釋得不疾不徐；電視機前，林群浩突然有種在看馬總統說話的感覺（只差沒說謝謝指教）。「但因為這意外因素，影響了我們的人員調度；再加上內部作業程序需要一點時間。事實上我們在週六就已決定延後商轉……」

完全是一派胡言啊。林群浩想。溫文儒雅的一派胡言。商轉的人員需求他可是清楚得很。

現在既已進入高功率運轉階段（而且好一陣子了），商轉的人力配置和高功率運轉的人力配置根本不可能有太大差別。如果說真有什麼差別，那也不該是來自工程部門，而應當是公關部門。商轉誠然不是小事，但以工程角度而言，此事的儀式性成分較大；換言之，那是因為安全問題受到長期質疑（甚至為此發動了一場公投），才使得核四商轉全國矚目。這是公關需求，不是工程需求。所以，除非──

林群浩打了個冷顫。除非，是高功率運轉本身出了問題……

他愣了幾秒，隨後回過神來。不行。事有蹊蹺，還是多少打探一下狀況吧。

林群浩站起身，拿起手機，撥給菜頭──

通話中。

撥給陳弘球主任──

無人應答。

林群浩打開冰箱（二〇一五年十月十九日早晨十時三十五分），探頭想找些東西吃。他翻翻弄弄，拿出兩個保鮮盒又放回去；打開一個塑膠袋又收起來。他關上冰箱門（二〇一五年十月十九日早晨十時三十六分），走向窗前。雨勢全無變化，不大不小，厚重的雲層沉甸甸壓在他心頭，氣味鹹腥的濃霧正蹲踞在這荒僻海濱小村的上空。在人類文明無所著力之處，自然正展現著它主導性的威力。

林群浩在室內踱步，而後再度拿起手機。他再次撥給菜頭（早晨十時三十七分五十秒）——無人應答。撥給康力軒（十時三十八分四十秒）——無人應答。撥給陳弘球主任（十時三十九分二十五秒）——無人應答。他第三次撥給陳弘球主任（十時四十分十秒）——無人應答。第四次撥給陳弘球主任（十時四十一分十秒）——正在等待應答時（話筒中嘟嘟嘟的音響），他忽然收到菜頭傳來簡訊（十時四十一分二十五秒）——

空白。

空白簡訊。一個字也沒有。但確確實實是菜頭所傳來的。

林群浩立刻回撥給菜頭。他一面聽著那電視上聒噪的語音（它們在林群浩身後慢慢退遠，成為當下眾多無關緊要的細節，成為數年後他強迫症般回憶，求索，如煙霧般捉摸不定，在他脊骨與腦迴深處熾烈焚燒永不熄滅的神祕訊息），一面聽著手機中傳來的答鈴聲響。

無人回應。

林群浩掛斷手機。風雨已逐漸歇止。天光在雲幕身後漸次轉亮。林群浩站到窗前，感覺有些迷惘。一夜之間，地面上四處散落著樹木殘斷的枝椏。風勢大幅減弱，海的溼黏已然淡去，空氣中瀰漫著一股枝葉初萌或新剪的氣息，宜人的清香。遠處，雨霧中，少許陽光自雲層的破口處射出，幻變著自身微弱的光影。

林群浩關上窗戶，環顧四周。他沒開燈。或許是因為窗簾或其他物事的遮掩，空間中光色稀薄，這清冷的小室被敷上了一層黃昏般的暗色調。紅色小沙發上散落著他自己的衣物，小蓉的衣物（鵝黃色冬季毛呢大衣，薄外套，薄襯衫，平口蕾絲背心，牛仔短褲——他們昨夜才在這沙發上做愛，上星期和上上星期也是；她在他肩頭留下齧咬的齒痕，那美麗而寧靜的痛覺持續吸吮著他的皮膚），小桌上的螢綠色銀行燈和書本，鬧鐘，床鋪上的皺褶，花朵，人形與人形擁抱的痕跡；而牆上，掛畫裡的女人被包裹在幸福而華美的永恆光暈之中，金箔的顏色——Klimt的〈The Kiss〉。那是小蓉特地從德國帶回來送給他的。

這是林群浩對這小室最後的記憶。

28 Under GroundZero

西元二〇一七年七月九日。凌晨四時三十五分。台灣台南。

北台灣核能災變後第六百二十九日。二〇一七總統大選倒數八十三日。

林群浩睜開雙眼，突然驚覺自己無比清醒。像是意識被困鎖於一強制性曝白的無邊界光亮之中。黑暗中首先映入眼簾的是電子鐘冷綠色的光芒。

（原來自己居然也累得迷迷糊糊睡著了？）

對，李莉晴醫師和露西一起不見了。距離此刻已過六小時。離開包廂時他特別注意到，她們的隨身物品亦已不見蹤影（對手膽大心細，顯非隨機犯案）。他當下立刻快步離開包廂，離開ＫＴＶ，回到大街上。週末夜晚的台南市顯得比平時再熱鬧些，他混入逛街的人潮（他走過一間鞋店，兩間名牌精品店，一間高檔麵包店，一間小型３Ｃ賣場，感覺整座城市像個巨大的，光亮而空闊的櫥窗），一邊思索著該如何應付這突發事件。

打通電話給李醫師？

或打給露西？這或許是個相對安全的選擇？

（不，還是都很危險。他們所有人的通訊應該是都被監控了——）

一個簡單的推論是，她們也被綁架了。林群浩想。而綁架她們的目的大約也就和綁架他自己的那群人一模一樣。人來人往的KTV裡，要公然架走兩個成人絕非易事，是以或可如此推斷：有很高的機率她們人還留在KTV內（或同棟建築物內），只是暫且被帶到其他包廂或其他房間（洗手間，樓梯間，儲藏室，任何其他建築中盲腸般閒置廢用之處）裡去了。

但即使結論如此，依舊難以預判下一步該如何行動。在他幾乎被軟禁且通訊監控的狀態下，任何行動都十分困難。束手無策。也因此，他沒能再多做些什麼，只能回到宿舍裡，而後輾轉難眠直至凌晨，睡著，醒來，直至此刻……

而李莉晴醫師和露西失蹤之前，他正單獨待在洗手間。他被李莉晴出示的自己的夢境圖景所震撼了。他突然若有所悟：似乎那兩名聾啞警衛其實不是別人，而是他自己。

不是任何組織。不是與賀陳端方有關的任何陰謀。是他潛意識對自己裝聾作啞。是他自己對自己指著耳朵，指著嘴巴。是他自己向自己在封閉遮掩著些什麼。而那似乎小蓉真正的下落有關——

小蓉沒死。小蓉已死的「感覺」並不是真的。小蓉尚且隱蔽在某個不為人知的地點。如同融怡透露的訊息，小蓉躲起來了。她是刻意不想與外界聯繫。林群浩原本就無法清晰回憶小蓉的死亡，現在他更傾向於，小蓉其實未曾死去。

這想法令他心跳加速，冷汗不止。

（他在迴避些什麼？）

他有這種感覺。所以——

（對。他至少還有一件事可以做：試著再多想起些什麼。儘管夢境治療被迫中止，儘管此刻當局顯然打算禁止他再接受任何記憶治療，但他至少可以再多想起些什麼……）

（應該說，這是當下他所能做的唯一行動了——）

他一躍而起，套上一件薄外套走到他的小客廳，打亮檯燈，拉開書櫃抽屜，從最底層抽出那幾張他僅有的夢境影像（他後來把它們藏在幾張電腦、相機和幾張小家電的保證書和使用說明書底下），在燈光下仔細檢視。

雪原灰霧。霧中星散的，葬禮般的黑色人影。人們一一倒地時瓷瓶碎裂般的骨骼脆響。白色小屋。窗外樹影搖曳，孩子們的嬉鬧，漣漪般擴散蕩漾的回聲。奔跑的，光影閃動的步伐。賀陳端方的側臉，浸沒入昏暗中的眼瞳與臉部輪廓。小蓉哀戚的面容。積木方塊般幻變著自身形構的旅店客房。面向窗景，背對著視點緩慢踱步，魔術師般演奏著空間及其虛無的賀陳端方……

手機響了——

李莉晴簡訊。凌晨四時四十四分。

林群浩抓起手機，單手按開簡訊。

空白。

空白簡訊。一個字也沒有。

而居然，是李莉晴傳來的。

等等，林群浩想。空白簡訊？

一個字都沒有的簡訊？

彷彿無數細小刀刃在腦細胞中翻轉著它們自身的鋒芒。意識凝止，核爆在他腦海中安靜炸開。

黑暗中，林群浩全身顫抖。

他全部，全部想起來了。

29 Above GroundZero

西元二〇一五年十月十九日。傍晚五時五十一分。澳底村。台灣東北角海岸。

「得力藥房」原本是澳底村唯二的傳統藥房之一——自從另一家「雷雷藥局」在半年前變成了康是美之後（這也是自7-ELEVEN進駐後澳底村第二間連鎖店），現在是唯一的了。如同許多其他澳底村唯一或唯二的行業，店面列立於台二線公路旁。二十五年的鐵皮矮房，小木店招，霧濛濛的壓克力玻璃（「得力藥房」四個斑駁的大紅字）隔著五坪大的窄仄店面。櫃台裡，拉門後是店主顏益雄夫婦的小客廳和廚房。這是他們的家，五年前尚有四人長住，自從兒子大學畢業，女兒出嫁之後，目前只剩老夫婦兩人看管著。

他們正在小客廳裡吃晚飯。日光燈打亮著空蕩蕩的店面。

店門被推開。叮鈴鈴的風鈴聲。

「我出去？」太太放下碗筷。

「好，多謝。」顏益雄扒了一口飯，視線依舊黏在電視螢幕上。那是財經新聞台，畫面下的跑馬燈紅紅綠綠漲漲跌跌，雜沓而油膩的話語充填了這小小的空間。

兩分鐘後，顏太太回來坐下。「奇怪，今日怎大家都在喊頭痛？」

顏益雄放下碗筷。「啊？剛剛也是來買頭痛藥仔的？」

「對啊。不只頭痛，頭暈嘔吐的也很多。」顏太太皺眉。「而且奇怪，我現在也有點頭痛。」

「還好我們今日有開門做生利。本來還在想說颱風天要不要乾脆別開門。」顏益雄笑起來。「怎樣，你還好嗎？」

「不太舒服。愈來愈痛了。」顏太太放下碗筷。「噢，我吃不下了。」

「欸，怪怪哦。」顏益雄說：「下午你出去的時候，亦是一堆客人來買頭痛藥啊。這樣算起來有幾個了呢——」

「誰知道呀。啊不管了。」顏太太揉著太陽穴，站起身來。「我人不很爽快，我想上樓去睏一下。等一下你顧店好否？」

「噢，好。」顏益雄看著太太爬上窄梯，上到二樓。腳步在金屬板上擲下空洞的迴響。他拿起塑膠桌上的黑松花生麵筋，將玻璃罐裡剩下的部分全倒進了碗裡。

兩小時後。

黑暗中，顏太太睜開雙眼，動了動手腳。風已幾乎全然止息，路燈橙黃色的光線自鐵皮牆的小窗爬進這狹小的斗室。劇痛的脈搏擂擊著自己的後腦。她感覺胃部一陣抽搐，胸口煩噁，正欲起身，但只是稍稍挪動身體便立刻暈眩無力起來。

她直接吐在了床鋪上。酸餿的氣味瀰漫了小室。她勉力撐起上身，聽見樓下一陣吵嚷。她扶著牆壁，拖著腳一步步艱難地走，半蹲半坐地爬下窄梯。小客廳裡電視機還開著；隔著拉門，她看見至少十幾位客人擠在小小的店面裡。

顏太太虛弱地在飯桌旁坐下。她全身痠痛，任何一個動作對她而言都是酷刑。（我得了流感吧？她想。）她疲憊地探探頭。（好吵。他們在吵什麼啊？）

顏益雄隨即推門進來。「你醒了？」他忙得滿頭大汗。「你知道普拿疼的那個業務陳先生的電話——哎呦！你生病了，你面色青筍筍……」

「外面在忙什麼？」顏太太手支著額頭。「那麼多人，好吵。吵死人了。」

「不知道為什麼，今天所有的人都在頭痛嘔吐。」

「我剛剛也吐了。」

「啊？夭壽哦，」顏益雄說：「這世人無看過這麼猛的流感病毒。好像整座庄頭每個人都講好了作夥得病一樣——啊，整座庄頭也沒幾個人，現在一堆全塞到我們家來。你量一下體溫？」顏益雄取來一支耳溫槍。

「噢，我頭痛得要死，睏了兩小時還愈來愈痛。」顏太太一面接受耳溫測量一面說：「好啦，反正就是感冒。你先去無閒——」

顏益雄推開拉門，回到店面裡。低矮的天花板，青白色的日光燈下人影晃動。顏太太小口啜引著先生倒給她的一杯熱水，百無聊賴地扭開了電視。她看著螢幕上的股市老師口沫橫飛地解說今日盤勢（台股今日以下跌一百二十一點作收），愣了一下（這是下午節目的重播吧？），而後轉台。

新聞台。顏太太又愣愣地看了兩則無聊的消費糾紛新聞（新北市某國小營養午餐發現裹粉炸蟑螂，蛋捲過期發霉長小蟲——她突然覺得，連冰淇淋都不會融化了，或許等那小蟲長了翅膀孵化成什麼別的怪物才來報導比較好吧）。接著一則插播的颱風最新動態（雨停了，颱風走了，基本上沒有災情）。她吸了吸鼻子，感覺鼻水快流下來了，隨手抽了桌上的面紙擤鼻涕。是血。那不是鼻水，是鼻血。然而她毫無痛覺。顏太太又愣了幾秒鐘（腦海浮現提神飲料的廣告台詞：「你累了嗎？」），以面紙將鼻子塞住。

而後她突然聚精會神起來——

「……接著帶您來關切核四商轉的問題。」男主播轉方向換了個鏡頭，黑色的眼瞳靜定地凝視著螢幕外的觀眾。不知為何，此刻顏太太竟感覺這人影特別虛幻，塑膠假人一般。「今日早晨，台電總經理李文毅召開記者會宣布原先預定於今日正式商轉的核四廠，將延後商轉時程；目前預定於後天或大後天再行啟動商轉程序。台電表示，商轉臨時延後完全是由於艾瑪颱風影響了原本的人員調度，屬內部運作之正常調整，與任何安全問題或政治問題均無關係……」

顏太太感覺自己的胃部又扭絞起來。她額冒冷汗，拿起一旁的碗公又吐了一次（這次除了少許唾沫，幾乎什麼也沒吐出來）。

等等，不對。顏太太想。核四暫停商轉，會不會是和安全問題有關？

一個小小的澳底村，怎麼可能有那麼多人都同時得了腸胃型流感？

寒意襲上她的背脊。鼻血又流出來了。她感覺頭痛加劇，巨大的空白在意識中迅速暈開。她想叫喊（她先生就在店面裡，只隔著一道拉門的距離），卻發不出任何聲音。某種冰涼溼潤的物事哽住了她的喉頭。

失去意識之前的最後一瞬，顏太太眼中最後的畫面是藥房店面裡亮晃晃的日光燈。那光如此純粹，如此刺眼，無邊無際，竟像是某種大規模的，在瞬間侵奪了所有事物的白色沙塵暴一般。

30 Above GroundZero

車進大溪漁港港灣時，林群浩一眼就看見小蓉獨自坐在碼頭邊上。

西元二〇一五年十月十九日。傍晚五時二十二分。台灣宜蘭。夕陽正慢慢沉落入海洋。水波與潮浪之上，整座天空的霞色尚且在無邊無際地焚燒。颱風過後，無雨的大溪漁港港灣泊滿了大大小小避風的船隻。有些觀光海釣船已開始做裝備檢查（海員們打著赤膊在船艙裡忙進忙出，拉繩索，搬運箱籠，冰箱，一一測試著那懸吊在桅杆旁，在夜晚裡照亮海面的熾烈燈光——廣漠的夜海裡，它們是隱形的白晝，無數飛蛾喪生其中的火焰）。台二線公路旁，海鮮餐廳們開始張羅晚餐生意，漁家的小孩們在港邊奔跑笑鬧，夕暉照亮了他們紅撲撲的雙頰。

「你沒事吧？」小蓉抱住林群浩。「我擔心死了。」

「看到你真好。」林群浩輕撫著小蓉的背。「很奇怪。應該是沒事才對，我在路上一路看到的輻射偵測器顯示的數值都是正常的。但為何菜頭會傳空白簡訊給我？我一直聯絡不上主任和同事們……」

「這樣啊。或許他們忙？」

「手機都是通的，但一直沒人接電話——」

「也許你們廠內收訊不好？他們其實都沒收到？」小蓉說：「而且我想，菜頭也有可能是按錯了。」

「平常廠內收訊都還好。」林群浩說：「但颱風天，變數就多了，很難說……」

他們沿著港灣走，浪潮聲跟隨著他們的步履。擠滿了港灣的船像高高低低的積木樓房。

「我這一路上停下來又打了幾次電話，沒一次有人接的。完全聯絡不上。但通是都有通。」

「晚上再打打看？」

「也只能這樣了。」林群浩回應。「但總之我想應該是沒事吧？——那些輻射偵測器不會騙人的；而且畢竟都已經高功率運轉一段時間了。怎樣，你送喜帖送得順利嗎？」

「嗯，當然。他們留我吃晚餐。」小蓉說：「我們一起回去院裡面吃晚餐？跟修女和玲芳一起。你跟我去？」

「噢，好呀。」林群浩說。

「天氣好涼呀。冬天快到了呢。」玲芳說。

四小時後，他們坐在育幼院庭院的長椅上。夜涼如水，群星在他們頭頂閃耀。或許是颱風過後空氣清澄的關係，美麗的銀河清晰可見。而在他們腳下，青草地上猶且殘留著雨的溼潤與清香。

「颱風才剛走嘛，而且畢竟十月底了。」林群浩說看了玲芳一眼。「玲芳，真的很謝謝你們。今天等於是提前吃火鍋了，今年冬天第一鍋，呵。」

「我也喜歡火鍋，之前沒想到你也是個火鍋黨黨員。」玲芳笑說。「你運氣好啦。」

「看你們兩個饞成這樣——」小蓉說。

「小蓉，你晚餐吃好少耶。」玲芳說：「你已經這麼瘦了還要節食？」

「沒有。」小蓉說。「我今天沒什麼食慾。我中午也吃不多欸。」

「咦，你身體不舒服嗎？」林群浩問。

「也沒有。」小蓉回應。「不知道為什麼，不覺得特別不舒服，但就是沒食慾。對了，融怡還是不多話對吧？」

「嗯。」玲芳說：「她是個心思細膩又多愁善感的孩子呀。在這種年紀，不多話也是正常。」她看了小蓉一眼。「跟你小時候一樣。」

「好啦別再提我小時候了。」小蓉說：「想到又害羞起來了。」

「所以你長到這麼大了還是一樣，哈哈。」林群浩說。小蓉瞪了他一眼。

「欸，那是誰呀？」玲芳突然站起身來。「涵鈞，你怎麼來了？有什麼事嗎？」

「沒辦法，」丁修女站在孩子身後。「他突然說想找玲芳老師，勸不太動。我想我也還有空，就陪他來了。」

看得出來是個輕度智障的孩子。約略八九歲，其實是個眉清目秀的男孩。青草地上鈍重的步履。

「怎麼啦涵鈞？」玲芳在他身前蹲下。孩子看著地面，沒有回話。

「先回去宿舍，睡覺時間快到了？丁老師帶你回去？」

「老師——」孩子說：「睡覺好可怕，做夢好可怕。」

「你做噩夢啦？」玲芳輕笑。「什麼時候的事？夢不是真的，醒過來就好了，嗯？」

「好可怕。好可怕。我害怕。」

「不用害怕。」玲芳抱了孩子一下。「每個人睡覺都會做夢，夢是假的，醒過來就知道了。你夢見什麼了呀？」

「好可怕的地方。」孩子說：「都沒有人的地方。」

「但是你看，現在你在這裡。這才是真的。」玲芳安慰他：「有老師在，有其他同學。好啦，沒事了？嗯？」

「可是那裡，」孩子突然掙脫了玲芳的懷抱。「沒有人。沒有人！」孩子嚷起來：「只有我一個。整個地方都是怪物，我好害怕，我不想回去那裡。」

「不會呀。那是夢而已。你會做別的好夢。好啦，回去睡覺了？」玲芳說：「老師陪你走回去？」

「回去了？」丁修女牽起孩子的手。他們身後是寶藍色的夜幕與星光。然而此刻，黑暗中，遠處竟出現了另一個模糊的人影。

「柯修女？」玲芳和小蓉都站了起來。「怎麼了？」

「剛剛電視新聞播了。」柯修女走得上氣不接下氣。「核四出事了！」

五分鐘後，歐德蓮修女辦公室內，板凳上眾人圍著小小的電視機，一句話都沒說。記者會現場（所有新聞台全數直播這場記者會），台電人員正在回答媒體提問。行政院長和核安署署長以及其他台電人員一字排開，面色凝重地坐在一旁。

「……很難令人相信。」電視台記者表示：「今天早上才突然說商轉延後，現在就告訴我們發生事故，這兩者之間沒有任何關係嗎？」

「我必須再次強調，這真的就是個巧合。」核四廠副廠長黃立舜挪動麥克風（現場一陣令人頭皮發麻的音頻擦刮），咳了一聲。「對不起。嗯，是，這確實是巧合，兩者之間沒有任何關聯。這裡再次向各位媒體朋友和國人同胞們報告，今天中午發生的廠區內事故，事故原因和影響範圍，我們已經完全掌握。災情僅限於一號機周邊，但我們公司有七位工程師受到輻射汙染，名單剛剛已經提供給各位。這七位同仁目前都正在住院接受治療當中……」

「這實在太過巧合。難以置信。」記者繼續追問：「我想請問賀陳署長：請問您是在何時得知這起廠區內事故的？」

「大約下午三點半左右。」

「您認為台電有沒有延誤通報的問題？」

「我想我們確認事故確實是在中午十二點半左右發生的。」賀陳端方說：「就此推斷，我不認為有延誤通報的問題。」

「您相信台電的說法嗎？關於輻射水——」

「這也不是相信與否的問題。」賀陳端方不客氣地打斷記者：「我們核安署在接獲通報之後，第一時間參與調查。事故原因和事故範圍的確認，我們負責任地參與。」

「您認同『沒有人為疏失』這樣的說法？」

「根據我們的了解，確實沒有人為疏失。」賀陳端方回應。「這點我想林廠長能夠給你們更專業的答覆。」他雙手抱胸，躺回了椅背上。

一旁的林廠長站了起來。「各位記者朋友，請參考我們發給各位的新聞稿。核四廠雖尚未正式商轉，但目前已處於高功率運轉狀態。這起事故和反應爐並不直接相關，簡單說，是通往一號爐上方燃料池的冷卻水管線發生鬆脫意外，導致冷卻水外洩。這冷卻水帶有輕微輻射汙染，但由於我們及時發現，外洩情形並不嚴重，範圍也僅波及約數十平方公尺大小。目前現場已經成功除汙完畢。我們以最高效率處置這件意外，並開誠布公面對國人——」

「林廠長！我們所得到的消息不是這樣的！」另一位記者直接打斷他：「我們圈內很清楚，最先的消息來源是傷者家屬，不是你們台電！」

現場開始吵嚷起來。記者們議論紛紛，有一位平面媒體記者甚至大聲質疑起來。「你們說謊！」女記者的聲線碎玻璃般尖銳。「傷者名單還是我們媒體自己找出來的！你們本來還不想公布傷者名單！」

「請大家稍安勿躁。」林廠長說：「事故原因已經確認，事故已經平息，傷者目前都受到妥善照顧，希望他們早日康復——」

「請問你們的除汙程序是什麼？」記者席外有人突然高聲喊叫。「就算是輻射水外洩好了，請問你們要怎麼除汙？」

那是個大塊頭男人，頭綁布條，黑T恤，胸前大大的「我是人，我反核」字樣。兩名警衛立刻上前將他架住，拖往場外。但男子體格魁梧，顯然也不好對付。「輻射水要掃到哪裡去？汙染到哪裡去？」那人還在大喊。「台電意圖隱瞞事故，滿口謊言！你們怎麼保證汙染只在廠區內？」

「啊，那是戴立忍啊。」玲芳低聲說。

這時螢幕右方的跑馬燈開始顯示訊息：「核四廠今日中午於高功率運轉下發生廠區內輻射水輕微外洩事故，波及在場工程師，輕重傷者共七人，分別為陳毅青、李亦宣、謝希傑、康力軒、蔡盈均、甘德易、李燦林等，目前均已送往台大醫院進行治療。行政院江院長表示災情有限，且已獲得控制，將盡全力……」

「康力軒！菜頭！」小蓉推了推林群浩：「欸阿浩！——」

「我在看。」林群浩盯著電視螢幕，看也沒看小蓉一眼。「那全都是我的同事……菜頭……他不是應該跟我一樣休假了嗎？」林群浩喃喃說：「難怪打手機都沒人接……」

「沒有你們主任！」

「對，我注意到了。」林群浩回答：「沒有陳弘球。真奇怪……他應該是最先進廠的……」

「你確定嗎？」電視上，記者尖銳質問：「賀陳署長，你確定這只是廠區內事故？事故真的是中午發生的嗎？你不認為台電從一開始就意圖用延後商轉的說詞來掩飾這起輻射外洩的災害？這是你的主管業務——」

「是不是廠區內事故，數據會說話。」賀陳端方仍是一派淡定。他將麥克風拉向自己，然而喇叭又發出了尖銳的噪音。他皺了皺眉。「是這樣的，向各位媒體朋友和國人同胞們報告，目前設在核四周圍的所有輻射偵測器，數值全數正常。這部分的資料我們正在整理，等一下會後應當是可以提供給各位——」

此時林群浩的手機突然響起——

陳弘球簡訊。

林群浩立刻開啟。

空白。

又是一則空白簡訊。和早上收到的菜頭簡訊一樣。失語症般，一個字也沒有。

31 Above GroundZero

西元二〇一五年十月二十日。清晨六時十一分。澳底村。台灣北海岸。北台灣核能災變後第一日。

整座澳底村猶且浸泡在黎明的微光之中。然而街燈已然黯滅，種種物事均陷落於明滅不定的曚昧之中。鉛筆素描般的淡然筆觸。小蓉站在陳弘球住處前（舊公寓騎樓的舊店面旁，窄梯向上，半途小鐵柵門洞開的門口），看著林群浩拿出一串鑰匙（小村正靜寂酣睡，喀啦喀啦的金屬交擊在幻聽中更為響亮），一支一支地試。

「怎樣？有嗎？」

「不知道……咦，這支好像剛剛試過了。這裡實在太暗了。」林群浩環顧四周。「有燈吧？小蓉你幫我找找看？」

「好。」黑暗中，小蓉伸手往牆上摸索。「啊！」她低呼一聲。

「怎麼了？」

「沒有……呃，反正摸到有點奇怪的東西。」小蓉看著自己的手。半層樓下的戶外光是這窄梯間唯一的光源。光線昏濛，像是一個不堪負荷，容量過大的夢境，被鎖在一個記憶體不足的過期機器裡。

林群浩又從鑰匙串中摸出一支。他插入鑰匙，感覺鎖孔中無數細密的輪齒和插銷彼此齧咬的手感。「欸，不用找了，這個對了。」

喀。

兩人打開鐵門，推開內門（沒鎖），再度進入陳弘球主任位於澳底村的獨居寓所。

一如預期，小室維持著林群浩上次來時的模樣。簡單粗陋的桌椅陳設。窗外，黎明的微光照進室內，像是一幀時光寂止的老照片。

他們立刻開始動手翻找。陳弘球主任的筆電倒是直接放在書桌上，一旁還放著個明顯殘留有水漬痕跡的小型蓋格計數器（似乎處於故障狀態）。小蓉小心翼翼地拆下連接線、電源線，收好線頭，正想將整台筆電收進自己的提包裡——

「啊，電腦不用。」林群浩說：「電腦不用，我們找手機就好。」

「可是既然都來了……」

「我想想。」林群浩沉思半晌。「嗯，我覺得還是不要好了。主任以前有特別向我交代說拿手機就可以了，而且我覺得，電腦整台不見太明顯了。」林群浩稍停。「他可能就是有這種顧慮。」

「啊，也有道理。」小蓉將電腦放回桌上。

然而手機並未於可見處現身。

林群浩翻找了抽屜、書架和雜物櫃之類的收納位置，什麼也沒找到。「奇怪……」林群浩沉吟。「主任會那樣說，就代表一定很重要。如果沒有的話，唯一的可能性應當是手機不在這裡。」

「你打打看？」小蓉說：「你打他手機試試看？」

「也對。」林群浩拿出手機。「啊，不行。好吧或許可以，但風險很大。我想我們大概是確定都被通訊監管了。」林群浩又遲疑起來。「不，不行。不要好了。放棄。我覺得太危險了。」

「可是，那些空白簡訊真的就一定跟通訊監管有關嗎？」小蓉質疑。「網路消息可信度有那麼高嗎？」

「我們不能冒險。」林群浩回應：「而且那絕對不只是網路謠言。或許我昨晚靈機一動去google『空白簡訊』只是個巧合，但我之前也早就聽過念電信所的同學提過這件事；說若是收到空白簡訊要特別小心，那可能是監控病毒，可能盜取個資並外傳。而且你想想，不只是陳弘球主任傳空白簡訊給我，菜頭也傳了。更可疑的是，看起來菜頭根本該是和我一樣被迫臨時休假的，現在卻出現在傷者名單中。陳弘球主任反而沒有……」

「非常奇怪。」

「對。這整件事情太奇怪了，非常不透明。我覺得政府一定在隱瞞什麼事情——」

「對，可是……」小蓉暫停半晌。「好吧，我本來想說，主任也不一定會把要留給你的東西留在家裡——」

「他一定會。」林群浩在陳弘球簡陋的單人木板床上坐下。「否則他打鑰匙給我做什麼？他是真的料想到會有這麼一天。那天他給我的交代很明確，就是『拿走手機』。如果他沒留下手機，那一定就是來不及，或事實上有困難。」林群浩將臉埋入雙掌。天光稍稍轉亮，枯葉般的色澤。小小的斗室中寒氣溼涼，彷彿死神靜默的呼吸。

「我們再找一次吧。」林群浩說。

他們重新開始一次地毯式的搜尋。然而這次出乎意料地順利。不多時，小蓉便在書櫃與書之間的縫隙找到了一支手機（藏在《文明及其不滿》與《別怕安眠藥》兩本書之後）。她將手機交給林群浩。

「結果能開嗎？」小蓉湊過來。

「看來好像是沒電的樣子。」林群浩按了按手機，皺起眉頭。「但無妨。該找到的東西找到了，我們可以走了。」林群浩收起手機，站起身來。「走吧，時間不多，我們還有事情要做。」

「什麼事？」

「去多弄一台蓋格計數器。」林群浩說。

32 Above GroundZero

「是是，您好。」劉寶傑接起電話，沉默數秒。「啊，這樣嗎？好，我知道了。」會議室內，他轉身踱步，面向落地窗。「沒問題的，讓他好好休息。嗯，是，祝他早日康復。」

西元二〇一五年十月二十日。中午十二時五十三分。台北內湖。壹傳媒集團總部十二樓會議室。北台灣核能災變後第一日。落地窗外，一幢幢玻璃帷幕大樓像胡亂生長的夢的枝椏，資本主義忽隱忽現的透明骨骼。掛斷電話後，劉寶傑站到窗台前，一時之間竟有些恍惚。直到助理喊他他才回過神來。

「劉先生。劉先生！」

「噢對，麗梅你來了。你先坐吧。」劉寶傑說：「我們等一下燦洪。今天奕勤請病假，不會過來了。」

「是噢？」麗梅皺眉：「怎麼了？」

「他女朋友剛剛打他的手機來，說他從昨晚開始就頭昏，今天早上暈眩到站都站不穩，先去看病了。也不知道是怎麼回事。」

「原因不明嗎？」

「看了病才知道吧。我們又不是醫生。」劉寶傑搖搖頭。「但我想就是暈眩，應該也沒什麼大礙吧……」

會議室的門被推開，一位年輕男子提著個公事包匆匆走入。「對不起，我有點遲到——」

「沒關係。ＯＫ，人到齊了。那我們開會。」劉寶傑看了燦洪一眼。「奕勤今天請假。」

「噢……好……但怎麼回事？」

「病假。」劉寶傑簡短回應。「好，今天晚上當然是做核四事故。常態性的來賓不調整的話，我們還有三個名額。」他一向對自己的迅速俐落頗為自得。「你們有什麼好的建議嗎？」他稍作停頓。「要請宅神嗎？」

「呃，」麗梅首先發難：「我想我們的固定來賓口才都太好了，我想剩下的三位還是請些專業人士比較好？」

「麗梅的意思是嫌宅神口才太好嗎？」燦洪笑起來。

「應該是說……」麗梅分析：「我的意思是，今天這主題是會讓觀眾感覺有距離的，是有專業成分的，如果講得過順，可能會有種沒說服力的感覺……」

「但我們的固定來賓也都是這樣啊？」燦洪說：「馬西屏不也口才很好？」

「就是因為常態性來賓已經都這樣了，所以才需要平衡啊。」麗梅皺起眉頭露出嫌惡的表情。

「麗梅說得有道理。就先別請朱學恆了。」劉寶傑很快下了指令。「反核團體那方面請一個吧？」

「我可以直接跟綠盟聯絡。」麗梅說：「他們派的人，口才都還不錯，而且不用幫他們準備資料。他們自己會準備得很好。」

「等等。」燦洪舉手。「我有一個提議。我覺得我們可以問問看那些知名度比較高的反核藝文界和電影界人士。他們不常上談話性節目，這樣有新鮮感。」

「比如說誰？」劉寶傑問。

「比如戴立忍、小野、楊雅喆、柯一正、吳乙峰這些人……」燦洪說：「很多人可以請呀。戴立忍還跑去台電的記者會抗議不是嗎？」

「嗯……」劉寶傑沉吟。「是有新鮮感，但……」

「我們可以請請看，但我猜他們不見得會接受。」麗梅說：「你看他們做的『不要核四・五六』運動，持續了那麼久還默默在做，每週五晚上在自由廣場搭他們自己的肥皂箱。請他們的話，我想他們或許都說得出一番道理；但他們重點在堅持自己的信念，感覺上也不見得那麼願意上節目……」

「而且他們口才不一定好。」劉寶傑沉思半晌。「應該說，不見得不好，但不一定適合我們節目的節奏。他們或許適合那些氣氛更輕鬆、節奏更舒緩些的節目。我想還是請環團的人好了。節目效果應該比較確定。」

「是。」燦洪和麗梅都點點頭。

「好。那這方面就麻煩麗梅負責。」寶傑說：「那接下來就是執政黨反對黨立委各一？」

「合理而穩重的組合。」燦洪說：「我建議——」

寶傑手機響起。他接起電話，以眼神向兩位助理示意，推開門踱了出去。

燦洪和麗梅對看了一眼。隔著門板，他們聽見老闆的聲音。「我不是叫你不要再打來了嗎？我在工作！——噢，是……抱歉抱歉，不好意思，我弄錯人了。嗯……噢，這樣嗎？你說……嗯，嗯。不會，我這邊沒聽說。（沉默數十秒）是嗎？……你是說，台北市也有狀況？可是……（沉默數十秒）噢好，我了解了。嗯，是……所以？你現在過來嗎？那你現在就過來？嗯……我知道。真的很謝謝你。好，好，那我們繼續開會。等你。bye。」

劉寶傑回到會議室，一臉疲憊地將手機丟在桌上。午後，窗外陽光燦爛，淡藍色天光洶湧漫淹進室內。氣溫宜人，晴日美好，然而整座城市浸泡在躁動的氛圍之中，像是某個隱密存在於地底三十年的地下社會（一個對反顛倒於現世的，未知的鏡像世界）即將被一百八十度翻轉浮現一般。

（寂靜的會議室裡，劉寶傑彷彿聽見那翻轉中的地下社會機械作動，齒輪卡榫齧合旋轉的聲響。嘎吱。嘎吱。喀啦喀啦喀啦——）

劉寶傑走向飲水器，按滿一杯水，喝掉，再按滿一杯水，再喝掉，而後把紙杯捏扁，丟進垃圾筒裡。

「慘了。」他兩手撐在桌上，歎了一口氣。「可能不只是廠區內事故。醫院和診所都有異常現象。貢寮當地有消息，出現大批病患，輕者頭痛，重者嘔吐、掉髮、腸胃出血。台北市也有類似消息，但可能因為台北市人口太多，狀況不明確。新聞部已經在做新聞了。我剛剛拜託林之龍副理過來跟我們說一下情形。」

會議室中一片靜默。空調氣流嘶嘶作響。彷彿某種巨獸體內臟器祕密搏動的音頻。

「可是……」燦洪遲疑：「核安署說，到目前為止各地的那些輻射偵測器的數值都是正常的？」

寶傑搖搖頭。「不清楚。不知道為什麼。但林副理說貢寮當地有異常狀況是真的，而且都是廠區外的異常狀況。」

又是一片靜默。

「好吧。」寶傑慢慢地說：「那——我們好好把今晚的節目做完再說吧。剛剛說到哪裡？」

「執政黨和在野黨立委各一。」麗梅下意識搓了搓手。「怎麼有點冷？空調有問題嗎？」

沒人理她。「請黃宏屏和林國棟？」燦洪接口。

「好，就敲他們兩個。」

這時突然有人敲了敲門。

「請進。」劉寶傑喊。

林之龍副理推門進來。「燦洪，麗梅，你們先去敲通告無妨。」劉寶傑說：「林副理，謝謝你過來，這邊請坐。」

「不會，寶傑你客氣了。」林副理脫下西裝外套。「先開電視吧，你們怎麼沒在看？傷者多加了一個。大家都已經開始播了。」

寶傑按下電視開關，轉了幾個台。大致上用的都是署立基隆醫院或北海岸台大醫院金山分院的畫面。內容大同小異，無非是說，自昨日下午伊始，北海岸、東北角一帶便陸續有眾多民眾到院就診，均主訴頭痛、嘔吐或鼻血不止、腸胃出血之類的症狀，病因不明，也因此難以採取明確醫療措施，僅能針對症狀本身進行投藥緩解云云。

「台北市內也有狀況。」林副理補充。「跑醫藥線的記者和醫師聊過了。醫師認為這類症狀確實有增加的現象，而且同樣原因不明。但以台北市而言，增加的狀況不如東北角或北海岸一帶來得明朗……」

「林副理，你說官方公布的傷者名單有變動？」

「對，多了一位叫陳弘球的。據我們了解是台電內部的資深工程主任。所以現在官方的正式傷者是八位。」

「好。這和廠區內或廠區外的事故範圍可能沒有直接關係。但問題是……」劉寶傑思索半晌。「我想，要確認輻射汙染的範圍其實沒那麼困難。」他稍停。「咦，我們可以自己測輻射呀。為什麼不請我們的記者自己去測輻射？先不要管什麼台電或核安署的數據，我們用自己的蓋格計數器自己測，不行嗎？」

「那當然。」林副理回應。「已經派人去調了，現在可能已經送到當地交給記者了。」

「噢，那太好了。」劉寶傑聽到敲門聲。「——請進。」

「劉先生，」燦洪走進來。「敲不到那兩個立委的通告。」

「怎麼會敲不到？我們還滿常請他們的呀？」

「有聯絡上他們的辦公室助理。」燦洪說：「但助理找不到他們。兩位委員都是。而且都說今天早上就沒看到委員進立法院了。」

「黃宏屏和林國棟都是？」

「對，兩位都是。」

寶傑看了林副理一眼，眼神中滿是疑惑和恐懼。他拿下眼鏡，雙手搓了搓臉。「麗梅，我們之前是不是跟核安署的窗口也有聯絡過？是你聯絡的嗎？」

「是。有位主任祕書楊辰嘉先生來上過我們節目。」

「那你先去聯絡一下核安署，問他們要不要派人來上節目。」

「好。」

劉寶傑再度拿起遙控器，焦躁地在幾個新聞台之間轉來轉去。這時新聞部林副理的手機響了。他開啟通訊軟體，刷了刷螢幕。

「怎麼了?」寶傑問。

林副理將手機推了過去。「你自己看。」

畫面是張照片,北海岸一支不知立於何處的輻射偵測器,數值清晰可見。背景則是「新北市立福連國民小學」正門口。隔著低低十幾座平房(一座濱海小漁村),遠處平躺著大片蔚藍的海。浪花在慢動作的時光與空間中凝止。

「再看下一張。」林副理說。

劉寶傑刷動螢幕,頓時臉色一片煞白。那是一個小型蓋格計數器的數值顯示。

「這也差太多了……」他的手指顫抖起來。

「沒有什麼可以相信的了。」林之龍副理站起身,穿上西裝,慢條斯理地將手機放進西裝口袋。「我得走了。」他抬頭,雙眼泛紅。「我做新聞二十年了。我……我沒想到我會遇到這樣的事。」他看著地面,稍停半晌。「寶傑,你也走吧。多留無益。」他轉過身,逕自打開會議室的門走了出去。

劉寶傑將臉埋入雙掌之中。半分鐘後,麗梅拿著手機走了進來,嚇了一跳。「劉先生。劉——先生,呃,你還好嗎?」

他抬起頭。「怎樣?」

「核安署那邊說沒辦法。」麗梅說:「他說他們沒時間。」

「好,我知道了。」他再度將臉埋入手中。

半晌後，劉寶傑放下手掌。兩位助理訝異地發現他淚流滿面。霜雪侵蝕了他的鬢髮。他臉頰浮腫，眼圈泛黑，彷彿一瞬間老了十歲，變成了另一個人。

但他卻突然笑出聲來。「我不知道該說什麼。」他笑了又哭，邊哭邊笑。「我，我真希望我們今晚可以再來討論外星人。」

33 Above GroundZero

「對不起，真的沒有了，我們從早上調到現在了還是調不到貨。」房真雯說。她穿著橘色套裝站在櫃台裡，不斷向顧客道歉。

西元二〇一五年十月二十一日。下午四時五十四分。台灣桃園機場免稅商店區。北台灣核能災變後第二日。

「你們庫存就這麼少？」女人嗓門大了起來。她雙眼浮腫，一張白膩肥胖的臉。「國際機場欸，丟臉，你看看你們的貨架——」

「真的很不好意思……」房真雯又微微鞠了個躬。貨架上確實空空如也。據說從今日凌晨開始，機場便湧入大批逃難人潮，所有免簽證國家班機全數客滿；連帶使得他們這些賣台灣名產的小店（他們賣的是鳳梨酥芋頭酥雪花酥鳳眼糕之類的點心）一瞬間全被掃得一乾二淨。店長打電話調貨，通路不是沒人接就是說自己也缺貨。

「搞什麼東西！」女人板著臉低聲斥罵，但並未多作逗留。她很快拖著行李離開了免稅商店。

房真雯鬆了一口氣。現在整間店空蕩蕩，他們生意已完全不用做了。應該很久才會出現一次像這樣不死心的客人吧。她喝了口水，看見同事蕙蕙走了回來。

「欸，通關那邊又有人在吵架欸。」蕙蕙說。

「今天不是吵好幾次了嗎？」

「這次的好像不一樣，是媒體跟旅客在吵架。」

「媒體？」房真雯說：「媒體吵什麼？喔，是名人旅客嗎？哪個明星？」

「不知道。」蕙蕙聳肩。「但好像是明星沒錯。你有興趣嗎？你去看啊，我幫你顧店沒關係。不會有客人啦。我現在只擔心晚飯沒得吃——」

「好噢。謝謝你。」房真雯捏了捏自己的肩頸。「那我去偷懶一下。對了，我想買飲料，你想喝什麼嗎？」

「不用了。」蕙蕙擺手。

房真雯上了個廁所，買了杯觀音拿鐵，好奇地走至近通關處。遠遠就聽見人群的叫嚷。海關亂成一團已非新鮮事，但第一次聽見那麼激烈的爭吵。只見一群媒體記者圍著五位西裝筆挺的男人，十幾支麥克風全杵在五人胸前。但五人並未全然停步，一群人以極緩慢的速度向前推進。

「你可以就這樣走掉嗎？」有人高聲叫喊。「部長，台電也歸經濟部管轄，核四出事了，你打算一走了之嗎？」

哎呀不是明星嘛。原來是政治人物。

「我已經重複很多次了。我不是一走了之。」戴墨鏡的男人推了推鼻梁上的鏡架。深灰色亞曼尼西裝，整齊的油頭，白皙的臉上兩道法令紋深痕。「我們這趟考察行程是半年前就安排好的，各位不需要過度解讀……」

「部長您沒有說實話吧？」「部長，核四出事了，您不留下來坐鎮指揮嗎？」「部長！核災的原因是全廠斷電嗎？現在我們採取的措施是什麼？」「部長，這次考察，您的家屬也要一同前往嗎？」「部長，部長！」

「對不起，我已經站在這裡回答你們很久了。」經濟部長面露不悅。「你們可以讓條路給我嗎？」

「曹委員！請問你為什麼要在這個時候跟部長一起出國考察？不能緩一緩嗎？」曹委員跟在部長身邊，同樣戴著墨鏡，白色夾克裡簡單的條紋polo衫。他的身材比部長小上一號。「曹委員，北海岸不也是您的選區嗎？」「委員，您知道有許多北海岸的鄉親疑似受到輻射感染嗎？」「委員！您和之前一起上motel的季小姐還有聯絡嗎？」

「部長剛剛解釋過了。」曹委員瞪了記者一眼。「考察行程半年前早已排定。我是經濟委員會召委，陪同部長出國考察是理所當然的。我們所有的選民服務照常進行，我的服務處也會積極幫助北海岸鄉親。讓條路給我們好嗎？」他向前走去，伸手推開攝影機和麥克風。閃光燈此起彼落。幾位攝影記者們邊後退邊拍照，一個絆一個摔成一堆。

「朱立奇！朱立奇委員！您的服務處還有在運作嗎？」「委員請留步！」「朱委員，您的助理說不知道您要出國，為什麼會這樣？」

「部長！您知道已經有媒體拍到疑似氫爆或再臨界反應的畫面嗎？」

「據我所知，本次事故一切都還在可控制的範圍內。」經濟部長突然停下腳步，拿下墨鏡，一綹油髮垂下，細長的瞇瞇眼盯住發出質疑的記者。「輻射水外洩的範圍並不大，事態並不嚴重。我已經交代部內同仁配合台電好好處理。等到除汙完成，核四廠應該就可以申請恢復運轉。我相信謠言止於智者……」

「你睜眼說瞎話！」被質疑的記者也火了，高舉他手中的平板電腦。「部長，你看過這張照片嗎？」

房真雯踮起腳，但無法看清那螢幕上的圖樣。

部長瞥了那螢幕一眼，突然露出微笑。「你們……」他看著記者：「我想所有的公司應該都很忙吧。貴單位，也很忙吧。」部長慢條斯理地戴上墨鏡。「大家都很忙，都有許多份內的事要處理。我也很忙，我相信你們也是。散布謠言，是會有刑責的……」部長稍作暫停。媒體們全靜了下來。「Mind your own business。我個人很快就會回國。希望你們都好好照顧自己……」

部長打了個手勢，記者們讓開了一條路。一行五人隨即走向通關處。

「曹委員！曹委員，你是反對黨的委員，沒想到你跟部長交情這麼好呀？」有人高聲叫出。媒體記者們如夢初醒，又吵吵嚷嚷了起來。

部長一行人站定，回頭向記者們揮手。他們的手上還拿著證件。房真雯突然注意到，那並不是綠封皮印有「Taiwan」字樣的台灣護照。

那是藍色小本的美國護照。

34 Above GroundZero

西元二〇一五年十月二十二日。晚間九時四十四分。台灣台北市。敦化南路。北台灣核能災變後第三日。

這台北市精華區的林蔭道已成了大型的停車場。車一輛挨著一輛，車燈和此起彼落的喇叭聲點亮了這焦躁不安的城市。水泥叢林中，都會金控公司總部三十五層高樓燈火通明，而位於一樓的都會銀行敦南分行同樣燈火通明——儘管玻璃門已全數關上，儘管自外望去，內部不見任何人影。這當然不是常態。在平時，在夜間，那高聳的金屬骨骼結構體總是指向天際更黑暗的虛空。然而此刻，如梅雨季節之白蟻，高樓底下躁動的人群愈聚愈多，四處流竄。

一輛掛著白色大耳朵天線的ＳＮＧ車停在路邊。

這是現年三十四歲的吳儀倩回家的必經路途。身形瘦小的她剛下班不久，背著包包步出公司門口，走了一小段路，便遇見了這夢境般的幻景。她好奇地停下腳步，看見群眾不安地議論著。許多人在看手機，打電話，邊嚷著電話網路全都不通；許多人搖晃著玻璃門，許多人丟擲寶特瓶。一位矮個子男人不知從何處抄出一支棍棒，二話不說開始砸玻璃。

警報器響起。群眾鼓譟起來。吳儀倩有些害怕，加快了腳步。人群邊緣，她看見記者正抓了個路人開始訪問。那是位滿臉鬍渣的中年壯漢，穿著簡單的T恤和拖鞋就跑來了，手臂上長長的汗毛，大片刺青，情緒顯然十分激動：「叫我回家？」壯漢叫嚷起來。「憑什麼叫我回家？我這世人所有的存款都在裡面欸！」

「你不怕死嗎？」女記者問：「大家都忙著逃，你不怕輻射汙染嗎？」

「啊你咧？」壯漢反問：「你怎麼不怕死，還杵在這訪問我？我沒在怕的啦，我無某無子，爛命一條，你政府或銀行不給我們一個存款保證，我錢沒拿到我是不會走的啦。」

女記者倒退一步。「先生，可是命很重要啊。輻射汙染很危險的——」

「管伊去死啦，人沒錢活著還能怎樣？叫我現在逃去台南，我去台南沒錢找也不能過活啊。」

「你對銀行這麼不信任嗎？」

「歹勢，這我專業。」壯漢愈說愈起勁。「誰不知道他們銀行本來就多少爛頭寸？這些爛頭寸平常還不都是像我這樣的人在處理？現在核四廠爆炸了，你想想看，有多少抵押品是台北房地產？這些房地產全倒了啦，本來好頭寸的都會變爛頭寸！」他比著手勢，還真有點地下錢莊或討債公司的派頭。「一個銀行裡面都是爛頭寸你以為他要怎麼撐下去？台灣金融崩盤了啦，無望了啦，你爸今日就免睏，就站在這裡等伊整暝！」

九十七分鐘後，吳儀倩回到位於土城的家（整個大台北地區都塞車，捷運班次混亂，她比平時多花了五十分鐘才到家）。這是一處荒僻的住宅區。整排五層樓的老舊公寓有半數以上已成空屋。她打開鐵門（樓梯間滿是灰塵，配電盤上的電線如受傷的血管筋脈般破綻處處），步上二樓，按下門鈴。

「趕快進來。」母親隔著鐵門喊。「你知道消息了沒有？我打你手機都打不通。」

「什麼消息？」她推開大門。「股市暴跌六百點嗎？」

「核四廠輻射外洩，總統說要遷都。」

「噢。是喔。他們承認囉？」她脫下鞋，脫下外套，將包包丟在沙發一角。「不意外。」電視上正反覆播放著在野黨主席與總統會面後共同召開記者會的畫面。簡言之，傍晚時分，台電與核安署已證實核四發生嚴重災變，輻射外洩；在野黨主席隨即強烈要求即刻進行朝野協商。會後，晚間九時三十分，總統發布緊急命令，畫定方圓二十五公里暫行避難圈，建議民眾疏散；並宣布自隔日起依緊急命令所賦予之權限，遷都台南；並持續進行朝野協商。而在野黨主席則強調，值此空前國難，在野黨將負起監督之責，並與執政當局保持密切聯繫。「國難當前，有些事情必須盡快決定，有些事情必須政治協商。」在野黨主席兼總統候選人蘇貞昌頂著他的電火球，一貫的溫和沉著：「依照目前狀況，能夠政治協商解決的，我們會盡量配合，幫忙政府規畫合宜的解決辦法——」

「所以輻射外洩到底是有多嚴重？」吳儀倩問母親：「本來不是說是廠區內事故而已嗎？」

「不知道。」母親回應：「沒有確切的消息。電視上一片混亂啊，各種說法都有。我們是不是也該走了？」

「哼。」吳儀倩冷笑。「政府更混亂。照這樣下去，不知道什麼時候才等得到真相。」

「你都不緊張啊？」

「有什麼好緊張的？你覺得我們還需要緊張嗎？」吳儀倩拿起遙控器，關掉電視。「回家路上到處都塞車，根本沒有交通工具可以坐，現在到處亂成一團，走也走不了。乾脆就明天再說。或後天再說。」

「這樣好嗎？」母親皺眉。

「媽你想太多了啦。」她對母親擠出微笑。「你忘了，我們是特例，我是超人。明天再說。我先去洗澡了。」

三十分鐘後，吳儀倩洗完澡，回到房間，將房門關上，拉開窗簾。戶外無光，夜色寂靜，隔著一條窄街，同期的五樓老公寓，同樣過半數空屋。室內燈光盞盞滅去，像棺槨中死滅的眼睛。這區域早已是個鬼城，只有無法離開的人還留在這裡；但即便是現在，留下的住戶似乎也無動於衷。或許是因為此地不屬二十五公里避難圈範圍內？

吳儀倩沉思半晌，打開抽屜往下翻，找出一份剪報。

泛黃的剪報被她夾在透明文件夾裡。她看著剪報上自己清瘦的背影（她當然不願意露臉），想起許久之前她告訴記者的那些事：小學三年級，她之前就讀的幼稚園被檢測出是輻射建築，鐵窗框是不肖廠商違規使用核電廠外流廢料做的。官商勾結。當時的原能會派人找到他們（輻射鐵窗框已存在五年以上），送給他們每年一次的健檢額度。小時不懂事，長大才知道，當年的幼稚園同學有五分之一已因血癌去世。至於自己，則是自小學開始便不知為何很少排汗，只要天氣一熱，她不出汗，常悶到頭昏眼花。醫生們完全不知該如何處理。她想起環保團體的「核輻人」圖案；第一次在網路上看到那圖案時她直接在電腦螢幕前失聲笑出——是啊，我就是貨真價實的核輻人啊。我跟輻射超有緣的啊。高中時他們搬了一次家，搬到現在這個社區，到大學畢業幾年後，這裡被檢測出是輻射社區——有七戶輻射屋輻射超標。她家倒是不在其中，但出入都會經過就是了（就是沒中頭獎但中了二獎的意思，她想）。這回原能會更乾脆，理都不想理了，只說他們測定的輻射量並未超過每年五毫西弗的容許劑量，「等個十年，還會半衰幾次」。她心裡想，是啊，我們也已經住了十二年了哪。那十二年前又是什麼樣的劑量？

於是吳儀倩自暴自棄地看著社區裡的中壯年長輩，每年一個兩個地拿號碼牌罹癌過世。社區人家一戶接著一戶離去。反正她家裡窮，反正她家單親，反正她們也搬不走，反正她自己都比那些長輩們更「資深」。她從小就是**核輻人**了不是嗎？她從前年健檢時開始發現自己血液異常——血小板持續偏低，原因不明。她不敢談戀愛，也不知道自己能不能生小孩，反正她怪病在身通行無阻，只要說出實情那些追求者們多半會知難而退。她覺得自己還能活到現在簡直是個奇蹟。核輻人該有輻射抗體吧？核四輻射外洩？拜託，那麼遠，誰把那些輻射放在眼裡啊？

吳儀倩打開房門。客廳陷落在立燈將明未明的微光中。她從櫥櫃裡摸出一碗泡麵，拿到廚房，打開瓦斯爐煮了起來。

她多打了一顆蛋，加了一把青江菜，而後熱騰騰一碗端回到客廳裡。她按開電視，看見媒體上鬧哄哄的全是核災相關新聞——這當然，台北市醫院人滿為患，已經多到跟基隆地區差不多的程度（部分地區醫療系統確定失靈，因為醫院自身便在二十五公里避難區內，醫護人員都逃難去了）；大批避難人潮離開台北地區向南遷移，所有汽車都被塞在路上動彈不得，高鐵和台鐵停駛，聰明些的騎機車和腳踏車一路南逃。沿途旅店全數客滿，由於物資不足，治安失序，台北、宜蘭、桃園、苗栗等地都發生了隨機搶劫案件。大賣場拉下鐵門，加油站和便利商店到處打群架。

所以逃什麼呢？趕著去被搶劫嗎？她心想，差點一個人笑出聲來。天啊這泡麵還真好吃，世界上有比這泡麵更好吃的東西嗎？

夜色深濃，輻射社區寂靜如一灰燼之荒原。吳儀倩看著電視螢幕上這座吵嚷不斷的鬼島（鬼島像一副耳機線，你什麼事都沒做它自己就會亂成一團），首次感受到某種天不怕地不怕的幸福。

35
Above GroundZero

「宏翊，宏翊！」有人輕輕推他。「宏翊！蘇醫師！」

蘇宏翊醒了過來。他睜開酸澀的雙眼，一時之間竟發覺頭轉不過來。

他落枕了。

「宏翊，換你了。」許立瀾醫師看著他，桌上一個吃剩的便當。「唉，居然吃飯吃到一半就睡著了，我們什麼時候淪落到這種地步……」

「呃……」蘇宏翊愣愣地看著桌上的便當，思緒一片空白。在這之前，他已連續四十八小時未曾闔眼了。

「還沒醒呀？」許立瀾醫師拍拍他的肩膀。「去洗把臉吧。」

蘇宏翊點點頭，戴上手表，從外套口袋裡拿出手機看了看。

西元二〇一五年十月二十五日。（星期天呢。台灣光復節呢。）收訊零格。凌晨零時零五分。台北市馬偕醫院急診科值班室。北台灣核能災變後第六日。

「現在狀況怎麼樣？」蘇宏翊問。

「噢，美國人說要派尼米茲號過來了。」

「要過台灣海峽嗎？」蘇宏翊穿上外套。

「CNN上說是。」許醫師說：「美國官方說法。」

「噢好。」蘇宏翊有種鬆了一口氣的感覺。「那這樣……中國那邊大概不敢再怎樣了吧。」

「不知道欸。」許醫師說：「應該吧。至少集結一堆兵力在福建應該是沒什麼用，現在他們應該連演習都不成了吧。」

「核災呢？有什麼最新消息沒有？」

「沒有。原先不說是輻射水外洩而已嗎？」許醫師說：「現在核安署和台電也只說是災情比預估嚴重，二十五公里以內建議暫時避難，至於發生了什麼事，一問三不知。真誇張。」

「已經第六天了欸，到現在還什麼都不知道，太離譜了吧。」蘇宏翊回應。「我想他們是不願說吧。知道了什麼也不願公布。跟洪仲丘案差不多。」

「我想也是——」

「水母總統呢？」蘇宏翊問。「他有說什麼嗎？不是組了個事故處理委員會？」

「啊，你不說我還忘了。最新消息是，」許醫師說：「賀陳端方啊，就是那個核安署署長，總統說要授權他組織一個探勘敢死隊，進災區去弄清楚狀況。今天就會出發了。」

「幹！慘了，總統有跟那些敢死隊員一一授旗握手嗎？」

四分鐘後，許立瀾和蘇宏翊穿著醫師白袍走進急診室。

大門一開，霎時鬼哭神號。病床一張挨著一張連成了大通鋪，剩下的病人打地鋪。至於家屬，跟著坐在被褥上，誰是病人誰是家屬也分不清楚了。也有不少人進來時是家屬，過了半天就變成病人的。生病順便，看病方便。

這也不奇怪，從三天前開始就是這樣了。蘇宏翊和許立瀾一腳高一腳低地穿過一地哀嚎不斷的病人們，來到護理站，取了表格，開始一床一床地察看。

多數是不明原因的嚴重暈眩、頭痛和嘔吐，腹瀉的人也不少。共同特色是病人主訴精神不佳，全身虛弱無力。蘇宏翊知道這約略就是輻射病的症狀了（核災發生隔日他立刻翻查了病理教科書，書裡對輻射病著墨不多──這理所當然，因為截至目前為止人類的輻射病經驗有限，多數的輻射症狀無法證實病因。當然，更多的患者是直接過世了）；然而令他困惑的是，台北市離核四當地已有一段距離，此處病患亦多數來自二十五公里避難圈外，然而整體狀況卻出乎意料地嚴峻。這似乎史無前例。蘇宏翊想起二〇一一年的三一一福島核災。如此嚴重的急性輻射症狀，似乎都產生於距離當地數公里以內的地區。若是數十公里外，應不至於產生如此多急性患者才是……

怎麼回事？他的直覺是，政府一定還隱瞞了什麼事，政府一定還有許多事沒說……

（更可怕的推測是，二十五公里避難圈根本只是做做樣子，因為災情狀況更險峻於福島核災，因為，二十五公里早就不夠了……）

「蘇宏翊……」有人喊他。病弱的聲音。

蘇宏翊轉頭，大吃一驚。「你怎麼來了？生病了？」

「你們認識？」許立瀾問。

「呃，是我女朋友……」蘇宏翊說。「怎麼樣？什麼時候來的？」

「我來……大概三個鐘頭吧。」女孩黑著眼圈，一頭亂髮夾著沙魚夾。

「你怎麼了？」兩位醫師開始翻找病歷。「在這裡。」許立瀾說：「噢，也是暈眩。」

「對。」女孩說。

「那現在覺得怎麼樣？」蘇宏翊摸摸女友的額頭。「還暈嗎？」

「剛剛吐過一次。」她嘴唇發白，額頭明顯發燙盜汗。「現在比剛剛好些。剛剛暈到不能走。」

「有別的症狀嗎？」

「沒有。」

「沒人陪你來？你爸媽知道你生病了嗎？你手機通嗎？」

女友搖搖頭。「手機不通，室內電話也打不通。」

女友父母住在桃園，應是相對安全些吧。

「糟糕。」蘇宏翊翻看病歷。「藥吃過了嗎？」

「嗯。」

「沒關係，你先好好休息。我會照顧你。」蘇宏翊俯下身抱了抱女友的肩膀，拍拍她的手。

「對不起我先去工作，等一下再來看你。」

「我這是輻射症狀嗎？」女友問。

蘇宏翊皺起眉。「不確定。但看起來有點像。這裡很多人都這樣。」

「我是不是不會好了？」女友啜泣起來。

「急性輻射病不是都不會好，要看嚴重程度。」蘇宏翊握住她的手（她的手心全是冷汗），給她一個微笑。「多數會自行痊癒。你會好的。」

七分鐘後，蘇宏翊和許立瀾穿過走道走到急診室的另一區。

「你看法如何？」許立瀾說。

「我不懂。」蘇宏翊說：「核災沒有進一步消息嗎？台北市不是在核四隔壁欸，哪來這麼多輻射病急性症狀患者？怎麼可能這麼嚴重？而且，為什麼我們兩個沒事？」

「我覺得本來就會有些人沒事。體質關係。」許立瀾回應。他稍停半晌。「但也確實不合理。就算扣掉那些汐止、北海岸來的病患，台北市內、新莊、三重一帶的病患也太多了。或許……其實不是輻射症狀？是其他傳染病？流感嗎？也沒見過這麼嚴重的流感啊。不知道怎麼了，政府至今沒有交代任何資訊。你等我一下。」

許立瀾停下腳步，按開走道旁的飲水機，拿起紙杯，喝了幾口水。

電光石火。蘇宏翊感覺背脊一陣冰涼。

「欸，欸，」他一把搶下許立瀾手中的紙杯。水潑賤而出。「你不要喝了！」蘇宏翊快手快腳地將一整杯水倒在飲水機水槽裡。

「怎麼了？」

「水有毒。」蘇宏翊說：「體內暴露。」

「什麼？」

「完蛋了。」蘇宏翊搖頭，倒退兩步。「體內暴露。大家都是體內暴露。」嘈噪退遠。暴烈的寂靜封阻了他的耳膜。他顫抖起來，察覺自己胸腔不適，呼吸困難。他首次模糊意識到，他的女友將永遠離他而去——未來數週，她將會持續暈眩，水瀉，皮膚潰爛，光是指甲便足以將之刮傷。她將會嘔出體內所有消化道黏膜，嗆咳出自己灼燒的肝與肺，接著是所有內臟的組織破片。她終將形銷骨毀，不成人形。「是水。體內暴露。」蘇宏翊已無法聽見自己的聲音。（那他自己呢？他自己呢？）「核四廠離翡翠水庫水源區太近了……」

36 Above GroundZero

「可以確定的部分是，」歐德蓮修女說：「我們只能處理那些沒有親屬的孩子們。有親屬的孩子們會有人接走。萬一沒人來接，我們才帶他們跟我們一起走。」

眾人表示贊同。「但這部分必須有個時間表——」柯修女說：「我們要等到什麼時候？」

「我的建議是，等到明天或後天晚上。」玲芳說：「就等一兩天。我們不能拖，既然二十五公里暫行避難圈的緊急命令已經發布了，能早點走就必須早點走。如果有些孩子的家屬沒來接他們，為了孩子們的健康，我們也得先把他們帶走再說。但現在問題是，我們要到哪裡去？」

「沒錯。」歐修女緩緩點頭。「這是最困難的部分。要到哪裡去？」她望向眾人。水光在她澄澈的藍眼睛中閃爍。「大家有什麼主意？」

西元二〇一五年十月二十三日。凌晨零時十四分。台灣宜蘭。北台灣核能災變後第四日。

「欸，你剛剛有再打打看嗎？」小蓉躺在玲芳房間的床榻上，臉色蒼白，聲音低微。「還是聯絡不上你爸媽？」

「打不通。」林群浩搖頭。「我好擔心，他們應該要趕快離開台北比較好。或許他們會自己啟程吧，唉。」

「這樣算起來通訊中斷多久了？」

「第三天了。」林群浩說：「唉，不知道要多久才能恢復……他們一定也很擔心我……」

「我也擔心你。」小蓉悲傷地看了林群浩一眼。「我也擔心我自己。」

四面寂靜。冷風掀動著窗簾。窗外，霧靄流動，像獸的鼻息。

「都是我的錯。」淚水在林群浩眼中打轉。「我們不該在狀況不明時回澳底村去……我太笨了，我應該自己回去就好了……對不起，都是我害的……」

「你現在不舒服嗎？」

「我不確定。」林群浩低下頭。「頭脹脹的。但只有一點。好像還稱不上頭痛……」

小蓉摸摸林群浩的手。「希望你沒事。」

「台東是個好辦法，我贊成。」丁修女說：「我想跟耶穌會那邊聯絡一下，有可能找得到地方讓我們落腳。」丁修女稍停。「但大概不會是什麼好地方就是了。」

「可能短期內非常克難。」柯修女說。

「但這點需要進一步確認。」歐德蓮修女說：「吳修女，你是不是有認識耶穌會的一位——」

「路士德神父。」吳修女回應。

「那麻煩你？明天早上跟他聯絡？」

「好。」吳修女說：「我先聯絡他試試看，發生了這種事，他們一定也很忙。如果聯絡不上，那就找一間耶穌會的教堂聯絡看看，再探詢看看該找誰接洽……」

「對了，目前孩子們的健康狀況如何？」歐修女問：「丁修女？」

「欸，狀況不明。」丁修女回應：「加起來總共有六個孩子覺得頭痛，其中兩個已經嘔吐了。我想有嘔吐症狀的，有非常高的機率是輻射症狀。」

「怎麼帶他們就醫？」

「我想幾乎沒有辦法。」丁修女皺眉。「非常困難，因為附近的醫院一樣是在二十五公里避難區範圍內。我們實在離核四太近了。而且，我擔心的是接下來的狀況……」

「請說。」

「核四廠輻射外洩的情形到底有多嚴重，到目前都還不知道。有媒體從空拍畫面研判爐心已經熔毀了。那方面我是完全不懂。或許請教一下群浩？」丁修女說。

「他應該還在照顧小蓉對吧？」

「對，在玲芳房裡。」

「那去請他過來一下？」歐修女說。

五分鐘後，林群浩出現在育幼院的教室裡。

「林先生？」歐修女說：「抱歉打擾你了。小蓉現在狀況如何？」

「沒什麼變化……」林群浩眼眶泛紅。

「我們明天想辦法送她去花蓮的醫院。」歐修女說。林群浩點頭。

「群浩，我們有問題想請教你。」歐修女說：「請你幫個忙……」

「嗯。」

「我們想請教你，」丁修女接口。「光是從媒體上的報導，看得出來輻射外洩的嚴重程度嗎？」

「丁修女客氣了。嗯，客觀上，確實很難判斷。」林群浩說：「呃，首先是媒體本身訊息混亂。再來，從畫面上看來，很明顯一號爐有至少氫爆，因為整個圍組體都被破壞了。官方沒有公布事故原因，但如果採用最初的說法，說是燃料池冷卻水外洩，那其實也說得通，因為光是冷卻水外洩，也就足以造成氫爆了。……至於爐心熔毀，爐心熔毀是最可怕的情形，但這無法判斷，因為根本無法靠近事故現場。……我只能說，我認為爐心熔毀的機率不低。應當是滿嚴重的。」

「那媒體上說的那種『再臨界反應』是什麼意思？」柯修女問。

「嗯……簡單說，『再臨界反應』就等於是一顆小核彈爆炸了。」林群浩突然顛了一下。「呃，對不起，我可能有點頭暈。……我想是這樣，『再臨界反應』不一定會發生。即使狀況繼續壞下去，也不見得會發生，主要是因為核電廠燃料的濃度和核彈燃料的濃度是天差地遠的。」林群浩咳了兩聲。「對不起。但不需要到那種程度，光是爐心熔毀，圍組體被破壞，這樣的輻射外洩就已經非常嚴重了……」

「所以現在有可能就是最壞狀況？」歐德連修女問。

「很可能是。」林群浩聲音沙啞。「就跟福島核災一樣。難以善後。整個北台灣大概都毀了……」

「嗯，好。」

「好。謝謝你。」歐修女說：「群浩，你可以留下來跟我們討論一下？」

「那──丁修女，你剛剛說你擔心的是接下來的狀況？」

「對。我的看法是，儘管輻射外洩狀況嚴重，但我們畢竟不是就住在核四廠隔壁。個人覺得，目前這些有症狀的孩子們，或許都是短期症狀。」丁修女語音低微：「短期症狀的機率較高。我怕的是往後的長期影響，但問題在於……長期影響，該影響的可能也都已經影響了。」丁修女稍停。「不只是孩子們。包括在座的你我。」

無人應答。小室中一片低氣壓。

「所以，」還是歐修女先打破了沉默：「丁修女你的意思是，在醫療上我們能做的不多？」

「當然，如果孩子們當中有人的急性症狀惡化，那我們必須盡快送醫——如果有避難區以外的醫院可送的話。」丁修女說：「但即使無人惡化，那我們能做的確實也不多，該傷害的可能都已經傷害了。我們就只能盡快離開二十五公里範圍的暫行避難區。」

「好。我了解你的意思了。」歐修女說。「玲芳有意見？」

「我有個不同的想法。」

「什麼樣的想法？」

「為了避免進一步的輻射影響，我們確實應該立刻離開避難區。」玲芳回應：「但是不是要沿著東部往南走，到花蓮，到台東？我認為那不是我們唯一的選項。」

「什麼意思？」

「我認為有別的可能。我想到的是，這些孩子，出身於異常家庭的，幼年被性侵的，或者殘障的……」玲芳說：「我有些不同的想法……」

「什麼意思？」丁修女說：「我們應該先討論如何避難——」

「我知道。請大家聽我說。他們不是一般的孩子。」玲芳站起身來。「大家知道，我和在座的各位不一樣的地方是，我不信主。長期以來我不信主。我告訴別人我在這裡工作，我依舊說我不信主，即使許多人認為這樣很奇怪。但難道我不信主，就不能有奉獻的心嗎？你從他們覺得奇怪這件事就可以知道，這不是一個值得我們信任的社會。至少人類在這裡，在這座島上，在他們的現狀中，並沒有創造出一個值得我們去生活，去奉獻，去為它付出，讓這些殘缺的孩子們**『回去』**的社會。」玲芳環視著眾人。然而在林群浩耳中，她的聲音像被風吹離的落葉般愈飄愈遠。「這些孩子們——他們或者看不見，或者聽不見，或者腦性麻痺，或者非常害羞，或者還有其他莫名其妙本來就不適合這個現存社會的殘缺——然而用在座各位的話來說，他們是神的禮物，是主的意旨；是主的意旨讓他們出現在這世界上。但主從來就沒有告訴我們，該幫助他們**回到**這個社會裡去……

「我覺得大家都忽略了這點。我想我會說：現存的文明社會，對這些孩子而言，都是災難。他們本來就不適合現存社會。但多數慈善機構的目的，卻是希望可以『教育』這些孩子，最終目的，是希望他們能夠回到現實社會中，在現存的文明中自力更生。這當然不容易，然而幾乎所有慈善機構，都以此為終極目標。這真是正確的嗎？

「我認為我們應當換個方式想：這些孩子們對於現代文明的『不適合』或『不適應』，是神所賦予的。」清冷的日光燈下，空氣稀薄，玲芳瘦小的背影寂寞而堅毅。「我認為神真正的意旨是：他們有他們本來該去的地方。他們不該經歷一段漫長而痛苦的學習過程，只為了要被送回現實社會裡去。不，不應如此。他們應有另外的歸處……」

玲芳的聲音逐漸淡去。來處不明的巨響轟擊著林群浩的耳膜。彷彿一個預知的妄夢，世界在林群浩的腦海中快速旋轉起來。

明滅不定的光度在他的視覺中閃爍。像是人偶們被瞬間抽去了那虛懸其上的絲線，事物逐一黯滅消逝。林群浩突然癱倒在地，失去了知覺。

37 Under GroundZero

西元二〇一七年七月九日。凌晨四時三十五分。台灣台南。

北台灣核能災變後第六百二十九日。二〇一七總統大選倒數八十三日。

對，所以，至少在那時，小蓉還活著。林群浩想。小蓉蒼白的臉浮現在他眼前。她是病了沒錯，但他現在確認了：他的記憶始終未能證實小蓉的死亡。

（他坐下來，坐進臥房的黑暗之中，坐進細微氣流隱約的呼吸。窗外閃爍的微光投射著舊膠卷般滿是雜訊的陰影。他閉上眼，聽著暗晦空間中指針的移動。滴答。滴答。滴答。滴答……）

他可以假定小蓉已然病逝。這必然可能。問題在於，正如李莉晴醫師所說，整座育幼院的消失實在太過離奇。此刻，距離核災已近兩年，他在核災發生後約兩週在花蓮門諾醫院被人發現——當然，這是根據他人告知。往後，有整整一年多的時間，在清醒之後，他為失憶症、憂鬱症與輻射症候所苦。他在政府的保護管制下接受醫療（指定的醫院，指定的醫師，可預期的療程；甚至指定的住處，以及他後來確認的，通訊監管。他失去自由。這一切，全假緊急命令全面限縮人民基本人權之名而行），但除了輻射病逐漸好轉康復之外，治療始終缺乏具體成果。他什麼都想不起來。直到他被轉到了李莉晴醫師的手上，直到他們開始使用夢境影像儀——

然後，就在他稍稍回憶起少數細節之時（或者，準確點說——在他們剛剛能夠掌握某些**疑似回憶**的情境時），李醫師的權限突然就被收回了。

一切毫無預兆。而這些舉措，根據李莉晴推測，全都至少得上溯至總統府核能事故處理委員會的層級。他們給予，他們收回。他被牽扯入一樁神祕暴力事件，被警告不得透露任何他大費周章尋回的記憶。（關鍵在他自己身上，李莉晴和露西只是兩個被無辜牽連的倒楣鬼而已……）合理推斷，那些猶且深埋於他腦迴深處的記憶，必然與整座消失的育幼院有關，必然與核災的真相有關。

但核災就是核災啊。核災還能有什麼真相？

有，當然有。林群浩思索著。首先，可以假定凡是傳過空白簡訊給他的人，通訊皆已遭監控。何以必須進行通訊監控？那是「真相」存在的證據，「**真相必須被掩蓋**」的證據。這樣的人共有三位：第一位是菜頭（原本應該像他一樣被強迫休假，不知為何卻進了廠，而後受重度輻射傷害，致死），第二位是陳弘球主任（原本宣稱會進廠，第一時間卻沒被列在八位傷者名單中，一日後，突然入列，其後，致死），第三位則是李莉晴醫師。李莉晴醫師的空白簡訊就發生在此時此刻：在她和露西意外失蹤之時。而陳弘球主任和菜頭的空白簡訊則發生在核災當日。

核災當日。二〇一五年十月十九日。換言之，極可能有某個組織——或者是台電，或者是核安署，或者是其他相關組織——在主導著這樣的監控。否則，何以能如此有效率地在核災發生當日便能立刻採取行動？

（他起身，踱步至窗前。這是個無月之夜，然而不知為何，城市上空閃爍著一層神祕朦朧的暈光。像一個因過度荒謬而拒絕被顯像的夢境。）

不行。林群浩想。他不能再被控制下去。如果再發生暴力事件怎麼辦？警方已完全不可信任，他無法保障自己的安全。現在連李莉晴和露西的安危他都無法保證了。他必須要有更積極的作為，做些除了「把失憶期間的經歷想起來」之外的事……

而且，如果小蓉其實沒有死？

（她怎會刻意與他斷絕聯繫？不會的，不可能；小蓉一定是死了，和那些在事故當下非常接近核四廠的人一樣，和澳底村的其他民眾一樣……）

（但他憑什麼這樣以為？憑什麼？如果玲芳是認真的，那麼小蓉憑什麼不會跟著他們走？如果玲芳的推論導向一個極端的結果——這很可能。而且，……如果他自己能康復，那麼小蓉為什麼不能？如果小蓉只是跟著整座育幼院一起消失了？……）

他想起陽明山，小蓉的小房間。他想起庭院裡那朵可親的，暫留的雲。狗的吠叫。小蓉的髮香。她白皙的手背（暗藍色的靜脈在手背上遊走，像樹枝）。她的裸肩。她細緻柔軟的腰肢。她纏捲著小腿的長裙裙襬。美好的腳踝。潮溼沁涼的春季，山櫻花沿著谷地間的小路沿途盛開；摩天輪上他們看著山間的光色如雲煙般盤旋往上，精靈般飛翔閃爍的，整座城市的燈火……

（我不能坐以待斃。他想。我必須行動……）

他必須行動。

38 Under GroundZero

西元二〇一七年七月二十七日。台灣宜蘭。凌晨一時整。北台灣核能災變後第六百四十七日。二〇一七總統大選倒數六十五日。

封鎖線只是在台二線上簡單並排著的幾個水泥塊。水泥塊上黑黃色的警示斑紋將道路縮減為僅容單一車輛通過的一線道。兩座陽春的紅色號誌燈孤立於隘口左右兩側。夜色中，號誌燈的紅色閃光燈塔般規律明滅著。像一雙寂寞的眼睛。

然而林群浩通過時，無人看守。

顯然是廢弛職務了。林群浩想。他背包裡還準備了一張偽造的日本記者證呢，原本打算遇到軍警時跟他們裝傻說日文的……

但這樣最好。省事。他顯然是挑到了最好的時間。

車輛疾行於杳無人煙的，深夜的台二線上。光圈凝視著前方無邊無際的黑暗。林群浩移行過一座又一座幽靈般的村鎮。他看見傾倒的攤車（檳榔攤烤香腸攤滷味攤炸雞排攤蔥油餅攤應有盡有），掉落的店招（立光油漆行，北方釣具，阿宗芋冰城，隆美窗簾，「永慶不動產『租售』」的牌子），歪斜的棚架，被風吹垮的鐵捲門。田園已完全消失，雜草、灌木與不知來處的巨石占領了所有地域。陸橋坍倒，藤蔓侵蝕了路面（它們自旁側歧生而出，如同自路面長出的血脈；一度捲進車輪，減緩了車行速度，直到林群浩拿著手電筒下車將它們一一扯離底盤為止）。門前的鎖鍊牽引著貓狗們被風化的骨架。每經過一處村鎮，他就得碾碎這些路面上四處散落的屍骨（多數已無法辨識來自何種生物，它們敲擊著底盤，喀啦喀啦的聲響）。時光在禁制區中死滅，像是那肉眼看不見的輻射所毒害的並非生靈，而僅是時間。

車輛駛入進大溪漁港。不過一年多時間，港灣緣石已全數破損，波浪轟擊著碎形的邊緣。船與船撞成一堆（廢棄的小漁船，遊艇，舢舨，觀光海釣船，全相親相愛撞得七零八落）。幾艘漁船漂出港外，在遠處銳利的礁巖邊緣擱淺，像是被惡意的孩童隨意棄置的玩具們。廢墟之樓在車燈的光圈邊緣一一亮起而後依序滅去（無論是鐵皮屋、舊水泥屋、農舍或嶄新的觀光民宿，所有窗戶盡皆破損，化為牆洞，如死去的巨獸般無神色的眼睛）。林群浩緩慢駛過這曾經給予他無數美好回憶的港灣，隨即感覺不忍，加速駛離。

半小時後，他經過他和小蓉休假時曾暫住的民宿。毫無意外，泥濘和藤蔓已占據了原先潔淨可愛的圍牆，所有牆面均已剝落灰化。窗口指向建物內部無光的深淵。淚眼迷茫中（他並不知覺，僅有風貼著他頰上的溼涼），他恍然想起自己那些意義隱晦的夢：無人曠野，坍塌的廢墟，林中小徑，視界中搖晃無止盡的奔離……那竟像是預示著此刻的旅程，荒蕪，空洞，無生命跡證，在連綿不絕的黑暗中朝向更深的黑暗持續綻開；如同空間本身已然消逝，被吸噬入一獨屬於時間的荒僻角落……

車輛在山路上繞行。許是基地台斷電損壞或遭棄置的緣故，手機訊號已消失許久。原本的柏油或水泥路面已然風化，植物與沙塵侵入其間，幾乎脆裂為碎石路面。時不時有林木傾倒其中。但或許僅是幸運，尚未見及路基流失或其餘難以排除之障礙（但他想，車輛底盤受損是必然的了）。

半小時後，林群浩到達育幼院，將車停在門前。

他打亮手電筒，下車打開後車廂，帶上兩把美工刀，一把鶴嘴鎬，另外再帶上一把備用手電筒。

大門是關著的，然而門鎖已然鏽蝕。林群浩單手稍稍使力，便將兩扇闔起的大門扯開了。

他走過菜圃（一切已化為荒草，如同尋常郊野，吞噬著荒涼之物的荒涼），走過林木間的隱蔽小徑，走過教室（頂樓屋宇，白色十字架依舊聳立，籠罩在微弱的月光中，如同微光構築的幻影），來到宿舍門前。

宿舍門也鎖著。林群浩扯了扯門，稍作測試；而後直接取出鶴嘴鎬，將門鎖破壞，推門進入。

沙塵處處。碎玻璃滿地皆是。窗框鋁條斷裂扭曲。結構體本身之屍骸。滴水回聲斷續，在空無中如漣漪般迴響擴大。林群浩小心翼翼地探路（手電筒光圈在無人的空間中移行，活物般的魅影），沿著樓梯慢慢走上二樓，經過轉角，推開門，進入玲芳原先的房間。

房間並未被徹底清空。（他們走得十分匆忙？）書架已有半邊傾倒，但未傾倒的半邊，書籍尚稱整齊地排列著，只是積了厚厚一層苔蘚般的黴斑灰塵。除了髒汙之外，床墊倒是完好無缺。書桌前，他驚訝地發現，電腦居然還在。

林群浩先是檢查了電腦的電源線和連接頭，而後開始搜索玲芳的書桌。他逐一檢視三個抽屜與兩個櫥櫃型收納處的內容物，然而毫無所獲（不意外，他想）。他轉身離開房間，同樣小心翼翼地下樓，繞過教室和菜圃。

彷彿冥府中的旅行，他回到大門前的泊車處，打開座車後車廂，取出一塊蓄電池和一袋工具，再重新走回宿舍，回到玲芳的房間。

他將電腦電源線接上蓄電池接頭，打開開關。

主機沒有任何反應。

林群浩隨即將主機放倒，取出工具，動手拆卸硬碟。

十分鐘後，林群浩順利取下硬碟。他將硬碟收進袋中，循相同路線回到車上，打開車門坐進後座。

後座擺著他自己的一台主機。

他將玲芳的硬碟接上主機，連接電源，開機。

硬碟發出一陣刺耳的擦刮音。隨後進入讀取狀態。

讀取成功。

林群浩點開圖示，進入硬碟，開始進行地毯式搜索。

四小時後，睡在車後座上的林群浩睜開雙眼，發現周身已沐浴在東北角黎明的微光之中。遠處，海洋的表面正隨著天際交接處的光線變幻著無窮盡的色調。殘星在深藍色的天頂閃耀。他抹了抹臉，坐起身來，看見一點螢火滯留在離車窗不遠處的地面上。

他靠近車窗。沒錯，那確實是一隻螢火蟲。但現在不該是牠的時令不是嗎？他忽然想起核災過後他看過的一份資料，烏克蘭學者研究車諾比核災之後當地生態圈的巨變：無數畸形的昆蟲和鳥禽在核災禁制區中存活或死滅。牠們的羽毛如紙張般薄脆，鳥喙和鳥翅的形狀都產生了無可逆轉的畸變，飛行使牠們的張舉的翅翼在氣流中被撕碎。蜜蜂和蚯蚓全數消失。（原來蜜蜂的滅絕早就存在於車諾比事故區！）蟬自地底爬出，戴著天線般倒長在頭上的腳。冬日寒夜，大雪紛飛，月光照亮了鄰近車諾比石棺的普里皮亞季（Prypiat）死城，黯淡的遊樂園中，鏽蝕傾倒的摩天輪因剪風而晃動，狼群和野豬們在街道上漫步，老鷹盤旋在廢棄屋舍的風向雞上方……

然而此刻，那孤零零的一隻螢火蟲在路邊的草叢中兀自明滅閃爍。他想下車察看，但在他有所動作之前，那螢火蟲便慢慢地飛了起來。幾秒鐘之間，牠盤旋著蝴蝶般遲疑彳亍的軌跡。然而終究是愈來愈近了。牠朝林群浩飛來，瞬間就越過車窗飛進了車裡，隨即如幻影般滅失無蹤。

39 Under GroundZero

西元二〇一七年七月二十七日。下午四時二十二分。新北市烏來山區。北台灣核能災變後第六百四十七日。二〇一七總統大選倒數六十五日。

林群浩在山路上連續拐了好幾個彎，而後便撞見了道路的盡頭。道路中止於此，中止於上坡邊緣，消失在一片針闊葉混雜林中。

林群浩倒車，迴轉，往來時路上駛去。

五分鐘後，他看見了右側的碎石岔路。

岔路僅容一車通行。那是個向下的陡坡。林群浩小心翼翼地右轉，沿著岔路穿過一小片樹林，駛入一塊谷地。

可愛的原住民部落。約略十來戶人家的規模。溪流自谷地中央穿行而過；灰白色的大小石塊散布於青綠色的流水中。而此刻，夕陽已逐漸自山間沉落，整片翠綠的谷地隱沒入稜線之下的暗影裡。

林群浩將車停下（事實上，路面已然十分窄仄，不適於車行了），關上車門，開始步行。

一位坐在屋前小凳上的老婦人看了他一眼。他很快發現，此處雖說是十多戶人家（建築體顯然皆是原住民以石板、木板包鐵皮或水泥隨意搭配自建而成，模型般的粗陋與稚拙），然而多數已無人居。幾乎每戶屋頂都裝置著缺損鏽蝕的白色小耳朵，廊簷前隨意擺放的沙發和几椅均傾倒毀壞（門板龜裂，紙條上稚拙的，褪色的字跡：「我們還會回來，請不要把我家弄得太亂」、「我們先走了」）。村道邊散亂棄置著洗手檯、冷凍櫃、小冰箱之類的金屬物具。霧濛濛的鏡面。一個小小的水泥浴缸（桃青黃白藍的多彩小凸石）孤零零被丟在荒廢的菜園裡。山坡邊，水聲潺潺，澗水洶湧流過，漫過村道，流入水溝，往坡下的谷地溪流奔去。

林群浩推開其中一扇門。暗影中，他先是聽見貓叫，而後看見兩隻貓蹲坐在水泥地上。許是因為怕生，牠們立刻往外竄出，不見蹤跡。室內沙塵漫漫。牆上尚且貼著幾幀照片，然而色澤已然淡去。蜘蛛在電扇與藤椅之間結網，水泥地的縫隙上長出了幾莖草葉。電視機被包覆在灰塵中，像個灰黃色的木箱子（他想像著，在螢幕熄滅前最後一刻，那永遠被禁鎖在木箱子中的聲音與人影）。廚房裡，鍋碗瓢盆還堆在不鏽鋼水槽裡，長滿了皮膚病變般已然死滅的黴斑。

林群浩掩門退出，繞過屋後的菜圃，繼續前行。一位胖男人肩著個黃色大麻袋（或許是穀物或肥料之類的物事）汗流浹背地走過。三個孩子（全是黑皮膚大眼睛，標準原住民孩子的長相）在一處空地上玩耍奔跑，嘹亮的叫喊與腳步聲在谷地中迴盪。

孩子們看見林群浩，全停了下來，好奇地盯著他看。

而後，他看見了熟悉的背影。

林群浩停下腳步。他看見兩個女人在一旁的泥土地上進行農事。一畦畦的菜圃中，其中一位提著水壺澆水；而隔著幾步的距離，另一位則蹲在地上，似乎正在採收。

四目交接。

即使更加清瘦，即使皮膚黝黑許多，林群浩仍舊一眼就能認出，那是柯修女和玲芳。

40 Under GroundZero

「沒錯，是我的主意。」玲芳說：「是我說服大家的。」

「為什麼？」

「你很清楚不是嗎？」玲芳似笑非笑。「不然你怎麼找到這裡來的？你並不是沒聽過我的想法。而且你不是看了我的硬碟嗎？」

西元二〇一七年七月二十七日。下午四時三十七分。新北市烏來山區。北台灣核能災變後第六百四十七日。二〇一七總統大選倒數六十五日。

光線逐漸轉弱，霧氣自谷地中緩慢升起，幽魂一般。

「我沒那麼清楚。我對我的記憶沒有把握……」林群浩沉默半晌。「所以你們放棄了一些孩子？」

「我不願意用這樣的字眼。」玲芳說。暗室低矮，霧氣自小窗滲入。側光中，玲芳削瘦的臉黑白分明。「但……我也不願讓你覺得虛偽。所以你也可以這麼說。」玲芳稍停。「比如融怡，比如從前幾個健康的孩子——我認為他們是有機會的。他們和其他的孩子不一樣。他們夠大了，只要他們沒有生病，他們可以適應。那對他們或許是更好的方式：離開育幼院，離開我們的羽翼，重新認真回應這個文明社會加諸他們身上的期望。枷鎖、牢籠或脫困的機會。但對於其他的孩子來說，無論是得到嚴重輻射病的孩子，或那些天生殘障的孩子，他們這輩子不會再有那樣的機會了……」

「為什麼刻意斷絕和外界的聯繫？」林群浩質問。「你不覺得這樣很殘忍嗎？那些輻射病的孩子怎麼辦？他們有接受醫療的權利！」

「對，他們有接受醫療的權利。就像你也有接受醫療的權利。」玲芳顯得平靜。「我們都沒預料到通訊中斷的時間會那麼長——核四災變的影響實在太嚴重了，核二廠也在避難圈範圍內，整個北台灣電力調度一團混亂，連基地台也缺電，無人管理。重點是，台電公司當然是整個失靈了，完全沒辦法處理。」玲芳看了林群浩一眼。「我想他們同樣也無人管理。這你或許比我更清楚。通訊中斷兩週，這點你當然也知道。在那兩星期之中，你都是昏迷不醒的。是小蓉在照顧你。原本先開始生病的是小蓉，但她後來逐漸好轉，反倒是你陷入昏迷。你失去意識的第二天，小蓉就帶著你和其他幾個明顯有著輻射病症狀的孩子們到花蓮去了。」

「你們都在這裡？」

「我們都在這裡。」玲芳解釋：「你知道，其他的孩子們——我們留下的那些孩子們，天生有所殘缺的孩子們，他們不見得沒有受到輻射的影響。輻射的影響是永久的，有很高的機率，在很長一段時間裡是隱而不顯的——直到他們發病的那一天為止。」

「我聽不懂你的意思。」

「我沒有別的意思了。」玲芳微笑。她的表情曖昧難明，她的臉隱沒入黃昏時分帶著暗影痕跡的微光中。「我以為核災過後，這一切會更清楚。文明社會本身的缺憾，文明社會給這些孩子帶來的災難……我不知道有什麼理由要這些孩子們來承擔。他們都是天使，他們是神的造物，我認為祂的意思是：如果可以，不要再回到那個不完美的，醜惡的人類社會裡去……

「你知道那對他們多困難嗎？」玲芳黑色的眼瞳和眉髮隱沒在周遭緩慢臨至的黑夜中。「走一小段路；學著去買東西填飽自己的肚子；把鈔票遞出去，把食物換回來；東西掉了，用手去撿；過馬路；坐車，偷偷觀察別人的反應，模仿別人，在正確的位置下車……他們不是特例，我們才是。我再也不要讓他們回到那個錯誤的社會裡去了。我寧可在這裡，自己種蔬菜種番薯，和部落裡的其他人們交換他們自己做的生活用品……我要照顧他們，讓他們在這裡用最清簡最單純的方式養活自己。」玲芳稍停半晌。「那才是他們應有的『文明』。對他們而言正確的文明。」

「不可能的。」林群浩說：「這怎麼可能？沒有人能自外於這個世界……」

「你說的是『那個』世界。不是這個。」玲芳回應。「我不能完全自外於那個世界。我當然不能。我只能做到某種程度。部落裡原本有些對外的經濟活動，但多數在核災後已廢棄了。這裡畢竟是禁制區邊緣。他們種香菇，芋頭，有機蔬菜，用輪作的方式防治病蟲害。但重點不在我身上。」

「什麼意思？」

「重點是**他們**。」玲芳說：「我們的那些孩子們。他們還有機會，只要有我在。那才是對他們最好的事。」

「孩子們生病怎麼辦？」

「我們有丁修女在。丁修女是醫生。我們會下山去買藥。外面的世界還有兩三位認同我們，給我們幫助的人……」

「丁修女不能處理的範圍呢？」林群浩站起身來。「孩子們發病怎麼辦？慢性輻射病發病的高峰期可能是受暴後十五年。那時候你打算怎麼辦？」

「那就到時候再說。」玲芳轉頭，凝視著暗室外的窗景。天色漸暗，山林的色彩在緩慢落下的薄霧中逐漸滅去。「我們不是第一次面臨這種情形。一年多來我們失去了三個孩子，都是血癌。而且我想不用等到十五年。我自己，丁修女，或許都等不到那個十五年。如果有孩子們受到了輻射的傷害，我們也會。我說過我不信主。現在我依舊不信。但**我信仰『信仰』**。」

「歐德蓮修女呢？丁修女呢？其他人，他們都認同你？」

「歐修女……」玲芳說：「歐修女已經蒙主寵召了……」

「什麼時候的事？」

玲芳抬起頭。「一年多了。」

「那些孩子們呢？他們現在人在哪裡？」

「和小蓉在一起。」玲芳凝視著林群浩。陋室的黑暗中，那瞳眸時而空無一物，時而又似乎閃爍著明滅不定的微光。「小蓉跟丁修女帶他們出去了。你等一下，他們應該快回來了。」

41 Under GroundZero

此刻他們都站在屋外。天光已然暗下，夕陽的餘暉染紅了天際。小蓉和丁修女帶著八九個孩子回來了。看見林群浩的那一刻，小蓉站定了腳步。對於他的出現，她似乎並不驚訝（在林群浩的雙眼模糊之前，他認為自己看見了她眼神中的靜定），然而她眼眶中滿是淚水。

「嗨。」林群浩說。他呼吸起伏，難以言語。

「嗨。」小蓉說。

「好久不見。」

「好久不見。」

孩子們嘰嘰喳喳地散開，紛紛被柯修女和玲芳帶走了。只剩下一個很小的孩子，或許才剛學會站立，看來約略兩歲大小，正抱著小蓉的腿靠在她身旁。明顯是個全盲者。她眼瞼緊閉，在雙眼的位置上看來也並不具有正常的眼球。她的頭顱癟了一邊（或許她也不具有正常的智力？），以怪異的角度傾斜著。她的左手手肘有著畸形的彎曲。林群浩不記得以前有看過這個孩子。

小蓉彎下腰，將她抱起。孩子咿咿呀呀地說著些沒人聽得懂的話，乖順地依偎在小蓉胸前。

「她叫做知知。」小蓉看了林群浩一眼。「她是我的孩子。」

「你的孩子？」

「當然，」小蓉輕聲說：「也是你的。」她稍停半晌。「……對不起。」

42 Under GroundZero

「你剛剛好恐怖。」小蓉小聲說。

西元二〇一七年七月二十七日。夜間八時三十九分。台灣。新北市烏來山區。北台灣核能災變後第六百四十七日。二〇一七總統大選倒數六十五日。

「不恐怖才奇怪吧。」林群浩淡淡地說。「是你比較恐怖還是我比較恐怖？我只恐怖了十分鐘，你倒是殘忍了兩年。」

「對不起……」他們走在通往河邊的路上。夜霧降下，月色隱沒於雲翳之中。在部落群山環繞的黑暗中那幾乎是僅存的光亮。動物與昆蟲們以聲響的形式存在，植物則化身為暗色調的隱約線條。像盧梭的畫。無時無刻，生命迷離而難以捉摸。

「說對不起有用嗎？」林群浩聲音沙啞。「有什麼用？如果你就是這麼做了，那麼你究竟對不起什麼呢？我不理解。就算你決定把知知生下來，你也不必躲著我……」

「我剛剛說了。」小蓉聲音低微，如同夢囈。「那時候我以為你不會好了。我不認為你會死，我始終有這樣的正面直覺。我想你或許會活著。但我同樣有著其他負面的預感……我以為你不會好了。你知道你那時多嚴重嗎？你退化得像個四五歲的孩子一樣……」

林群浩沉默半晌。「你說的……什麼時候？在花蓮的醫院裡？」

「不是。主要是在大溪漁港那裡。」小蓉說：「那時我們還沒搬到這裡。我們是準備搬了，但時間上沒那麼快。」

「但……你不是在花蓮照顧我？」林群浩疑惑。「跟我一起在花蓮的醫院裡？剛剛玲芳是這麼說的……」

「你沒有昏迷那麼久。」小蓉說：「或許十天左右。後來你醒了，但你什麼都不知道。你表現得就像個孩子。」

「我不記得這段了。」林群浩搖頭。他看著地面，沉默半晌。「現在還是不記得。」

「你當然不會記得。」小蓉說：「孩子們很少清楚記得他四五歲時候的事。但那時你確實就是個孩子……」

「所以你就把我帶回來了？」

「對。那時非常傷心，我想你應該是好不了了。除了精神症狀外你還有些其他疑似輻射傷害的病症。而且花蓮的醫院其實沒有能力診斷或醫治輻射病。我也是那時才知道，台灣能醫治輻射病的地方根本沒幾個，全都是醫學中心等級的大醫院。幾乎整個台灣東部都完全沒有能力針對輻射病患作任何醫療。真恐怖。醫生認為你要不然就是根本沒受傷，要不然就是輻射病腦傷。當然是後者的機率比較大。他說如果是輻射病腦傷的話，那存活率是很低很低的。而且通訊中斷了超過兩星期，完全聯絡不上你家人啊……」

「所以你就先把我帶回來了？」

「嗯。因為院方束手無策。」小蓉說：「他們甚至無法研判你的症狀是精神症狀還是輻射傷害……」

「然後我就又惡化了？」

「嗯。」小蓉說：「但那就是在你被發現前不久的事了。剛剛跟你說過，大概在核災過後三星期左右，你又突然昏迷了。我們沒辦法在這裡照顧你，沒把握了。只好把你送到門諾醫院去。」

「你沒留下你的聯絡方式？」

「我留了你的證件讓他們知道你是誰。我想他們應該會把你轉送到合適的地方去……」

月光下，他們走進竹林中隱約的小徑。山風穿行其間，枝葉沙沙作響，像精靈的細語或歎息。

「所以你遺棄了我……」林群浩說：「你照顧我，然後遺棄了我，自己躲了起來……」

小蓉深吸一口氣。「你一定得去能治輻射病的地方。我沒辦法照顧昏迷的病人了。我也不想再回到那個世界裡去了。」小蓉稍停半晌。「當然，知知出生以後，我更不想回去了……」

「而且……你不像我有親人……」

「嗯。我和玲芳都沒有親人。」小蓉說。落葉在腳下發出薄脆的聲響。「我想，或許沒有親人的人，也和那些殘障的孩子一樣。或許沒有親人也算是一種殘缺……」山風逐漸轉強，竹林的暗影在他們四周搖晃。「你會恨我嗎？」

林群浩沒有回答。雲翳散開，他看見自己在地上移動的模糊暗影。小蓉微弱的聲音似乎帶著她本然的溫婉。然而她真是個溫婉的人嗎？她做出了如此極端的事……在黑暗中，在記憶裡，那樣的溫柔似乎傾向於消逝，傾向於遮蔽其自身。林群浩望向小蓉的側臉，那額頭與鼻梁美好的弧線。他想起他們在摩天輪上的那一夜。這世界太快，太突然，他甚至不知道此刻自己是否正試圖尋回當時靜止於小蓉臉上那近乎永恆的甜美與溫柔（星群緩慢旋轉，低垂近乎觸手可及，時空寂止，光與焰火的影子在她臉上幻變流動）。他究竟是沉浸在回憶之中，抑或是在回憶已逝的當下試圖尋求過往事物的重現？

他們已走近河邊。竹林與芒花在他們身後的黑暗中隱沒。在他們面前，水流無止盡變動的曲面被遮蔽在涼冷的薄霧之中。僅有在某些短暫的瞬刻，光穿透了霧氣，隱約描摹出河面的輪廓。像人類曖昧不明的面容。

「你怎麼狠心……」林群浩囁嚅：「狠心讓知知沒有爸爸？」

小蓉遲疑半晌。「她不需要。」小蓉說。「你知道，只要我在她身邊，她或許能終其一生活在懵然的快樂裡。她不需要。她是我的孩子，我做讓她最快樂的事。」

「但，她也是我的孩子……」

小蓉沒有回答。她凝望著河對岸的山巒。山巒其實並不在視覺中存在。那只是個隱約的巨大輪廓，虛線之物，被背景中的月光暫時保留。在日落之後，此處，每一天的黑夜裡，那龐然的山巒將永遠是個純然的遮蔽物，純然的冷暗物質。

「我想，我的看法跟玲芳一樣。」小蓉說。「知知不需要這個世界。歷史的偶然創造了現今文明的樣貌。那是**流沙上的文明**，是隨機結果，不保證是正確的結果。尤其對知知這樣的孩子而言，那是個徹底的錯誤。她要怎麼在那樣的社會裡生存？怎麼可能？

「我們已經大了。」小蓉繼續說：「我們花費了數十年的生命被這個錯誤的文明豢養成了怪物。我們已經是了，但知知是無辜的。」小蓉稍停。淚水在她的眼角駐留。她的哽咽隱沒在水流聲中。「我愛她。但……她也是怪物。她是和我們不同的怪物。許多年前，人類做了錯誤的選擇，讓文明趨向於冒進，步履蹣跚。在這個摩天輪與殺人魔並存的世界。或許就像你以前說的，因為過度的自信和樂觀，因為沒有勇氣承認或中止錯誤，甚至可以說，這奇形怪狀的一切，肇始於一個美麗的夢想……那樣一個隨機的錯誤選擇造就了一個終將敗壞的結構體，一個畸胎。知知也就是這樣的孩子……」

他們聽見腳步聲。「我就想你們會在這裡……」玲芳抱著知知走了過來。

「怎麼了？」小蓉問。

「就醒過來了，開始哭，哄不聽。」玲芳微笑：「本來不想理她的。想說她哭累了自己會睡。但反正我也想出來走走。抱她出來她就不哭了。」

在玲芳懷中，知知似乎辨別了小蓉所在的位置，她扭動著小小的身軀，向小蓉伸出雙手。

（那依賴的是什麼？聲音？氣味？本能？林群浩想。那是一個他不理解的世界。**無淚的哭泣**。或者生命本身的構成物原本便是許多難以挽回的荒謬？他想起他們回到澳底村的那個清晨，天光明亮，海洋靜謐蔚藍，輻射在廣闊的空間中無聲穿行，穿透了他們脆弱而無意識的軀體，在他們體內留下挫傷的刮痕。在小蓉的體內，知知身上，留下了無可逆轉的，毀滅的軌跡。那染色體之斷裂異變。都城，村鎮與鄉野成為被棄絕的荒原。自彼時伊始，知知變成了不一樣的人，注定要以與多數人相異的方式長大……）

小蓉接過知知。知知一陣咕噥，胖胖的小手攀住了小蓉的脖頸。而後又開始嚶嚶地哭了。

「她最近比較常哭。」小蓉說。「我想……我感覺得出來，她在痛……」

林群浩走近，向小蓉伸出手。

他接過知知。知知突然停止哭泣，躁動起來，發出了模糊的叫喊。林群浩拍拍她的背，搖搖她，將自己的臉頰貼上她的額頭。細緻織物般的體溫。不可見的淚水在她體內流盪。像煙。然而那是一張沒有眼睛的臉。知知輕輕推了他一把。她的頭上沒有頭髮，僅有一層細軟的絨毛。他輕撫著它們，指腹在那頭顱上凹陷的部分停駐，感受到那柔軟的，不規則的細微變化……

然後知知突然笑了。

那是笑容嗎？林群浩感到困惑。那是哭聲抑或是笑？或者對於一個接近其**本來面目**的生命而言，哭與笑其實正是同一回事？那純淨而怪異的面容（那唇角快樂的弧度）牽動著知知無眼瞳的眼窩。她又叫了起來，一腳踢在林群浩的胸口。

林群浩將知知還給小蓉。三人望向被月光照亮的溪流。林群浩想起來時路上，溪流在山谷中轉了大彎，清淺的淡綠色溪水在馬鞍形的美麗白色河灣上行走或滯留。而此刻，群山簇擁的黑暗中，那溪流神祕無比，像是在漫長的時間介面中移行，僅僅在最近處展示自身的輪廓與聲響；而在稍遠處，河道迅即消逝於霧氣之中，去向不明。

「你們……就這樣……」林群浩不知該如何表達。「你忍心就這樣不再與我聯絡？」

「我想我是特例。」沉默數秒後，小蓉開口。「我是在育幼院長大的，對我來說，育幼院比任何地方更像是我的家——」

「那我們的家呢？」林群浩打斷她。「我們的家呢？」

「我想，知知並不需要那樣的家……」小蓉凝視著遠方。霧氣瀰漫，在空間中變化著自身的形狀，如同幽魂。她的視線凝止在霧與黑夜的最深處。「我知道你不可能切斷與這文明社會的聯繫。對你而言這件事比較困難，但我沒有親人，對我來說容易得多。」小蓉稍停半晌。林群浩看見她臉上發亮的淚痕。「知知是受害者。我找不到理由讓她回到那個加害於她的社會結構裡去。我寧願讓她一輩子保有懵然的快樂。或許她的一生也並不長久了……只要，只要我在她身邊……」

林群浩默然。他想起讀過的一份報導：一九八七年車諾比事故之後，方圓三十公里內盡成廢墟，少數白俄羅斯農人堅持不願撤離。他們沒有電視，不再修理故障的收音機，拒絕與外界來往。有記者找到了他們，告訴他們蘇聯已然瓦解。「我的生活很平靜，」農人說：「我對外面的事沒有興趣。之前聽說外面到處都在打仗，社會主義結束了，現在是資本主義了。有人說沙皇要回來了。是真的嗎？」

是啊，沙皇要回來了。不知有漢無論魏晉。他想起此刻台灣東北角那廢棄的，滿布著致命毒素的偌大廠房。邊界不明的黑暗中，不會再有人真正察知那層層遮蔽下火焰與煙塵的顏色了（輻射穿行過牆垣，穿行過屋頂，穿行過殘破鏽蝕的管線與支架，無聲無色無嗅，無數細碎的刀鋒，毀滅般的幻影）。那是文明的歧途——錯誤的想像，瑰麗，多彩，腴滑柔軟，帶著色欲的質感，藥物般致命的幻覺。然而自某個瞬刻，它偏離了它應然的路途，去往一個虛妄之地。彼處，時光是反覆顛倒的沙漏，瀕死之物重生，地獄之火臨至，披著神蹟的外衣。是的，那當然是神蹟，$E=mc^2$，簡潔優美至必屬神之造物。（除了神之外，還有任何其他創作者可能鍛造出如此精準優雅的事物嗎？）自彼一瞬刻伊始，我們自認可取代神（我們是神的代工廠？），可將一顆核彈抱在懷中令它慢速引爆，在一切可控制的範圍內——因為我們有足夠的技術，足夠的自信，足夠的妄念去精準宰制一切；它絕非戰爭暴力，它是文明嶄新的爐火，永不耗竭的推進力……

「你之前生病的時候，賀陳端方派人來過。」玲芳突然插話。
「咦，是嗎？」林群浩訝異起來。「你說……他派人？那人說他代表賀陳？」
「不，他沒這麼說。當然沒有。」玲芳回應：「但……其實也很明顯了。」
「來這裡？」
「不是，是在大溪漁港那裡。」小蓉說：「我們那時還沒來得及搬。」
「是他們在組織敢死隊進行重災區探勘的時候？」
「對。」
「嗯……」林群浩沉吟。「所以意思是說，賀陳端方派人來的時候，我是知道的？」
「或許是。你是以一個孩子的狀態清醒著……」
「啊，」林群浩說：「難怪我會做那個夢……」
「什麼？」小蓉問。「做夢？」
「沒有……」林群浩稍停半晌。「不重要……」三人都靜默了下來。林群浩注意到，在他們腳邊的沙地，許多幼小蜻蜓的擊翅移動造成了幻變的黑影。「我做了一個夢，」林群浩開口：「被我剛剛說的那種夢境影像儀記錄下來。所以我清楚知道那個夢。小蓉，我夢見你和賀陳端方，我夢見我們三個不知道在爭執些什麼。而且夢境中還有我不認識的兩個孩子。」暗灰色的砂粒擦刮著林群浩低微的語音。碎石剝落的微響。「我想，我每天都夢見你……」
小蓉默然。

「你們……都完全不想回去了嗎？」林群浩問。

「我不想。」玲芳回答。「至少我一點也不想。回去又如何？那早就不是世界該有的樣子了。過去，對孩子們而言，我不曾有過機會讓他們遠離這個世界……我們憑什麼要他們在這樣的世界裡生存下去呢？憑什麼？」

林群浩沉默半晌。雲翳已稍稍淡去，霧氣往河面聚攏。星群在他們頭頂閃爍。知知睡著了，發出均勻的鼻息。林群浩想起他們去看螢火蟲的那個夜晚，螢火在他們的衣衫上眷戀駐留。「玲芳，你說過……」林群浩的聲音彷彿帶著血絲：「愛是罕見的……」

「對於兩個怪物而言，愛是罕見的。」玲芳輕聲說：「我是這麼說的。」

「小蓉……」怪異的是，林群浩全然不知為何這樣的話語竟如此艱難；像是張開了口卻發現自己的言語終究僅是毫無意義的嘶噓。「跟我回去？你願意……跟我回去嗎？我們和知知一起？」

小蓉沒有回答。她低下頭，臉貼著知知的臉。她的手托住了知知頭顱上的凹陷。「我也不想回去了。」小蓉說：「至少暫時不想……」

「為什麼？為什麼？」

小蓉閉上雙眼。眉睫閃動。她的神情平靜安詳，像是和沉睡中的知知一起陷落在一個寧謐舒緩的夢境中。「我那時已經知道我懷孕了。卻沒有辦法告訴你。」她說。「應該是說，我當然告訴了你，但你聽不懂，因為你自己就是個孩子……

「那是多麼孤單的事……」小蓉睜開雙眼。淚水在她的眼中閃爍，然而隨即被遮蔽於霧氣之後。「當然我明白，我懷孕完全不是件好消息。我不是怪你。我的意思是，人其實永遠比自己想像的更孤獨……有誰真能理解什麼嗎？理解別人？理解這個原本就與自己非親非故的文明世界？

「我過得很辛苦。我原先是那麼害羞的人哪。我的母親也遺棄了我，讓我變成了一個沒有親人的人。我在那一刻也成了一個殘缺的孩子。我花了那麼多力氣與自己相處，然後，勉強自己，訓練自己，把自己養成另一種怪物。可以當社工，能與人正常交往，可以照顧那些獨居老人們，幫助那些低收入戶辦理個案補助……但是，我很累很累了……

「半年前我到過花蓮一次，就是送個孩子去就診。我在醫院裡看到那些挺著大肚子的孕婦，手裡可能還牽著較大的孩子……我發現我居然會怕。我不知該如何看待她們……她們或許會生下完全健康的正常寶寶，也可能生下有缺陷的寶寶。我不知道該嫉妒她們，或是為她們即將面臨的痛苦或自責而感到憐憫，或恐懼。或許我該幸災樂禍才是？

「我無法接受一個到目前為止還不願意認錯的世界。我無法接受一個可以為了政治利益或金錢隱瞞事實、殘害生靈的社會。我想，我不是個勇敢的人……」小蓉抬起手擦了擦眼淚。

「我不夠殘忍，沒有足夠的果斷與堅毅去和這樣扭曲的世界正面對決。但至少在這裡，我有足夠的把握可以照顧知知。足夠的愛。足夠的自我懷疑。外面的世界不適合知知，不適合我。在這座奇異荒謬的島嶼，無論動機善惡，人們合力將歷史推向懸崖，創造了人類有史以來最盛大的廢墟。我不明白為何這樣的錯誤卻要知知來承受……

「這毫無道理。毫無意義。」小蓉說。她的臉浸沒在月光穿行而過的黑暗中，如抽象畫中隱約浮現的輪廓。不遠處，神話般遠古的溪石正隱沒入微弱的暈光。「過去或許我會向它妥協。但現在我有了知知。為了她，我不想再讓步了……」

雨點疏疏落下。月光再度黯淡下來。雨的腥味在沙地上散開。那是有著聲響與重量，帶著風的質感的水滴。林群浩閉上雙眼，感受著水與空氣流動的觸覺。他想起匿藏在自己記憶深處的此地（他應該對這裡有些印象不是嗎？但他完全，完全記不起來了）。他看著知知的臉（小巧的鼻弧，微翹的嘴；沒有眼睛，只在孩子平滑的眉骨下方挖去了兩個深深的凹陷。骷髏般的眼窩。她小小的臉埋在小蓉肩頸的暗影之間，一張畸形的死亡面具），想像著她體內那些被肉眼看不見的輻射利刃摧殘絞碎的染色體。那是颱風過後，天氣清朗，北海岸的麗景被洗去了塵灰，水果般的香氣。然而知知的生命——寅夜時分，文明巨獸無所措意的酣睡中一個錯誤的夢境——在那如此清澄美麗近乎殘忍的瞬刻便已被決定。她或許能活下去，或許不能；然而她獨有的思緒與知覺終究短暫存在。連知知也必然是孤獨的啊。林群浩想。因為那泡沫般的暫存對他人而言，對這個在錯亂的時間軸中將她創生、壞毀且遺棄的世界而言，終究毫無道理，毫無意義。

「如果……」林群浩睜開眼睛。「如果我留下來？如果我留下來呢？」

小蓉沒有說話。她將知知遞給林群浩，向玲芳要了件薄外套。

「我想……你是不屬於這裡的……」小蓉輕聲說。她將外套蓋在知知身上，抱回自己懷中。「你和我們不一樣。你有親人，你還有更多的機會……」

「你可以不要我。」林群浩轉過身去，似乎為了遮掩自己臉上的淚痕。「你可以不要我。但知知呢？知知也是我的孩子……」

小蓉沉默半晌。「你可以來看她。你可以再來。或許，我們也沒有機會陪伴她很久了……」

43 Under GroundZero

西元二〇一七年七月二十七日。夜間十時二十二分。台灣。新北市烏來山區。北台灣核能災變後第六百四十七日。二〇一七總統大選倒數六十五日。

「所以賀陳端方派人來，就是想要陳弘球的那支手機是嗎？」門外，青白色的燈光下蚊蚋飛舞。細微近乎不可見的陰影在水泥地上盤旋。

「是。但我當然沒給他。」小蓉凝視著林群浩。「我裝傻。我不知道他們怎麼知道手機被你拿走了的。」

「這沒那麼困難。」林群浩回應。「他們可以搜索我在澳底村的住處，搜索我留下的電腦，甚至搜索主任的電腦……或者，原本就知道陳弘球主任比較信任我……」

「所以這部分你都記得囉？」小蓉說：「我們從澳底村拿回那支手機，充電開機以後，發現它被密碼鎖住了。當然這要破解應當不至於太困難，只要花錢或許就可以，但問題是，那時我們根本也沒有心思管這件事……」

「嗯。我記得。」林群浩說：「可是……他們，我說賀陳端方派來的人，是趁他們組織敢死隊進行重災區探勘的期間來的吧？」

「應該是。」

「這太奇怪了。」林群浩皺眉。「太可疑了。大費周章，就為了要把一支手機拿到手。主任一定發現了什麼。你手機還在嗎？」

「還在呀，我收得好好的。但畢竟都已經快兩年了……」

「找得到充電器嗎？我們來試試看。」

五分鐘後，兩人將充電器接上陳弘球主任的手機。

沒有任何反應。

「壞了。」林群浩頹然坐下。

「也沒什麼。」小蓉安慰他。「壞了也好。不知道就不知道。那最好。反正無論如何都不關我們的事了……」

「這不難。」林群浩說：「我把它帶走，帶回去自然就有辦法讀取裡面的資料——」

「不。我不贊成。」

「為什麼？」林群浩訝異。「為什麼？我跟你說了，或許就是為了這個，我等於是持續被軟禁到現在，甚至還——」

「不知道比較好。」小蓉搖頭。「不知道的人最幸福了。」

「你不想知道為什麼嗎？」

小蓉稍停。「不想。」她垂下頭。「不想，我太累了。我想你也不要知道比較好。知道一定沒有任何好處的。」她看了林群浩一眼。「懵然的快樂……」

林群浩沉默半晌。「我懂你的意思。可是……」

「阿浩——」玲芳在門口叫他們。「很晚了，今天你就住這裡吧？」

夜雨細密落下。部落中僅存的燈火盞盞滅去，浸沒在因雨線而顯得筆觸濁重的黑夜中。鴟梟的叫聲空洞而悠遠。隨著雨幕之遮蔽，群山業已消失，僅有霧，潮浪般一波波地舔舐著這周遭的空間。

44
Under GroundZero

二〇一七年八月十七日。下午五時十二分。美國加州聖地牙哥。北台灣核能災變後第六百六十八日。二〇一七總統大選倒數四十四日。

氣溫攝氏二十五度。天氣清朗。夕陽懶洋洋地掛在地平線上方，正試圖施展它變幻無窮的光線魔術。向東望去，隔著一道低矮的橘色粉牆和大片綠草，一望無際的太平洋連著白色沙灘在視界中開展。一整個白日，暴烈無比的藍在海面焚燒，而此刻終究敷上了一層金粉。這是一處頗具歷史的老別墅區，三十幾棟殖民地風格的獨棟別墅臨路隊列於一處面海的山坡上。像一幢幢樂高玩具。

當初房屋經紀首次推薦黃立舜這塊美地時，他便對它一見鍾情了。

真是四季如春啊。入住之後它也確實沒讓黃立舜失望。此刻他正一身溼淋淋地正從庭院泳池中爬上來。他穿著黑色泳褲，剛游完來回八趟，感覺神清氣爽，腆著肚皮走到屋簷下給自己倒了一杯雞尾酒，一飲而盡。

「欸欸！」消毒水的氣味裡，沙灘椅上，一位穿著桃紅色比基尼的美麗女人喊了起來。她有著一副令所有男人舌敝脣焦的火辣身材，戴著雷朋太陽眼鏡，銀色鏡面上閃動著黃立舜變形的人影。「喝那麼猛！你剛運動完，身體還是熱的，一下子喝那麼多冰水不好啦——」

黃立舜一攤手：「來不及了，喝完啦。」他披上浴巾，抹了抹臉，隨即在女人身邊蹲下，伸手將她上身比基尼的繞頸細帶扯開。

「哎呀你幹麼啦！」女人打了黃立舜一掌。「煩死了。飽暖思淫欲！」

「喂！」黃立舜大笑：「我連你的身體都沒碰到欸！」

「老色鬼！」女人嬌嗔。「這是公開場合欸。」

「哪來公開場合，一個人也沒有啊。」黃立舜說。然而在那當下，一位穿著黑西裝的男人突然出現在泳池另一端。

「你看！你看！」女人尖聲嬌嗔。

黑西裝男人快步走至黃立舜身邊，低身附耳向黃立舜說了些話。

「好，好。」黃立舜邊聽邊點頭。「好。我知道了。」

「我先去忙一下？」黃立舜站起身來，對女人說：「你玩夠了再進來找我？」

十分鐘後，黃立舜已換上居家服，在蘋果電腦前坐定。寬敞的客廳兩旁，隔著大片落地玻璃，水色湛藍的泳池和綠草地盡收眼底。然而黃立舜只是專注地盯著他的二十七吋大螢幕。他拿起放在一旁的高腳杯，喝了口紅酒。

「怎麼了？」女人拉了把椅子靠過來。她換上了一套蕾絲緞面短睡衣（法國Chantelle春夏當季新品），翹臀在裙襬下若隱若現。「怎麼玩到一半突然忙起來？」

「嗯……」黃立舜沉吟。「我要盤算一下錢還有多少，分配一下。」

「要用錢啊？」

「對。」黃立舜挪動滑鼠。「有個香港的私募基金想來找我入夥投資。」

「私募的啊。可靠嗎？」女郎的手搭上了黃立舜的肩。

「部長介紹的，應該是還可以。」黃立舜說：「他說楊主祕也打算入股。」

「楊主祕？誰啊？」

「楊辰嘉啊。」黃立舜說：「那個核安署主任祕書。上次party他也有來啊，你忘了。」

「噢——」

「部長說這個私募基金的leader原先是貝萊德的基金經理人。」黃立舜解釋：「說是離職後幾乎把半個團隊都挖過來了。還算可靠吧我想。」

「那這是什麼？」女人指著螢幕。

「我的戶頭呀。」黃立舜說：「新加坡的戶頭。」

「不是你的名字？」

「當然不是我的名字啊。」黃立舜說：「不能直接用我的名字啊。要是法人才行。」

「所以你是這間公司的負責人？」女人問：「『英屬維京群島商西城股份有限公司』？」

「對啊。我的一人公司嘛。咦，你之前沒看過這間？」

女人搖頭。「我記得不是這個名字。而且上次那個是百慕達群島的公司吧？」

「噢對。百慕達是有另一間沒錯。」黃立舜說：「我本來還開玩笑想把那間公司取名叫梅菲斯特。」

「什麼斯特？好複雜的名字，我都記不住。」女人皺眉。「你趕著現在研究呀？」她摟住黃立舜，眨巴著洋娃娃般的大眼。「我知道……今天中午你女兒好像不很開心哦……」

「咦？」黃立舜轉頭。「怎麼了？她不開心什麼？你怎麼知道？」

「她告訴我的呀。但我不太清楚她不開心什麼。」

「總之，她也會告訴你她不高興了。」黃立舜稍停半晌。「她也十四歲了。你這兩天有空帶她去買衣服？」

「好。」

「她喜歡包包或鞋子的話也買些給她。」

「No problem」，女人比了ＯＫ的手勢。

「基金團隊說明天要派人來做簡報。」黃立舜將視線轉回螢幕。「我現在稍微看一下比較好。」

「這次打算花多少錢？」

「他們的下限是一百五十萬美金。」

「那麼多錢啊。真氣派。」女人問：「那這支基金都在做什麼投資呀？」

「再生能源。」黃立舜說。

「靠夭啊！」女人大笑起來，露出一排雪白的貝齒。「你要投資再生能源？靠，核電專家要投資再生能源？欸，你們不都說再生能源技術還不成熟嗎？」

黃立舜心中一動，突然感覺此刻眼前這正忙著飆髒話的尤物有著某種難以言喻的性感。

「是不成熟啊。很久以前不成熟嘛。」他將女人抱到自己腿上，雙手環抱著她。「不成熟，所以一定要做核電。不然你以為我這些錢從哪來的啊？錢有那麼好賺嗎？」黃立舜捏了一下女人豐滿的乳房。「你傻瓜啊？」

45 Under GroundZero

許久過後，林群浩曾在夢裡再度回到澳底村他那令自己魂牽夢縈的小室。時間接續著二〇一五年十月十九日核災當日的上午。在夢中他並未開車把小蓉送走，她依舊暫留於那颱風過後天光陰暗的小室中。但矛盾的是，未進廠的林群浩似乎知曉所有細節。他清楚知道那隱藏於毀滅一切的巨型災難機械核心中最初的妄念——出事的不僅是燃料池的冷卻水管線，事實上，連一號反應爐的冷卻水管線避雷器也被艾瑪颱風的強風豪雨給破壞了。管線遭落雷擊中，部分裝置損壞，反應爐爐心水位開始下降。電廠修補不及，只能啟動「斷然處置措施」，試圖以備用馬達將備用冷卻水灌入爐心。然而高功率運轉常態下，反應爐內恆常維持於七十五大氣壓之高壓狀態，必須先行降壓，否則備用冷卻水亦難以注入。但洩壓閥門控制管路卻同樣因強風豪雨而遭受破壞（僅僅是一個焊接點的工程品質失誤），導致降壓速度無法精準控制……

小蓉站在窗前，似乎正凝視著窗外空間不可見的深處。逆光的背影浸沒在深秋的涼冷之中。災難當前，他急切地向小蓉述說他知道的一切，但她卻一點反應也沒有，始終背對著他，甚至未曾回頭。

他突然感覺冷，走上前去，伸手環抱小蓉；然而隨即發現，自己的手穿透了小蓉的身體。

小蓉回過頭，對他淒然一笑。她的軀體逐漸淡化，在窗前消失，隱沒入那光與陰暗並存的小室。

但那畢竟只是個夢。那是夢。那與現實中的一切——那空燒的反應爐，高溫中迅速熔毀的爐心，氫爆，輻射不可見的鋒利刀刃，並不相關。那同樣與他們摩天輪上的誓言，北台灣的巨大廢城，血癌發病一個個死去的孩子們，以及知知無人知曉的神祕心智，並不相關。

一切皆毫無關聯。

46 Under GroundZero

二〇一七年九月二日。夜間十一時零九分。台灣台南。

北台灣核能災變後第六百八十四日。二〇一七總統大選倒數二十八日。

高樓樓頂。狂風獵獵作響。除此之外，一切靜謐無光。

「你來了。」男人靠在牆上，面向這城市底部漸次滅去的燈火。不知來處的微光剪出他的背影。那是個身材高大的男人，肩膀寬闊，身後拖曳的暗影如斗篷般拉扯著他的軀體。

「是。」另一人站在男人身後。

「確認過監視器的狀況了？」

「確認過了。」那人傾身向前，低聲附耳。「保全公司十一點整交班，那段時間，大概有五分鐘的空檔裡不會有人看監視器畫面。而且原則上這支監視器根本沒有作用，因為太黑了，什麼都拍不到。」

「就算拍到也看不清楚？」
「對。我確認過了。」
「那很好。」賀陳端方冷笑。「監視系統和中華民國國軍有得拚。」他沉默半晌。「那……現在狀況如何？」
「不很理想。」男人低聲說。「林群浩和李莉晴還是在偷偷接觸。」
「這女人膽子還真不小……居然連恐嚇她也沒用？」
男人默然。
「這不太合理。」賀陳端方沉吟。「是吧？」
「我也認為不合理。」男人點頭。「但她是好人家出身，人又優秀，聰明漂亮，自小一帆風順……或許有些天不怕地不怕的個性，也是可理解的。」
「所以是怎麼了？有什麼新的訊息嗎？」賀陳端方問。
「我們知道她手中握有一些夢境影像的資料。但只是夢境而已。」
「確認過了？」
「確認過了。她下載了某些東西。」
「這不是重點對吧。沒人能拿夢境當證據的。」賀陳端方說：「光是拿出來都顯得沒說服力，我想他們也不敢輕舉妄動。」
「對。就算是給蘇貞昌他們拿到，諒他們也不敢出手。」男人說。「但重點在於，林群浩和李莉晴還在偷偷接觸。我擔心的是這個。」

「你的意思是，」賀陳端方說：「這表示他們有進展……」

「是。很可能。而且我們老早都警告過他們了，如果他們還是要接觸，表示可能有什麼進展值得他們冒險繼續接觸……」

「你覺得呢？」賀陳端方沉默半晌。

男人沒有回應。

「你……」賀陳端方突然問：「你，跟著我多久了？」

「我想有十二年了。」男人說。

「你覺得我該怎麼做？」

男人保持沉默。

「我收到陳弘球的簡訊的時候……」賀陳端方的聲音：「我是說，十月十九日那天。核災當天我收到陳弘球的簡訊，說他確認翡翠水庫已遭汙染。東北風將輻射塵吹向翡翠水庫，颱風降雨有限，但恰恰將輻射汙染掃入水庫集水區。那是他離開核四廠趕到集水區親自用蓋格計數器測量的結果。他是擅離職守。那時你說核安署是個技術單位，理論上永遠會是個冷衙門，除非……」

「是。」男人的臉廓隱沒在逆光的暗影中，如一黑色之虛像，賈柯梅第的細瘦人形。「我認為那是唯一的機會。非常時期有非常做法。但大多數人，一輩子等不到那個『非常時期』。吳敦義在等，朱立倫在等，郝龍斌在等，江宜樺在等；然而他們都沒能等到。用蘇貞昌的話來說，那是你一個人的熱帶氣旋……」

「這是我們現在之所以在這裡的原因。是吧？」

男子保持沉默。半晌，他伸出右掌，向賀陳端方比了個手勢。那似乎是隻手刀，刀刃邊緣於夜的縫隙間短暫存在。然而此刻，現場的一切事物皆因光線之匱乏而晦暗不明。

賀陳端方轉頭，望向大樓前方空蕩無明的黑夜。剪風在他耳旁嗚咽嚎叫。他知道，出了舊台南市區，包圍著這零星燈火的將會是嘉南平原。那廣漠無光的荒野正在他視野的極限處無聲延展，而籠罩於正上方的黑夜則兀自幻變著它自身的形狀。像火焰。然而因為過於黑暗的關係（那黑暗帶著粗礪而艱難的筆觸，吞噬了一切，甚至吞噬了黑暗自身），無人能知覺其中的細微變化。

「你現在已經在這裡了。」男人說。他聲音乾啞，空氣般稀薄冰冷。「你很清楚，你那時隱瞞不說是正確的。翡翠水庫有嚴重汙染，這種重大消息不該是由一個毫無重要性的人舉發的。這在政治上沒有意義。」男人稍停。「英雄是人創造出來的。**政治意義**也終究是政治家創造出來的。」

「是。所以我在這裡了。」賀陳端方低聲說。「所以我當時把消息按著不發是正確的。所以我堅持向馬總統要求授權是正確的。所以我們組織重災區探勘隊是正確的。所以我進災區是正確的。所以我事後強烈建議馬總統畫定禁制區是正確的……」

「那當然。」男人說：「那是**創造政治意義**的必經過程。你必須親自去發現翡翠水庫已遭嚴重汙染這件事。你必須自己來。」

「而代價是別人的性命……」

「代價是別人的性命。代價是至少數十萬人的輻射體內暴露。」男人複誦。「但政治意義高於一切。你必須明白，」他的聲音毫無表情：「政治意義高於一切，高過於別人，高過於輻射，甚至，高過於你自身。你的性命。我們別無選擇。」

「但我沒能拿到那支手機。」賀陳端方說：「我可以在這傳送中間的任何程序刪去那則簡訊的紀錄。唯有那支手機本身是我無法控制確認的部分……」

「那不會有什麼妨礙的。」沉默半晌之後，男人再度開口。「時間已經太久，知道的人都死了。對人們的集體意識來說，簡訊是不存在的。」

「但我們終究沒能拿到那手機。我們還是有風險。」

「那部分風險不大。」男人稍停。「現在，林群浩和李莉晴就是我們唯一的風險。」

「所以……」賀陳端方的聲音低沉粗礪，像被軋碎的礫石。他想起那些他監控之下的，林群浩的夢境。雪原灰霧，輻射塵中行走而終將倒下死去的人群。育幼院中不存在的爭執。那如火焰的形狀般變幻不定的空間，旅館暗房中的祕密。二〇一五年十月十九日，核災當日，來自陳弘球的簡訊在他的手機螢幕上出現：他測量了翡翠水庫水源區水面的輻射劑量——每小時八十五毫西弗，七十萬倍於正常容許標準。然而那只是體外被暴的標準，至於輻射水進入人體內部的體內暴露，則全無參考值可供估算，恐怖至難以想像。

「所以，」賀陳端方低語：「我沒有別的選擇了……」

男人抬頭仰望。天空中，星辰隱沒入風的呼嘯。僅存的寂寥燈火在賀陳端方的瞳孔中閃爍，然而僅僅只是一瞬便滅去了。那是文明的幻影，文明的月球暗面。無數渺小的生靈曾在此暫留，然而終究倏忽離去，被拋擲入永恆的虛空。

「對，沒有了。」男人說：「沒有了。我想沒有了。我們禁不起任何風險了……」

男人傾身向賀陳端方靠近，再靠近。狂風推擠著空間，空間撞擊著耳膜，耳膜於其自身之上播擊出巨大無比的迴響。頂樓緣牆邊，如同一個不存在的幻影，男人輕輕地，輕輕地併入賀陳端方體內。

0 GroundZero

（啪啪。啪。啪啪——）

（畫面亮起。）

「……各位觀眾，現在為您插播最新消息。今天凌晨在台南市楠西區東部荒僻山間發現一對男女雙屍。」畫面跳閃，雜訊如暴雪般侵蝕了整個畫面，主播的五官和肢體在漫漶的重影中眨動，彷若抽搐。「死者為三十二歲男性與三十一歲女性，身分經ＤＮＡ比對，確認為林姓工程師與李姓醫師。檢警初步相驗，傾向於認定兩人應為服毒自殺，疑似殉情。此一命案引起各界關切，其原因為，林姓工程師生前曾任職於核四廠，但於核四災變時因故不在廠內，因此逃過一劫；然而其後卻行蹤不明，直至災後三週，方由花蓮門諾醫院通報，確認為北台灣核災禁制區強制疏散令發布以來編號一二七號之未疏散案例。

「林姓工程師被發現時有失憶情形，對於失蹤期間之經歷毫無印象，並患有受輻射影響之血液異常疾病及憂鬱症。該工程師隨即於事故處理委員會安排下接受專業治療，並交付管制收容。而女性死者李姓醫師生前任職於北台灣核能事故處理委員會附設醫療中心，負責醫治林姓工程師之憂鬱症與失憶症。或即因此，兩人之間滋生情愫。

「但據了解，林姓工程師之憂鬱症與失憶症，始終沒有明顯好轉跡象。而於今年八月間，其母因病過世，林姓工程師再度失蹤，經家屬通報相關單位，初步研判極可能為失憶症進一步惡化，以至於失去正常生活自理能力，致行蹤不明。至於其是否有久病厭世之傾向，或受母親病逝之刺激；其失憶症狀是否與腦傷或與輻射傷害有關，以及其與李姓醫師相偕殉情之真正原因等，檢調則尚在了解之中……」

空城。廢墟台北。整座無人城市的螢幕都閃爍著模糊不清的畫面。老社區中的每一棟大樓，每一戶無人舊公寓，街邊豎立的ＬＥＤ廣告看板，連鎖３Ｃ賣場的電視牆，無人的辦公大樓，醫院大廳，學校辦公室，百貨公司中庭，無數螢幕都在無邊無際延展的黑暗中眨動著亮光。如多眼之巨獸；如一四處複製轉移寄生，長滿了一隻隻感光點的惡性腫瘤。

「接下來為您報導選舉消息。今日為選前最後一週，超級週末，藍綠兩大陣營無不卯足全力舉辦大型造勢晚會，全力催票動員。根據選前十天最後封關各家民調，執政黨總統候選人賀陳端方仍以約二至三個百分點的些微差距領先在野黨候選人蘇貞昌，戰況激烈。現在時間為下午五點十六分，我們把現場交給人在台南市蘇貞昌競選總部的……」

（人聲漸小，畫面漫漶跳閃——）

（啪。啪啪啪啪啪啪。啪啪。啪啪啪——）

（畫面黯滅。）

靜極了。公寓中空無一人。此時此地，唯一的人工光源已隨著電視螢幕的黯滅而無聲消逝。窗外微光中，所有家具都黏上了厚厚一層灰塵。地板龜裂，磁磚破損，黴斑與鏽痕占領了所有可見事物。天花板上管線滴滴答答漏著水。

雨落下來了。一場安靜的雨。雨落在舊公寓的樓頂（天線傾倒，水塔已毀壞，蜘蛛，水黽與其他蟲蚋的屍身在水面淤積），落在大樓的頂樓電梯機房（鏽蝕的輪盤，斷裂的鋼索），落在廢棄物隨風四散的街道，落在微光中所有死滅靜寂的通風或電路管線之上。雨落在北台灣這座巨大的，被文明瞬間侵奪了生命的廢城。這人工的華麗荒野。人們已離去許久，流沙之上，文明的殘影曾在此駐留，然而真正存留的終究只是虛無。

雨落在鬼魂之上。雨落在虛無之上。

附錄

我將介入此事——伊格言對談駱以軍

駱以軍：

我很焦躁，因為那並非固定空間，而是個形狀流動不止的空間。在我四周，牆，梁柱，樓梯和窗戶不斷增生或消失。有些窗戶缺乏窗景，有些窗戶並不向外界敞開，有些窗戶打開之後是另一扇窗戶，有些窗戶展示著違反物理原理的景色：倒懸的沙漠，鏡湖中的礫石荒野，冰河縫隙的雨林，垂直的海底，湧動的群山，冰雪禁錮的森林……

樓梯可能直接在天花板上浮現，沒有開端，沒有結尾，裝置著方向錯誤、難以握持的倒裝扶手，或甚至通向不存在的他方。牆有時能被穿透，有時不能，有時像是地板或天花板的複製物，有時有著類似魔術方塊的傾斜感，彷彿重力的方向被旋轉往不同的角度……

——伊格言，《零地點 GroundZero》

主要是此一「夢中建築」，或讓我們想到村上的「末日之街」，韋勒貝克的《一座島嶼的可能性》，或瑪格麗特．愛特伍的《末世男女》——潘朵拉的盒子。在這樣的「末日小說」裡（作為反烏托邦科幻小說的其中一支），大災難已發生過了，文明已覆滅了；班雅明式地朝向舊昔單向街，那一切無法修補拼綴回原貌的精緻的藝術品、人文空氣、難以言說的對像花朵蕊瓣之細節的講究……這一切已淹沒在科幻電影場景的巨大核爆，那個末日時間基點的「之前」了。之後的倖存者，似乎只是像《舊約》聖經的記錄者：「當時是誰造了那個將一切栩栩如生的『活著的時光』全殲滅的那只惡魔的盒子？」

它既是詩意（同時失憶）的推理——密室謀殺案——當時是如何如何的？只是死者是近乎全部的人和文明本身。說這是一本「反核小說」，還不如說它已設定在「核災已無法挽回地發生過了」，再無任何可贖償、可拯救之物了。它比較像一本「死者之書」。譬如日本一九四五年後那批「戰後派小說家」——大岡昇平、太宰治，甚至像川端的〈山之音〉——超乎個人命運與意志的國家等級軍事動員，使個體面對單獨個人義理善惡無法承受之「反人類」恐怖之景；作為士兵而機械性持槍殺平民、吃同袍死者人肉……一種散框後無法修整回去的扭曲、恐怖、痛苦、回憶的無間地獄。

這樣的憂悒氣氛充滿著你這本小說。滅絕前與滅絕後的計時。事實上，核能的某些特質近乎戰爭：國家級的類軍事動員，或科技、經濟資源的投入，意識形態的宣導（符合所謂國家未來發展）；一種因這樣的巨人語境，而常使個人必須放棄不安與懷疑，犧牲、繳械個體的民主基本權。它甚至可進入戒嚴。這種「末日小說」，其實譬如《火影忍者》、《進擊的巨人》這些日本動漫皆有強大傳統。一個將昆德拉所說的「小說的大冒險在卡夫卡之後已結束，此後（在現在這個世界場景裡）所有的主人公只能是土地測量員K」，將那個文明的櫛次鱗比整個拆除、塗光，從空曠之境重新（也許是重回部落化或亂世游擊隊這樣的大戰後廢墟場面）思考人類的原始道德或生存契約。

它可能成為「預言」（〈啟示錄〉）或「寓言」（《世界末日與冷酷異境》）：一個是「災難

一定會發生」的惘惘的威脅，而那必然會發生降臨的末日景觀，正是我們現在像〈預知死亡記事〉那樣全部人癱瘓不動，看著那一切荒謬的怪物在逐形完成；另一個則是量子宇宙──「此未必發生在現下這個宇宙，然必定發生在其他無數之其中一個量子態宇宙」──它被小說家寫出來了，所以它必存在。

我想你在這個時機點寫出這本小說，當然第一是「反核」；第二還是小說本身的操作和形式的選擇。譬如大江寫的《空翻》便和村上春樹的《1Q84》，便開闔了完全不同的哲學容載量（即使同樣在反思奧姆真理教）。我想問你寫這本小說關於這兩面向的想像？

伊格言：

勇敢。我想關鍵詞正是**勇氣**。認錯的勇氣，改正的勇氣。我覺得您說得很準確：對於人類而言，核電這件事動用的確實是一準戰爭機制；關於這點，回顧核電歷史亦可確知此事。核能最初用以殺人（廣島、長崎，曼哈頓計畫，以暴制暴），直接是為戰爭產物；其後，人類突發奇想，將之用作能源。這最初的判斷錯誤引發了一連串令人不寒而慄的蝴蝶效應。

該怎麼辦？召喚愛，在人類真正失語之前。我始終記得普利摩．李維在《滅頂與生還》中那令人戰慄的陳述：大屠殺的規模太大，太荒謬，毀去生命的意志過於巨大驚人，甚至連執行者都完全意識到這件事：「你們當中沒有人會活下來成為證人，就算有人僥倖存活，也不會被世人相信。或許會有懷疑、討論、史學家的研究，但不會有任何可確定的事，因為我們會將所有證據與你們一起摧毀。即使某些證據存留下來，即使你們當中有人生還，世人也會說你們描述的事件太恐怖，不可能是真的。〔……〕他們會相信否認到底的我們，而不是你們。納粹集中營的歷史將由我們撰述。」而作者李維的回應證辭是，不，並非如此，你依舊高估了受害者訴說與「報信」的能力（我是唯一逃出來報信的人），事實比你所預估的**更為殘忍可怕**，因為即使是倖存者，終究可能在被處死之前，或在漫長的劫後餘生之中，因為懼怕，因為自我保護之心理機制，因為迴避，因為內疚，因為身心耗弱，因為神智已被那極端病態的集中營體制摧毀……他們將永久或半永久地失去訴說的能力。

這是極端恐怖的一刻。不知從何開始，文明指向了一個錯誤的方向，一個被奇怪的邪惡力量所牽引的眾多的「平庸之惡」所組成的複合體。戰爭如此，大屠殺如此，我必須說，核電極可能亦復如是。人類文明原本就是善惡並存的隨機產物，而核電起始於戰爭餘緒，起始於一場美麗的妄夢（新的能源，和平利用）；但現在，事實已證明人類是過度自信了，那不是人類所能精準掌控的事物。這樣的**準戰爭核電戒嚴體制**，很不幸地，卻被成功地陌生化，疏離化，被政府拆解切分成為只有核電專家才有資格發言的事；所有可能的人文思考均被排除於外。我們驚訝地發現，我們完全可以代換照錄《滅頂與生還》中所引用的那些論述，擁核的台電和政府將如此宣稱：「核電的歷史（核電的效率，核電的優缺點），將由我們撰述。」

這令人恐懼。文明有犯錯的可能嗎？當然有。文明有自身的毒瘤（或許來白人類本性中邪惡的部分），癌細胞般失控的自我——如同您所引用，而我在小說中所描述的那個變幻不定難以捉摸的禁鎖空間，噩夢建築——它們從來就持續存在。戰爭，虐囚，強拆民房，軍中虐死下士。我們怎麼辦？要有勇氣認錯（就算現在錯大到沒人敢承認，像核四），要有勇氣切除它。如果我們在關鍵時刻缺乏勇氣（格瓦拉說的：堅強起來，才不會丟失溫柔——如果我們還打算對自己溫柔，對人類有愛，或至少，相信人類此一物種曾在少數時刻創造出令人愛重、尊敬的高貴品質：良知、善、同情與悲憫），如果我們怯懦至無法承認錯誤，那麼我們終將迎來那戰爭與大屠殺般毀滅的一刻。

我當然不希望《零地點 GroundZero》成為現實。在這裡，小說和現實的互動是頗具辯證性的，我相信這或許足以延伸小說本身的視野。如果台灣的未來是盒子裡那隻薛丁格的貓——在那真正的毀滅降臨之前，我想所有的「預言小說」都是這樣的情形：小說本身是預言，而當小說與現實產生互動，小說與現實合看之時，整件事就變成了一個**寓言**，指向那個非生非死，亦生亦死的狀態。台灣非生非死，台灣亦生亦死。在那恐怖的滅絕時刻尚未臨至之時，它尚未塌陷為單一結果。我們還有機會。

駱以軍：

其實我的心情是，如果以包括軍中禁閉制度將洪姓士官體虐致死事件，事後國防部的反應方式，甚或是「反核四」這件事，從台電、原能會、行政院長，甚至總統面對的方式；我的感想都是：其實他們應該要由幕僚規畫，每個月好好讀一本「好的小說」。可以請不同年紀層的重要小說家，像外頭那麼繁複的誠品講堂講座，進國防部、台電，甚至總統府，用一種讀書會的形式，一個月讀一本——譬如大江、昆德拉、略薩、卡爾維諾，甚至卡夫卡、杜斯妥也夫斯基……這並不是在嘲諷或傲慢，而是他們的某種「對未來的想像力」被經濟學專家話語、核工專家話語，或媒體公關思維方式長期挾持了。

我有一次曾到司法院演講，坐著聽的是正副院長、檢查總長、高等法院院長、各大法官；我講的正是昆德拉在《小說的藝術》第一章，引海德格的「**存在的被隱蔽**」——一種從歐洲笛卡爾、伽利略之後，科學與哲學的分門別類專家話語化，醫學語言、社會學語言、法律語言、政治語言、媒體、警察、軍隊、貨幣或經濟學，科技再分門別類之語言……當時我講了波赫士、張愛玲、大江；演講結束後，我感覺司法院的演講廳有一種詭異的氣氛。長官很尷尬（但他們都是非常有教養的父執輩人了），但較年輕的法官們似乎被我笑話或故事逗得很樂。我想這是一種「將結構森嚴之國家級專家話語」搖晃，暫時液態化。他們在法律精神與法學上，絕對是這個國家的頂尖菁英，但當面對「人類文明永不止息的思索、人類存在處境的反體制化」的太多難題時，你發現作為法官，他也會迷惑的。他所依恃的法律專家話語也並不足以應變這個繁複變化的世界；因為有些問題的巨大、抽象維度，它所牽涉到的時間跨幅，所需跨域調度的參照知識體系，甚至超過了「國家」的級別。總統並不應該就等同台電的立場表態——反之，應有一些思考的嚴肅性是可以上升到「人類」、「文明」的層次，並不是核工專家由水泥掩體的厚度，或萬一有核災後的應變措施等等便壟斷了這個議題（何況這部分猶受到非常多的質疑，和弊端的事證）。

它不只是替代能源成本、電價計算（何況低電價並不是真的轉惠於一般民生用電），或溫室效應的「核能可能更乾淨」的問題。總統的任期最多八年，而我們現在陸續要除役的核一、核二、核三，到現在還無法找出真正嚴肅負責的高放射性核燃廢料的處理方式或掩埋地點。它的半衰期是數萬年之久。這有一種拉遠時光視距的正義天平，就是「憑什麼為了這十年、二十年一代人的所謂電價、經濟競爭力，要花更大、極大的代價，去處置我們用過而無法消滅掉的劇毒且極難處理的核汙廢料」？

這是一個公平正義的問題。小說創作者再被社會（作為多股意識形態累聚沖積沼澤）捲入，或觀察、感受、思索，常面臨這樣的自我翻剝——「假如我是（或竟不是）真的？」**那未必是真的，但總讓人在閱讀時光中習慣觀看較長幅員的人類行為，以較複雜參數解析所有詩語言、革命語言、宗教語言、進步語言，它們所進駐的某一時代人心，其後的出賣與代價，偽詐與變貌**。它有點像防毒軟體——不，它的前身或即某種程式創造之初，對抗或裂解整個電腦運算世界的超級病毒，我們說古老的美德：仁慈、公平、慷慨、羞惡、正義、犧牲……它們早被最初設計以對抗的國家控制技術或資本主義體系，以及專家話語支援的知識演化所吞食、撕碎；用其屍塊長成新的複雜軀體。

宰制者同時支配了「真理」，透過軍隊、警察、司法、教育體系、稅務、土地與勞動之掌控——它在演化邏輯上是趨繁且趨於層層蔽護以避免被顛覆的建制和設計（譬如這次，**你小說**

中寫的反核的失敗，乃至悲劇真的發生，然已超脫傳統戲劇譬如莎士比亞那樣舞台中央一個人物的懲罰或命運）。這有點像村上龍《五分後的世界》，如果歷史在某個時間像墜機那樣栽進一個褶縫，眼前同樣支撐著這看似如常活著的這些那些，可能正是「巨大後果」的惡的種籽。

但小說家必須給與這個「在之外」質疑抵抗，甚至荒謬地將之「死物化」。能否請你談談？

伊格言：

當然以上您對這些政治人物的要求是太高了——這是我的直覺反應，而我相信多數人會有與我相同的直覺反應。但等等，這樣的反應是對的嗎？我們的總統，我們的法官，我們的國家機器（作為一個以現代性為基礎意識形態，意圖「治理」，將國家導向一最佳狀態的制度複合體），難道不該對**人存在的眾多可能狀態**（所謂「人民」：他們所服務的對象，形形色色，各行各業）有著更多的理解與同情嗎？我們當然能接受一個法律專業的總統、政治專業的總統、財經專業的總統，但難道，我們不該要求他具有「理解人各種存在的可能」的專業能力嗎？否則，那所謂的「治理」豈不如同建構在一流沙地基之上搖搖欲墜？

或許那其實正如村上春樹在《挪威的森林》中尖酸刻薄地嘲笑那些到校園裡演講發傳單的左派政治學生們：「他們最大的敵人不是國家機器，而是缺乏想像力。」是的想像力。我突然想到，或許讓我們暫且離開《零地點 GroundZero》所試圖描述的那個核災未來式，我要講的是過去：會不會我們此刻所身處的，其實就是一個「五分後的世界」？那正如你所說的，身為一個創作者的永恆的懷疑。會不會世界已經滅絕過了，被顛倒且翻轉過了；而我們正是那文明畸胎的創造者？我們身處於被「母體」所蒙蔽欺騙的二十二世紀？現在存在於此處與您對話的我，其實是一個最初的「我」誤入演化歧途後的，一個較差的「我」的版本（我的存在的可能性之一）？而如果我可以這樣自我懷疑，那麼難道我們的國家機器，或我們的官員，不該有這樣的自我懷疑嗎？

這個機會由想像力所賦予，由敘事所賦予，小說所賦予。回到核電本身。而因為輻射的危險性，核電從來就是一個階級壓迫的象徵。被攤在陽光下的部分是，電廠總要擇定一個荒僻無人的地區，輔以高額補償金和宣傳機器炮製的大量謊言誘使偏鄉居民接受核電廠的存在。這在台灣的四座核電廠身上是變本加厲的，因為在高壓統治的戒嚴時期，當地居民連高額補償金也沒得領就被迫接受了。至於不見光的部分當然更多，其中之一是，由於輻射環境太過危險，因此停機檢修時，無論是日本或台灣，均曾偷偷聘雇大量散工（到台北橋下去找），讓這些散工在不知情的狀態下嚴重被暴。這是赤裸裸毫不遮掩的階級剝削，甚至等同殺人。

我知道這些。但我想，這本核災小說在這裡甚至可以與階級正義無關——它像是你所描述的，在一個較長的時間跨幅中，以想像力為基底，去重新理解那些已被建立且固著的各種意識形態話語（而這些意識形態話語所支撐的是一個關於能源的妄想，關於階級剝削，關於殺人）。有趣的是，套用我在上一個問題裡的回應，當預言性質的核災小說與現實產生互動時，它成為寓言——但這裡的寓言並非針對未來，而是針對**過去**。對那個（理論上）無可逆轉的過去而言，想像力是我們的脫逃術。當我們自身有足夠的心智強度去承受想像力，我們或可從《零地點 GroundZero》中我所書寫、你所引用的那個變幻不定的複雜建築結構體——那個惡魔的盒子中掙脫而出。胡丁尼的魔法。「我是唯一逃出來給你報信的人」。

駱以軍：

在這個話題上，我想我的「尊敬小說家圖譜」上，還是必須提一下大江健三郎。我二十多歲時面對大江，只在小說純粹技藝（而非背景裡更多他用諸多大長篇展開的，與日本戰敗、戰後、核懲罰、美日安保條約，甚至捲入冷戰後美國的核戰略傘——種種扭曲「失格」，逐漸靜靜的無法戰鬥的瘋狂、農民起義……等等這些歷史精神重塑的反思）或他與西方（現代）小說的哲學性書寫上投擲我的思索。我那時完全不懂這些，但當時讀了很奇怪，台灣還並不熟悉他（我們那時還是川端、芥川、三島、井上靖，或夏目漱石這些日本的「近代性」）那時，像從天而降出了他一本《聽雨樹的女人們》。當時我驚為天書，反覆揣摩細讀。直到後來三十多歲時，陸續出了他的《換取的孩子》、《憂容童子》、《再見我的書》……當然那對我對西方小說的大地圖的碎片整合又是一次大爆炸式的啟發。這之間反而我讀他的《空翻》或《燃燒的綠樹》或《萬延元年的足球隊》，並沒在一理想狀態下真的讀通。但年輕時讀的《聽雨樹的女人們》對我當時「眼中所見的世界」有非常大的啟發。那是一本迴旋梯式環繞著一間故事開始的精神病醫院——事實上那是一本「反核小說」，尚未將核爆蕈狀雲末日與他的兒子大江光的腦麻痺意象結合。然而小說裡裹捲進麥爾坎・勞瑞的《在火山下》，這個毀掉的，瘋掉的，酗酒吸毒後來死掉的英國小說家（我也是幾年前才讀到這本小說的中文譯本，那是我覺得與《跳房子》、《2666》同等級的偉大小說）。核末日的意象在大江這本不厚的小說裡，非常科幻而奇詭，進入神話和嗑藥、性濫癮、搖滾樂的垮掉滴融「羞恥」但又愚人狂歡的漩渦。那是一種精神力進占廣島那片鬼城核廢墟的小說實踐，和韋勒貝克非常不同。我想對大江或那一輩日本人來說，原子彈（核爆）是真實從天而降的「啟示錄攻擊」，那甚至不是對「過去」的憑弔或班雅明的《單向街》或褚威格的歐洲文明滅絕之自殺——它是一點機會都不給的「過去」、「現在」、「未來」之全景取消——它比科幻還科幻。

小說怎麼進占那個轟然文明瞬間蒸發的「存在」？我覺得大江非常非常強大，他到老，還啟動一次又一次的突擊，像《唐吉訶德》那樣癡傻扮戲的大旅途大冒險，像杜斯妥也夫斯基《白癡》那樣附魔者式的介入「恐怖組織暴力攻擊」，對帝國資本主義的絕望大峽谷的薩依德式的思辨，像納博可夫那樣的「永遠高度精神的流亡者」（在這個世界之外）。

所以，站在「核」的巨大近乎現代摩訶婆羅多印度神話毀天滅地的界域中，不只是科學、哲學、經濟學、後殖民歷史反思……小說的介入和進場是極重要的。就你的這本《零地點GroundZero》來說，那是「假定未來」的又一次〈拜訪糖果阿姨〉（或〈革命前夕〉的永劫回歸）的量子宇宙撬開。在小說裡，可能是像大江所說，「如果那時的三島並未切腹，頭沒在全國電視前被砍掉；那個『另一個』三島的頭沒被斬掉的日本，是怎樣的一個精神性的日本？」而這便牽涉到你說的「正義」了。你會在這樣（或之後的小說賭注）以小說的「文字物質或肉身如此渺小之限制」然「敘事的掙跳、飛行、奇想、搏鬥卻如時間簡史一樣巨大」的地域裡前行，你會張開和我（我們各種歷史債務的不同）不一樣的一個「台灣」（核爆的、核汙的，不該這樣歪斜凹塌的，或你說的那個永遠等待果陀的「革命前夕」）。當然在小說的密度上，《零地點 GroundZero》比《噬夢人》完全偽造一座波赫士宇宙的繁複文明巨景規模小許多，但我希望在「核爆」這個超級之詞的小說實踐裡，在這本反核、抒情、哀傷，「餘生」的小說之後，我覺得我們還應再對話下去。

我們會繼續對話下去。

伊格言：

此篇對談的標題為「**我將介入此事**」——在此處，我想或有足夠篇幅，讓我較細緻地解釋此一概念。您提到「小說的介入與進場」，這令我想到我們所尊敬的評論者黃錦樹曾如此評論王安憶在《小說家的十三堂課》中的說法（見《謊言或真理的技藝》，頁四七〇）：

譬如她以《百年孤寂》為例批判現代主義「終究難以擺脫現實的羈絆」，孤立來看，無法理解。但其實涉及她對小說的獨特看法（對寫實主義者來說，這樣的看法尤其不可思議），她認為小說必須獨立於現實，就在《心靈世界》的第一堂課，她著重論證小說是個「心靈的——獨立的、拒外的、封閉的」世界（多麼古典主義的觀念！），然而它卻必須以現實為材料（尤其是語言的應用），認為二者間構成了巨大的矛盾——小說注定與現實牽扯不清，又要求獨立自足。這矛盾嚴格說是王安憶的獨特思路造成的，企圖讓小說成為一個自足的昇華的價值世界（「開拓精神空間，建築精神宮殿」），像神話和寓言那般封閉而完整，可是又要寫實！……「二十世紀的作家，總是難以走出影射、象徵式的描繪，我們實在被現實纏繞得太緊了。」對我來說，這種強調文本封閉性的主張是非常不可思議的，如此的強調藝術的獨立性，立即的效果是扼殺了它可能的批判性，那正是美學自律性最為人詬病之處。

黃錦樹的批判非常明確；或可容我如此解讀：小說中有一類，其藝術成就的主要來源是「尖銳且深刻地批判現實」（如V．S．奈波爾，如你所提及的大江）。對此類小說而言，王安憶的說法（「小說是個『心靈的——獨立的、拒外的、封閉的』世界」）當然並不適用。但個人認為必須額外釐清的是，王安憶所說的，那介乎「小說的獨立世界」以及「小說總必須以現實為材料」之矛盾，是真切存在於小說技藝之中的。個人認為王安憶是尖銳切入了所有小說創作者在創作當下所面臨的根本難題；此為一基礎現象，普遍存在於眾多（我想近乎全部）小說之中。而或許在某種小說中，此類問題相較之下不嚴重，亦即前所述及以「深刻批判現實」為主要藝術成就來源的小說。

好了，現在我們手上有一**種分類方式，將小說略分為二**：一、「以深刻批判現實」為主要藝術成就的小說，以及二、其他小說。這種分類方式毫不意外地必然無法截然一分（有許多作品可兼列兩類）。但我想說的是，如果說我在《零地點 GroundZero》這本書的實踐過程中學到了什麼，我或可提供一類似（但或許並不完全恰當）的範例：杜象（Marcel Duchamp）。一九一七年，杜象創作了「噴泉」——他找來一個小便斗，加上奇怪的簽名（R. Mutt），題名為「噴泉」，並將之提交予「獨立藝術家協會年展」。

我想我們或可由這樣的角度來理解那些以「深刻批判現實」為主要藝術成就的小說。我的看法是，某些時刻，**我想正面撞擊，甚至直接介入當下現實，而《零地點 GroundZero》正是這樣的作品**。小說是藝術品嗎？當然。然而在某些時刻，藝術品有類似杜象這樣的表現方式：他為一個現存之物加上了簽名，安上了標題，而後提交上去。若是此事之中少掉了「加上簽名、安上標題、提交其作為展覽中之一件作品」之動作，則此一藝術品之藝術力道必將大打折扣。這類似行為藝術。

而我將藉由這本書的完成與提交（我完成它，將之提交予出版社，市場，提交予台灣社會，政府官員，台灣人民）而完成此一藝術行動。《零地點 GroundZero》這本書必然不是當下現實的單純複製——是的，無可避免，它的眾多材料來自台灣的當下現實，來自台灣的荒謬、迷惘、譫妄、徬徨、黑暗，文明無所不在的巨大黑洞，以及（可能）認錯的勇氣；但它依舊不是當下現實的簡單複製（這點和杜象的〈噴泉〉全然相異）。但**作為一本顯然具有社會批判功**

能的小說，我選擇與現實直接對撞——這是我的行動藝術。我將一本小說創作完成（作為敘事藝術，它有單純作為敘事藝術的價值），但當我選擇與現實直接對撞，將之交付予台灣市場、台灣社會和台灣人民，它將同時離開單純敘事藝術的範疇，而兼容有行動藝術的功能。在台灣的每個人都將是此一行動藝術的參與者（當然，也包括馬英九、江宜樺、台電、核四廠、民進黨、劉寶傑等等）。我無法預期台灣社會將如何看待如此**「貼地飛行」**的小說——它距離當下現實如此之近，卻又保持三公分的危險磁浮間距。我無法預期人們將如何看待被我寫入書中所有存在於台灣當下的真實人物。我無法預期那些真實人物的反應。我無法預期在如此危險貼地飛行的狀態下，我敘事的掙跳力是否受到限制（如您所說：「小說的文字物質或肉身如此渺小，然而其敘事之掙跳、飛行、奇想、搏鬥卻如時間簡史一樣巨大」）。

這是我所構想的一次**小說對現實的介入與進場**。我的看法是，當你書寫顯然具有現實批判高度的小說，當你書寫**預言**，此一行動藝術的概念將尖銳地拓展小說的衝擊波邊界——王安憶的理論難題（那「小說是為一獨立之精神世界」與「小說總是必須以現實為材料」的巨大矛盾）將在此解消。敘事藝術被完成（小說的傳統領域），行動藝術也被完成。我所使用的媒材是文字，**以及現實**。在這點上，《零地點 GroundZero》與其所侵略的現實界域將共同組構成一個巨大的世界（飛沙走石，機具零件移形換位，變形金剛般人立，翻轉，飛行）；我的作品將不僅是一本小說，而是**小說**以及**此本小說誕生之後的現實**（相較於另一個《零地點 GroundZero》未曾誕生的平行宇宙而言）。如果《噬夢人》是一次大規模偽知識擬造世界的狂飆（觸及生命與文明的黑暗與虛無），那麼我希望《零地點 GroundZero》會是另一次大江健三郎式的突圍嘗試——我們在革命前夕，我或將介入此事。

我將介入此事。

駱以軍

一九六七年生於台北，文化大學中文系文藝創作組畢業，國立藝術學院（現國立臺北藝術大學）戲劇研究所碩士。二〇〇七年赴美參加愛荷華大學國際寫作計畫，現專事寫作。曾獲紅樓夢獎世界華文長篇小說首獎、台灣文學獎長篇小說金典獎、金鼎獎最佳著作人、中國文藝協會文藝獎章、時報文學獎短篇小說首獎、台北文學獎等多種。以小說創作為主，著有《臉之書》、《經濟大蕭條時期的夢遊街》、《西夏旅館》、《我愛羅》、《我未來次子關於我的回憶》、《降生十二星座》、《我們》、《遠方》、《遺悲懷》、《月球姓氏》、《第三個舞者》、《妻夢狗》、《棄的故事》《我們自夜闇的酒館離開》、《和小星說童話》、《紅字團》，著作多次獲選《中國時報》、《聯合報》年度十大好書。

謝辭

感謝城邦集團何飛鵬先生，編輯秀梅姐、雯琪、維珍，他們是《零地點 GroundZero》的推手，為它盡心盡力。感謝我的好朋友們在寫作過程中的支持。感謝我的爸爸媽媽在我趕稿天昏地暗期間為我分憂解勞還兼蒐集資料（笑）。感謝數位不願具名的消息來源提供我核四相關內幕（眨眼）。感謝馬總統為本書提供笑料。感謝願意具名推薦這本書的眾多長輩和好朋友們，感謝你們的照顧，你們是這本書的天使，也是台灣的天使。

也謝謝一路支持我的讀者們（鞠躬）。

國家圖書館出版品預行編目資料

零地點 / 伊格言作. -- 初版. -- 台北市 : 麥田出版 : 家庭傳媒城邦分公司發行, 2013.09
面； 公分. -- (麥田文學 ; 268)

ISBN 978-986-173-977-9 (平裝)

857.7　　102015484

麥田文學 268

零地點 GroundZero

作　　者	伊格言
責任編輯	賴雯琪
校　　對	吳淑芳
副總編輯	林秀梅
編輯總監	劉麗真
總 經 理	陳逸瑛
發 行 人	涂玉雲
出　　版	麥田出版 城邦文化事業股份有限公司 104台北市中山區民生東路二段141號5樓 電話：（886）2-2500-7696 傳眞：（886）2-2500-1966、2500-1967 麥田部落格：http://blog.pixnet.net/ryefield
發　　行	英屬蓋曼群島商家庭傳媒股份有限公司城邦分公司 104台北市中山區民生東路二段141號11樓 書虫客服服務專線：(886)2-2500-7718；2500-7719 24小時傳眞服務：(886)2-2500-1990；2500-1991 服務時間：週一至週五09:30-12:00；13:30-17:00 郵撥帳號：19863813　戶名：書虫股份有限公司 讀者服務信箱E-mail：service@readingclub.com.tw 歡迎光臨城邦讀書花園　網址：www.cite.com.tw
香港發行所	城邦（香港）出版集團有限公司 香港灣仔駱克道193號東超商業中心1樓 電話：(852)2508-6231　傳眞：(852)2578-9337 E-mail：hkcite@biznetvigator.com
馬新發行所	城邦(馬新)出版集團【Cite(M)Sdn. Bhd】 41, Jalan Radin Anum, Bandar Baru Sri Petaling, 57000 Kuala Lumpur, Malaysia. 電話：(603)9057-8800　傳眞：(603)9057-6622 E-mail:cite@cite.com.my
封面設計	小子設計
電腦排版	宸遠彩藝有限公司
印　　刷	前進彩藝有限公司
初版一刷	2013年09月
初版四刷	2021年08月

定價300元
ISBN：978-986-173-977-9

城邦讀書花園
www.cite.com.tw